suhrkamp taschenbuch 603

Herbert W. Franke, 1927 in Wien geboren, studierte Physik, Mathematik, Chemie, Psychologie und Philosophie. Er promovierte an der Universität Wien mit einem Thema aus der theoretischen Physik zum Doktor der Philosophie. Franke arbeitete eine Zeitlang an einem technischen Forschungsauftrag und war anschließend fünf Jahre in einem deutschen Industriewerk beschäftigt. Seit 1957 ist er freier Schriftsteller. Seine ersten Science-fiction-Geschichten publizierte er in den Jahren 1953 und 1954 in der Wiener Kulturzeitschrift *Neue Wege*. Weitere Veröffentlichungen: *Der grüne Komet,* 1960; *Das Gedankennetz,* 1961; *Der Orchideenkäfig,* 1961; *Die Glasfalle,* 1962; *Die Stahlwüste,* 1962; *Der Elfenbeinturm,* 1965; *Zone Null,* 1970; *Ypsilon minus,* 1976; *Zarathustra kehrt zurück,* 1977; *Sirius Transit,* 1979; *Schule für Übermenschen,* 1980; *Paradies 3000,* 1981. Frankes Science-fiction wurde bereits in viele Sprachen übersetzt und mit mehreren Preisen ausgezeichnet. 1979 bekam er einen Lehrauftrag für eine »Einführung in die Science-fiction-Literatur« an der Fachhochschule Bielefeld. 1980 wurde Franke zum Mitglied des International PEN-Clubs gewählt; im selben Jahr wurde ihm der Berufstitel Professor verliehen.
Herbert W. Franke ist heute der einzige deutsche Science-fiction-Schriftsteller, der mit den bedeutenderen SF-Autoren der Welt verglichen werden kann. Immer weisen seine Erzählungen auf Probleme hin. Informationsexplosion, Überbevölkerung, Umweltverschmutzung, Kybernetik, Genetik, die Kontrolle und Versklavung des Menschen durch die Technologie, Warnung vor Konformismus und Manipulation des Menschen, die Erforschung fremder Planeten und die erstmalige Begegnung mit außerirdischen Lebewesen sind einige Themen dieser von kritischem Geist durchdrungenen Erzählungen. Es sind Beispiele von Extrapolationen möglicher Entwicklungen, auf technischem wie sozialem Gebiet. Das Zukunftsbild geht unmerklich in die Anti-Utopie über. Es zeigt nicht bloß mögliche Anwendungen der Naturwissenschaft, sondern warnt auch vor deren Mißbrauch: nicht bloß Perspektiven werden eröffnet, sondern auch Abgründe, zur futuristischen Aussicht gesellt sich die kritische Einsicht.

Herbert W. Franke
Einsteins Erben

Science-fiction-Geschichten

Phantastische Bibliothek
Band 41

Suhrkamp

Umschlagzeichnung von Thomas Franke

suhrkamp taschenbuch 603
Zweite Auflage, 11.–17. Tausend 1981

Lizenzausgabe mit freundlicher Genehmigung des Insel Verlags,
Frankfurt am Main
Suhrkamp Taschenbuch Verlag

Satz: Hümmer, Waldbüttelbrunn
Druck: Ebner Ulm · Printed in Germany
Umschlag nach Entwürfen von
Willy Fleckhaus und Rolf Staudt

Inhalt

Einsteins Erben

Es war still. Kein Laut drang durch die schalldicht verglasten Fenster. Nur durch die Tür kam hin und wieder ein Geräusch: das Schleifen von Gummirädern auf dem Kunstharzboden, das Knistern der imprägnierten Kittel, ein geflüstertes Wort. Über allem lag der Geruch eines Desinfektionsmittels. Er hing in den Teppichen, an Büchern und Zimmerpflanzen, in den Haaren des Arztes. Mit der Luft aus der Klimaanlage wehte er in den letzten Winkel.

»Hier ist sie!« murmelte die Krankenschwester. Sie zog eine Lochkarte aus der Kartei. »Forsythe, James. 26 Jahre alt. Abteilung R 2.«

»Abteilung R 2?« fragte der blasse, schwarzhaarige Mann, der zusammengekrümmt im orangebezogenen Wannensessel saß.

Der Arzt griff nach der Karte. »R 2 – Abteilung für geisteskranke Verbrecher. Wenn Sie etwas von ihm erfahren wollen, dann beeilen Sie sich, Inspektor. Er wird heute nachmittag umorientiert.«

»Kann ich ihn sehen?«

»Kommen Sie!«

Der Arzt ging voran, eilig, aber gemessenen Schrittes, Herr über 600 Operationsautomaten, und sich dessen bewußt. Der Inspektor folgte ihm.

Die blanken Stahltüren öffneten sich vor ihnen, bewegt durch verborgene Servomotoren, und glitten dann lautlos wieder zusammen. Sie reagierten auf das Magnetmuster in der Steckplakette des Arztes, das sie mit Tausenden ultrakurzen Stromimpulsen abtasteten. Lange, leere Gänge taten sich vor ihnen auf, ein Lift brachte sie ins Souterrain.

»Sehen Sie: hier!« Der Arzt war vor einer Tür stehengeblieben. In Augenhöhe befand sich ein Guckloch. Der Inspektor blickte in eine Kammer, die nichts als ein Rollbett und eine sanitäre Anlage enthielt. Die Wände waren grau und glänzten. Auf der Schaumgummimatratze saß ein junger Mann, der in keiner Weise auffällig wirkte. Er hatte eine hohe, zerfurchte Stirn und einen tiefsitzenden Mund, der ihm einen leicht verächtlichen oder auch trauernden Zug verlieh.

Halten Sie ihn nicht unter Somnalin?« fragte der Inspektor.

»Er ist nicht gefährlich.«

»Wie äußert sich seine Krankheit?«

Wir haben schon einige Experimente mit ihm gemacht«, antwortete der Arzt. »Warten Sie, vielleicht kann ich es Ihnen demonstrieren . . .« Er blickte sich um, dann trat er in einen in der Wand eingelassenen Schrank. Er holte einen Staubsauger heraus, einen stromlinienförmigen Körper, mit einer mattbraunen Kunststoffhülle überzogen – und natürlich versiegelt.

Der Arzt öffnete die Tür und schob das Gerät mit dem Fuß hinein. Ohne ein Wort zu sprechen, zog er die Tür wieder zu. Dann winkte er seinem Besucher und deutete dauf das Guckloch. Nach einer Weile fragte er: »Was sehen Sie?«

»Nichts«, flüsterte der Inspektor. Der Arzt lehnte sich an die Wand. »Na, dann warten Sie ein wenig.« Er zog einen Corphorin-Spray aus der Tasche, schob den Ärmel zurück und suchte eine Stelle, die noch nicht vernarbt war. Er legte das Mundstück auf und spritzte sich das belebende Nervenmittel ein. »Wollen Sie auch?« fragte er.

Der Inspektor hob aufmerksamkeitheischend die Hand. »Er bewegt sich. Er steht auf . . . bückt sich . . . Er hebt das Gerät auf, setzt es auf das Bett.«

»Gut!« sagte der Arzt mit leichtem Triumph in der Stimme. »Gleich werden Sie es erleben!«

»Er dreht es um, beugt sich darüber . . . jetzt verdeckt er mir die Sicht!«

»Lassen Sie mich . . . aha . . . dachte ich mir's doch! Jetzt können Sie sich überzeugen!«

Wieder trat der Inspektor an die Luke. »Hat er . . .? Mein Gott, er hat das Siegel erbrochen!« Er drehte sich um. »Sie lassen das zu, Doktor?«

Der Arzt zuckte die Achseln. »Dieser Raum, mein Lieber, ist extraterritoriales Terrain – gewissermaßen. Hier sind die Gesetze der Ethik außer Kraft gesetzt. Aber gerade jetzt sollten Sie aufpassen!«

Der Inspektor, blickte wieder in den Raum, an die Tür gelehnt, gebückt, wie unter einer Last. Er schwieg.

»Nun?« fragte der Arzt.

Sein Gast schob mit einer entschlossenen Bewegung den Deckel vor die Öffnung. – Er war bleich und seine Stimme zitterte, als er sagte: »Es ist unfaßbar. Pervers. Wahnwitzig. Er hat die Schrauben gelöst, den Deckel abgehoben. Er hat etwas herausgezogen, Draht, einen Glaskolben, etwas Glänzendes aus Metall ... Es ist ekelhaft – ich kann es nicht ertragen.«

»Nun ja«, sagte der Arzt. »Er ist ein schwerer Fall. Deshalb wird er auch behandelt.« Er wandte sich um. »Das wär's also.«

»Er darf nicht umorientiert werden«, sagte der Inspektor gepreßt.

Der Arzt fuhr herum. Seine Augen mit den vergrößerten Pupillen waren weit geöffnet. »Ich verstehe nicht. Der Mann ist entartet. Krank, ein perverser Verbrecher, wenn Sie so wollen. Er vergeht sich hemmungslos an den Gesetzen. Er verletzt den Anstand und die guten Sitten. Hören Sie, Inspektor ...«

Der Polizeibeamte zog ein Schriftstück aus seiner Brusttasche. Das vollsynthetische Papier entfaltete sich von selbst zu einem bedruckten und mit Prägestempeln versehenen Dokument. Der Arzt überflog es.

»Das ist seltsam«, sagte er. »Die Polizei schützt einen Wüstling vor dem Gerichtsvollzug. Darf ich den Grund wissen?«

»Warum nicht? Aber behalten Sie ihn für sich.« Der Inspektor trat näher an den Arzt heran. Er flüsterte: »Es tut sich etwas Geheimnisvolles, ja, es verläuft, es geschieht ... wie soll ich es ausdrücken ...?«

»Was geschieht?« unterbrach ihn der Arzt ungeduldig.

Der Inspektor machte eine vage Handbewegung. »Vieles. Vereinzelt. Im großen und ganzen Kleinigkeiten. In der Gesamtheit eine Bedrohung: Die Durchschnittsgeschwindigkeit der Untergrundbahn hat sich in den letzten sechs Wochen um 20 Stundenkilometer erhöht. Die neuesten Videoboxen laufen monatelang ohne Beeinträchtigung ihrer Leistung. Das Material der Laufbänder ist praktisch unverwüstlich geworden. Die Glaswände für die Selbstbau-Eigenheime sind unzerbrechlich und dennoch klar, und so weiter und so weiter. Sie verstehen, was das bedeutet?«

»Sind das nicht erfreuliche Verbesserungen? Was gibt es dagegen einzuwenden?«

»Erfreulich? Vielleicht scheint es so. Auf den ersten Blick. Doch Sie übersehen, daß dadurch das ökologische Gleichgewicht gestört wird. Das ist es aber nicht, was uns beunruhigt. Vielmehr ... wer steckt dahinter? Es muß doch jemand dahinterstecken!«

Der Arzt war bleich geworden. »Sie meinen doch nicht, daß es wieder Anarchisten gibt ... daß sie ... nein, es ist unmöglich ... alle Wissenschaftler wurden längst umorientiert ...«

»Schweigen Sie darüber!« Der magere Körper des Inspektors straffte sich ein wenig. »Ich möchte mit dem Mann reden!«

»Bitte!« sagte der Arzt gepreßt. Er öffnete die Tür. Die beiden Männer traten ein.

Als James Forsythe das Rollen der Tür hörte, suchte er die Teile des Staubsaugers, in die er ihn zerlegt hatte, unter der Schaumgummimatratze zu verbergen, aber es blieb ihm keine Zeit dazu. Er stand auf und stellte sich so, daß man sie nicht gleich sehen sollte. Er zitterte vor Aufregung und Angst.

Der Arzt wollte etwas sagen, doch sein Gast schob ihn beiseite. Beide verzichteten darauf, das näher in Augenschein zu nehmen, was hinter dem Kranken auf dem Bett lag, denn ihnen graute vor diesen auseinandergerissenen Teilen mit den Klammern, Schrauben und losen Drahtenden.

»Schon eine Verletzung des Siegels – selbst aus Unachtsamkeit – ist strafbar. Das wissen Sie doch!«

James nickte.

»Sie wurden festgenommen, weil Sie eine Waschmaschine zerlegt hatten.«

»Sie war kaputt«, sagte James.

»Warum haben Sie sich keine neue besorgt?«

James zuckte die Schultern, denn er wußte, daß ihn niemand verstand.

»Warum also? Antworten Sie!«

»Ich wollte wissen, was mit dem Ding passiert war. Es hatte geknackst – dann stand es still. Ich wollte es reparieren.«

»Reparieren!« wiederholte der Arzt kopfschüttelnd.

»Wir haben in Ihrem Keller eine Kiste mit Holzspulen, Nägeln, Blech und dergleichen gefunden. An einem Eßbesteck bemerkten wir Kratzspuren – als hätten Sie damit hartes Material bearbeitet. Was hatten Sie vor?«

James blickte zu Boden. Seine Mundwinkel waren noch tiefer herabgezogen als gewöhnlich.

»Ich wollte eine Klingel bauen«, antwortete er.

»Eine Türklingel? Aber Ihre Wohnung ist doch mit Telefon und Video ausgestattet! Wozu brauchten Sie eine Klingel?«

»Für eine Zeitanzeige, eine Art Weckeruhr.«

Der Inspektor blickte ihn groß an. »Wozu soll das gut sein? Sie können sich jederzeit durch die Automatik wecken lassen.«

»Ich brauchte keinen Wecker«, antwortete James resignierend, »ich hatte nur Lust, einen zu bauen.«

»Sie hatten Lust? Und deshalb begehen Sie ein Verbrechen?« fragte der Inspektor kopfschüttelnd. »Aber weiter! Dieser Staubsauger! Warum haben Sie ihn zerlegt? Dazu bestand doch nicht die geringste Nowendigkeit.«

»Nein«, sagte James, und dann schrie er: »Nein, es bestand keine Notwendigkeit. Aber ich sitze jetzt seit sechs Wochen in dieser Zelle, ohne Radio, ohne Video, ohne Illustrierte! Mir ist langweilig, wenn Sie das verstehen! Und es macht mir Spaß, in die Apparate hineinzusehen. Es interessiert mich, wie sie funktionieren: ein Hebel, eine Schraube, ein Zahnrad! Was wollen Sie von mir: Morgen werde ich umorientiert ...« Er warf sich aufs Bett und drehte sich zur Wand.

Der Inspektor blickte auf ihn herab. »Vielleicht können wir Ihnen die Umorientierung ersparen. Es kommt ganz auf Sie an, Forsythe.«

Eine Woche lang war James Forsythe ruhelos durch die Stadt gestrichen, war über die Rolltreppen in die Geschäftsetagen hinuntergefahren, hatte sich mit dem Hängelift hoch über den Straßenschluchten der Stadt dahintragen lassen. Er war noch benommen von der langen Haft. Die Autokolonnen auf der Verkehrsetage und die durcheinander treibenden Menschenmassen auf den Hochbrücken verwirrten ihn. Lufttaxis oder Sitzschweber benutzte er nicht – nach dem langen Aufenthalt auf dem festen Boden hatte er Angst, in den luftigen Höhen von Schwindel erfaßt zu werden.

Und trotzdem empfand er die wiedergewonnene Freiheit wie ein überraschendes Geschenk. Er versuchte zu vergessen. daß sie nur geborgt war – falls er seine Aufgabe nicht erfüllte. Er hoffte, daß er dazu fähig war.

James Forsythe hatte nicht allzuviel Selbstvertrauen. Er war schwächlich, litt oft an Kopfschmerzen und hatte sich schon einige Male einer therapeutischen Behandlung im Euphorium unterziehen müssen. Vor allem aber litt er unter seltsamen Neigungen, die seine Gedanken zu den Maschinen lenkten und ihn zwangen, darüber zu grübeln, wie sie funktionierten. Er wußte, daß dieser Drang ungewöhnlich war. Er hatte schon oft vergeblich versucht, ihn zu unterdrücken, diese Faszination des Verbotenen, die ihm nicht einmal Lust bereitete, sondern ihn quälte, weil sie ihn nie zum Ziel führte: Hatte er den Zweck eines Rades oder eines Hebels begriffen, dann taten sich sofort Fragen nach größeren Zusammenhängen auf, und sein Versagen – die Gewißheit, nie zum Ziel zu kommen, nie eine endgültige, umfassende Erklärung zu finden – machte ihn traurig und verzagt. Und das alles geschah gegen seinen Willen: Er war kein Revolutionär und schon gar kein Held, und er hätte nur den Wunsch gehabt, von seiner quälenden Krankheit befreit zu sein: nichts als ein harmloser Bürger, den Gesetzen treu.

Nun stand er vor der Tür von Eva Rußmoller, der Enkelin des letzten großen Physikers nach Einstein – jenes Mannes, der vor rund achtzig Jahren der Wissenschaft abgeschworen hatte. Aber hatte er seinen Schwur gehalten? James kannte die Leidenschaft, die die Beschäftigung mit den physikalischen Erscheinungen in einem auflodern läßt, und er bezweifelte, ob jemand, der ihr einmal verfallen war, jemals von ihr abzulassen vermochte. Würde ihm Eva Rußmoller eine Verbindung zu einer geheimen Organisation weisen, zu Menschen, die heimlich Wissenschaft betrieben und heute noch an technischen Aufgaben arbeiteten? Er wagte kaum noch auf Erfolg zu hoffen, aber nachdem alle anderen Versuche fehlgeschlagen waren, mußte er auch das noch versuchen. Die Polizei hatte ihm die Adresse besorgt.

Das Mädchen, das ihm öffnete, mußte Eva Rußmoller sein. Sie war schlank, fast mager, blaß und hatte große erschreckte Augen. »Was wünschen Sie?«

»Darf ich Sie fünf Minuten sprechen?«

»Wer sind Sie?« fragte sie unsicher. Sie stand auf der Terrasse des vierzigsten Stockwerks. Wicken und Zierkürbisranken hingen von den Blumenschalen in die Tiefe. Rundherum, aber doch fern genug, um eine freie Atmosphäre zu schaffen, standen andere Hochbauten, Pilz- und Trichterhäuser, Wohntürme, Staffel- und Fächergebäude, dazwischen hingen die Tragschienen der Hängebahn und die Brückenzüge der Hochstraßen.

»Wollen wir nicht hineingehen?« fragte James.

»Ich weiß nicht ... lieber nicht ... Warum sind Sie gekommen?«

»Es handelt sich um Ihren Großvater.«

Das offene Gesicht des Mädchens verschloß sich, als hätte sie eine Maske übergezogen. »Polizei?«

James antwortete nicht darauf.

»Kommen Sie«, sagte Eva Rußmoller. Sie führte ihn auf eine Terrasse. Zwischen Florapexschalen mit wurzellosen Blattgewächsen setzten sie sich.

»Ich habe meinen Großvater nicht gekannt.« Eva schob ihm einen Corphorin-Spray hin, aber er nahm ihn nicht. Sie spritzte sich eine Dosis an den Nacken, und James bemerkte, daß ihre Arme bis zu den Gelenken hinab vernarbt waren. »Auch meine Mutter hat nichts mehr von ihm gehört, seit er vor fast fünfzig Jahren verschwand. Damals war ich noch ein kleines Mädchen. Aber das habe ich ja schon Dutzende Male zu Protokoll gegeben.«

»Ich bin nicht von der Polizei«, sagte James.

»Nicht von der Polizei?« Sie richtete sich mißtrauisch auf. »Was wollen Sie dann von mir?«

»Ihr Großvater kann doch nicht spurlos verschwunden sein. Er war ein berühmter Mann, ein weltbekannter Wissenschaftler. Vor dem Verbot war er Rektor des Yukawa-Instituts für Mesonenforschung. Seine Verurteilung ging durch alle Zeitungen.«

»Könnt ihr uns nicht in Ruhe lassen?« flüsterte das Mädchen. »Hört denn das nie auf! Gewiß, mein Großvater war schuldig. Er hat die Nullwertbatterie erfunden, den Mesonenverstärker, die Gravitationslinse. Er entdeckte die Konvektion in der Sialschicht und wollte Schächte hinuntertreiben, um die Energien auszunutzen. Das alles hätte schreckliche Folgen haben können. Aber seine Pläne sind vernichtet worden. Es ist nichts geschehen. Warum verfolgt man uns dann über Generationen hinweg!«

James tat das Mädchen leid, das so wehrlos und schutzbedürftig aussah. Er hätte sie unter anderen Umständen kennenlernen mögen! Aber zuerst mußte er sich selbst retten.

»Beruhigen Sie sich! Niemand tut Ihnen was! Und ich bin kein Polizist!«

»Es ist ein neuer Trick, sonst nichts.«

James überlegte kurz. »Ich werde es Ihnen beweisen«, sagte er dann. Er holte ein Feuerzeug aus der Tasche, ein altmodisches Ding mit einem Schnapper. Er ließ den Deckel aufspringen – dort wo die Gaskapseln einzuführen waren – und zeigte ihr das Siegel. Mit einer raschen Bewegung riß er es ab. Noch einige Griffe, und auf dem Tisch lagen Röhrchen, Blechteile, ein kleines Zahnrad.

Voll Abscheu wandte sich das Mädchen ab, dann erst zuckte es erschrocken zusammen – weil ihm bewußt wurde, daß ein Entarteter vor ihm saß, ein Mensch, der zu allem fähig war. »Um Gottes willen, tun Sie mir nichts!«

James war über diese starke Reaktion erstaunt. Sie bewies ihm, daß Professor Rußmollers Enkelin wirklich nichts mit Wissenschaft und Technik zu tun hatte.

»Aber Kind, ich tue Ihnen doch nichts, beruhigen Sie sich.« Und als sie zu weinen begann, fügte er hinzu: »Ich gehe ja schon.«

Er öffnete selbst die Tür, lief die halbe Etage zum Lift hinunter und wollte gerade den Rufer für die Abfahrt betätigen, als sich eine Hand auf die seine legte. Er fuhr herum und erblickte einen jungen Mann mit rundem Gesicht und Bürstenschnitt, dessen Züge durch stark gewölbte Haftschalen etwas Starres besaßen.

»Nicht hinunter! Wir fahren hinauf! Sekunde.« Er drückte einen Knopf, und der Lift setzte sich nach oben in Bewegung. Aber schon nach fünf Etagen unterbrach der Unbekannte die Fahrt und zog James auf den Flur. Ihn immer noch hinter sich nachzerrend, lief er auf eine Terrasse hinaus, die offenbar unbewohnt war. In einer Ecke war ein zweisitziger Düsenschweber abgestellt, und der junge Mann befahl James, sich festzuschnallen. Dann lief er zum Geländer vor, blickte nach allen Seiten, und rief gedämpft: »Die Luft ist rein!« Er setzte sich an den Steuerhebel, und sie erhoben sich sanft. Zuerst glitten sie langsam dahin, dann verschnellerte sich die Fahrt, aber nicht über das Geschwindigkeitslimit hinaus.

Der Unbekannte sah sich aufmerksam um; dann stieß er James an: »Da kommen sie schon – schau, wie sie flitzen!«

»Wer kommt?« fragte James.

»Na, die Polizei! Wer sonst? Mensch, bist du naiv!«

Unten am Rand der Schnellstraße sah James einen blauen Kombischweber aufsetzen. Einige Männer sprangen heraus.

»Und da ist auch schon die Luftflotte!« Der Unbekannte lachte. »Na, dampfen wir ab!« Er ließ die Düse aufheulen. Gerade noch innerhalb der erlaubten Geschwindigkeit sausten sie dahin.

»Was hat das zu bedeuten?« schrie James dem anderen ins Ohr.

»Jetzt können wir uns unterhalten«, schrie dieser zurück. »Hier belauscht uns niemand. Also hör zu! Ich bin Horri Bleiner, und ich gehöre zu den Egg-heads.« Als er die verständnislose Miene von James bemerkte, setzte er hinzu: »Mensch, du bist doch einer von uns! Ich hab' dich mit dem Fernglas beobachtet. Ja, ich hab' es gesehen: Du hast das Feuerzeug geöffnet.«

James zuckte zusammen. Was das auch immer bedeuten sollte – der andere hatte ihn in der Hand.

Horri lachte. »Du brauchst doch keine Angst zu haben! Auch wir finden diese Gesetze idiotisch. Es ist verboten, das Siegel zu erbrechen. Es ist verboten, eine Maschine zu zerlegen. Diese Spießer! Aber wir werden es ihnen zeigen!«

Horri lenkte den Schweber nach Süden, zum Sportzentrum. Es war ein riesiger Komplex von Turnhallen, Eislaufbahnen, Spielplätzen, Schwimmbecken, Boxringen, ausgestattet mit genauesten Meßapparaturen für die Abnahme von Zeiten, Weiten, Höhen, Gewichten, Apparaten für das Hochleistungstraining, zum Trockenrudern, zum Radfahren auf der Stelle, Massagegeräte, Expander – kurz, die perfekteste Sportmaschinerie, die man sich denken kann. Ein großer Teil des Gebiets war von einem riesigen Zeltdach aus durchsichtigem Kunststoff überdeckt. In der Mitte lag das Oval des Stadions und das Wahrzeichen des Sportzentrums, der Fallschirmspringerturm. In Abständen von wenigen Sekunden wurden die Parachutisten in den dämmernden Abend hinauskatapultiert und schwebten dann an ihren Schirmen wie Daunen auf das Schaumgummibecken hinab.

»Du hast Glück«, sagte Horri. »Heute haben wir ein Happening.« Er verlangsamte das Tempo und ging auf einer Landerampe nieder. »Na, komm schon!« Er sprang auf einen Schienenteppich, der sie in Kurven durch mattbeleuchtete Flure trug. Von Zeit zu Zeit verlangsamte sich die Fahrt – das waren die Umsteigestellen: Man griff nach einer der Haltelaschen, die an riesigen Rädern befestigt waren und hielt sich daran fest, bis sie einen zu jener Laufbahn getragen hatten, die man für die Weiterfahrt benützen wollte. Für James, der für Sport nie viel übrig gehabt hatte, war das alles neu, die Art der Fortbewegung, zu der man allerhand Geschicklichkeit brauchte, fiel ihm schwer, um so mehr als er auf Halbwüchsige aufpassen mußte, die die Anlage offenbar für eine Art Fange-Spiel benutzten, verwegen von einem Schienenteppich auf den anderen sprangen und ihn einigemal rücksichtslos beiseite stießen.

»Seid Ihr Sportler?« fragte er seinen Gefährten mißtrauisch, als er bemerkte, daß es diesem offenbar Freude bereitete, die Jugendlichen bei ihrer tollen Jagd zu behindern.

»Unsinn«, antwortete Horri und hielt James rasch fest, den es fast aus einer Kurve getragen hätte. »Für uns ist das nur Tarnung. Das Gelände ist ideal. Wer sich hier nicht auskennt, hat sich bald rettungslos verirrt. Die Hallen und Säle liegen vielfach ineinander verschachtelt und übereinander – Platzmangel, das ist es. Wir treffen uns immer in einem anderen Saal. Bisher haben sie uns noch nicht erwischt.«

»Egg-heads«, sagte James. »So wurden früher die Wissenschaftler genannt. Was habt ihr mit Wissenschaft zu tun?«

Horri grinste. Er zog James mit sich, vom Rollteppich herab und auf eine Rutsche. In sausender Fahrt ging es bergab. »Wir sind moderne Menschen. Wissenschaft ist schick. Die Spießer haben nur Angst – vor neuen Waffen, vor Raketen, vor Tanks. Darum ist es so langweilig hier. Nichts passiert. Da waren die alten Physiker schon andere Burschen – mit ihren Napalmbomben und Atomgranaten. Sie haben recht gehabt: Man muß diese miese Welt ankratzen, damit sich wieder etwas tut.« Sie liefen einige Stufen hinab und standen in einer kleineren Halle, die offenbar sportmedizinischen Untersuchungen gewidmet war. Überall standen fahrbare Kardiographen, Enzephalographen, Oszillographen herum, dazwischen gab es Testplätze für Gewichtheber, Schwimmer, Schnelläufer. Eine große Röntgeneinrichtung stand bereit, um die Koordination der Skelettbewegungen während des Trainings beobachtbar zu machen. Auf den Bänken an der Wand, den Liegematten, selbst auf den Schalttischen saßen und hockten junge Männer zwischen fünfzehn und dreißig Jahren, alle hatten kurzgeschorenes Haar, die meisten trugen Sandalen und Overalls aus weißem Nappaleder.

Horri blieb am Eingang stehen. Als sie ihn mit seinem Schützling bemerkten, traten sie auf ihn zu, schlugen ihn auf die Schulter und grüßten ihn mit: »He!« oder »Crazy!« Einer reichte James eine Flasche; mit Widerwillen zwang er sich zu einem Schluck vom milchigtrüben Inhalt, der nach Chemie roch und wie Kleister schmeckte.

»Feine Burschen«, sagte Horri. »Es war gar nicht leicht, sie zusammenzukriegen. Mindestens ein Dutzend haben wir bei der kleinen Rußmoller abgefangen. Netter Käfer, aber dumm – verständigt die Polizei, wenn sich einer nach ihrem Großvater erkundigt. Fast hätte sie dich auf dem Gewissen.« James fühlte Hustenreiz – gelber Rauch quoll von einigen zusammengeknüllten

Papierfetzen. Horri zog ihn tief ein, er wirkte eigentümlich betäubend und aufreizend zugleich.

»Präpariert«, erklärte Horri. »Ich weiß nicht, womit. Bringt einen richtig in Schuß.« James beobachtete, wie einige junge Männer nahe am Feuer niederknieten und ihre Gesichter in die Schwaden hielten. Jemand stimmte ein eintöniges Lied an, andere fielen ein. Allmählich wurden die Stimmen undeutlich, die Gesten fahrig.

Auch Horri taumelte schon ein wenig hin und her. Er boxte James in die Seite und rief: »Fein, daß du da bist! Ich bin froh, daß gerade ich dich herausgeholt habe. Ich habe eben Glück. Schon seit ein paar Monaten halten wir abwechselnd Wache. War schon lang keiner mehr da!« Seine Stimme wurde undeutlich. Auch James hatte Mühe, klaren Kopf zu behalten. Ein magerer Jüngling neben ihm begann zu toben. Er riß eine Querstange für die Halterung von Gewichten für Schwerathleten von der Wand und ließ sie auf die medizinischen Apparaturen niedersausen. Glas splitterte, der Lack sprang ab. Vom mißhandelten Blech kamen häßliche Geräusche. Plötzlich spürte James einen unangenehmen Druck im Magen.

»Der ist nicht schlecht«, lallte Horri. »Schau ihn dir an, schon völlig out. Aber keiner ist solche Klasse wie du. Ich hab' noch niemand gesehen, der es hätte tun können, ohne im Tran zu sein. Mensch, mir selbst wurde fast schlecht, wie ich das Feuerzeug sah, das du zerlegt hast. Es ist schon eine Schweinerei, Kollege, aber das soll es ja auch sein: eine tolle Schweinerei – das einzige, was noch Spaß macht.« Horri stieß James nach vorn, drückte ihm eine Keule in die Hand. »Zeig es ihnen, Kerl! Na los, zeig es ihnen schon!«

James' Hoffnungen, über diese Leute den technischen Neuerungen auf die Spur zu kommen, die die Polizei beunruhigten, war schon längst zusammengesunken, und nun löste sich auch der letzte Rest in nichts auf. Verzweifelt riß er Horri am Ärmel zurück. »Warte doch! Ich muß dich etwas fragen. So hör doch!« Er schüttelte den anderen. Endlich hatte er ihn so weit, daß er ihm den Kopf zuwandte. »Was hat denn dieser Unfug mit Wissenschaft zu tun? Habt ihr nie daran gedacht, etwas zu bauen? Eine Maschine, ein Gerät, ein Werkzeug?«

Horri stierte ihn an. »Du machst mir Spaß! Oder spinnst du? Dann kannst du ja gleich in die Assisi-Kirche gehen – zum Einstein-Club.« Grob griff er nach James Unterarm. »Los, mach mit! Nieder mit dem Kram.« Er riß einem andern die Keule aus der Hand und ließ sie in eine blinkende Skalenscheibe sausen. »Zusammenschlagen, niederdreschen ... ach, wenn ich nur ein Maschinengewehr hätte!«

Um James herum gebärdete sich schon fast jeder in sinnloser Zerstörungswut. Die Verkleidungen der Apparate wurden heruntergerissen, die Schaltungen zerstört, die Vakuumröhren zerschlagen. In James stieg ein leises Grauen auf, es ekelte ihn, zum ersten Mal ekelte ihn richtig vor diesen häßlich, nackten, bloßgelegten Teilen, den Eingeweiden der Maschinen, die ihre Tätigkeit, obschon sie unentbehrlich war, im Verborgenen zu verrichten hatten. Was da ans Licht gezerrt wurde, war scheußlich, schreckhaft und abstoßend. Und zugleich stieg eine tiefe Scham in ihm auf – die Scham, irgendwie dazu zu gehören. Er fragte sich, ob er fähig wäre, mitzutun, in diesem Schmutz zu wühlen, und er war sich nicht sicher. Wenn er in anderer Stimmung wäre, nicht ein Ziel vor Augen hätte ... wer weiß? Um ihn herum wogte es, dumpfe Schreie klangen auf, alle arbeiteten wie rasend, fielen in den Rhythmus ihres Gesangs ... er fühlte, wie er mitschaukelte, sich mitwiegte .. eine Stange befand sich in seinen Händen, er wußte nicht, wie sie dorthin gekommen war, und er holte weit aus ...

Da erklang ein Schrei: »Die Rocketts!« Eine Sekunde lang standen alle wie erstarrt, aber dann wandten sie sich um, dem Eingang zu. Von dorther stürmte ein Schwarm von jungen Männern in schwarzen Blue jeans und kurzen Jacken aus silbrigem Metallgeflecht herein. Sie schwangen Paddel, Sprungstangen, Stafettenstücke und ähnliche als Waffen brauchbare Geräte, und mit einem Aufheulen, das an eine Sirene erinnerte, warfen sich die beiden Parteien gegeneinander, schlugen aufeinander los, verkeilten sich ...

Plötzlich war James wieder nüchtern. Er schlich zur Seite, schob sich, den Rücken zur Wand gedreht, zu einer schmalen Tür, die er im Hintergrund des Raumes bemerkt hatte. Sie ließ sich öffnen, und er tauchte in die Dämmerung eines Flurs.

Das Geräusch verebbte und drang nur noch wie ein Rauschen durch die schallabsorbierenden Mauern. Vom anderen Ende des Ganges erreichten ihn schleifende Geräusche – dort mußte eine Rollbahn münden. Rasch lief er hinüber, eine der Standplatten, der »Teppiche«, näherte sich, verringerte die Geschwindigkeit, und James sprang auf. Nach einer ermüdenden Irrfahrt erreichte er einen der zweihundertachtzig Ausgänge.

Alles Unheil kommt von der Wissenschaft. Naturwissenschaftler und Techniker waren es, die die Luft verpesteten, das Wasser verschmutzten, Lebensmittel chemisch verseuchten. Sie brachten den Lärm, den Gestank und den Unrat in unsere Welt. Sie machten die Berge zu Schutthalden und die Seen zu Kloaken. Sie erfanden Maschinen, die der Mensch bedienen mußte, und zwangen ihn zu stupider Fließbandarbeit. Sie bauten Städte, in denen Krankheiten und Psychosen entstanden. Sie führten den programmierten Unterricht ein und übertrugen auf die Kinder ihre eigene unnatürliche Neigung, sich mit Naturwissenschaft und Technik zu beschäftigen, neue Maschinen zu konstruieren, neue Methoden zu erfinden, die bestehenden Programme zu verändern. Sie manipulierten die Gensubstanz und brachten Monstren hervor, statt besserer Menschen. Sie experimentierten mit Materie und Energie, mit der Erde, mit dem Mond, mit Pflanzen und Tieren, mit dem menschlichen Gehirn. Sie synthetisierten Substanzen, die das Verhalten beeinflussen, die Psyche entarten lassen, Emotionen hervorrufen und unterdrücken. Sie beriefen sich auf die absolute Instanz der Naturgesetze und dachten nicht daran, diese im Hinblick auf humanistische Werte zu relativieren. Sie setzten sich über die Regeln der Ethik und der Moral hinweg, redeten sich mit Sachzwang aus, strebten nach uneingeschränkter Macht. Ihr Ziel war nicht die Ruhe, sondern der Zweifel, nicht das Gleichgewicht, sondern die Veränderung, nicht die Permanenz, sondern die Evolution. Sie zwangen den Menschen, hinter dem Fortschritt herzulaufen, hinter den Anzeigen, Signalen, Leuchtziffern, hinter Formeln und Leitsätzen. Sie machten den Menschen zur Testperson der Wissenschaft, zum Spielball der Technik, zum Sklaven der Industrie. Sie zwangen ihn zur Arbeit, zum Wettbewerb, zum Konsum. Sie schufen die theoretischen Grundlagen der Manipulation. Sie verstrickten den Menschen in ein Netz von Zwang, versahen ihn mit Nummern, führten über seine Krankheiten und Vorstrafen Buch, unterzogen ihn Prüfungen und Tests, überwachten ihn, kontrollierten ihn, drangen in seine Intimsphäre ein, belobten ihn, bestraften ihn, erzogen ihn zu Gehorsam und Leistungsbereitschaft. Sie berechneten ihn mit Computern, sagten seine Reaktionen voraus, extrapolierten Wahl-

ergebnisse, programmierten und verplanten ihn. Sie schufen ein Zerrbild des Menschen, eine gehetzte Kreatur, die nicht fähig ist, die Geschehnisse in ihrer eigenen Welt zu verstehen, und hilflos den Frustrationen einer lebensfeindlichen Umgebung ausgeliefert ist.

Naturwissenschaft und Technik sind zerstörerische Kräfte, die in einer Welt der Freiheit nichts zu suchen haben.

Es war Nacht geworden, und die stützenlos fixierten Riesenleuchten warfen ihre Lichtkaskaden über die Stadt. Lufttaxis und Düsenschweber zogen weiße, blaue und grüne Striche vor das ferne Grau des Himmels und tausend helle Fenster zeichneten Lichtmuster an die Fronten der Hochhäuser.

James Forsythe hatte keinen Blick für das bunte Spiel des Lichts. Allmählich erholte er sich von dem Taumel der Zerstörungswut, der auch ihn erfaßt hatte, und je mehr die Nachwirkungen in ihm abklangen, um so furchterregender stieg die Angst in ihm auf, seiner Aufgabe nicht gewachsen zu sein. Dabei brachte er alle Voraussetzungen dazu mit – als einziger Mitarbeiter der Polizei, der nicht nur den Anblick aufgerissener Maschinen ertragen, sondern solche auch selbst zerlegen konnte. Aber konnte er es wirklich noch? Die gräßlichen Szenen hatten in ihm eine Abscheu zurückgelasen, die seiner alten, krankhaften Neigung entgegenwirkte, sie dämpfte. War er auf dem Weg zur Heilung? Er wußte nicht, ob er es vermochte, auch weiterhin Beweise seiner Außenseiterposition zu liefern, wie er es tun mußte, um die gewünschte Verbindung herzustellen.

Er hatte nicht mehr viel Zeit. Er überdachte alle Wege, auf die ihn der hagere Inspektor des Sonderkommandos aufmerksam gemacht hatte, doch sie alle hatten in Enttäuschungen geendet. Die letzte war die schlimmste gewesen. Er zwang sich, seine Erlebnisse noch enmal zu überdenken; es gab noch eine vage Spur – Horris Bemerkung: »Geh in die Assisi-Kirche!«

Er kannte die Kirche – sie lag im ältesten Teil der Stadt, der gleich nach dem Atomkrieg aufgebaut worden war, und ein wenig ärmlicher wirkte als die übrigen Bezirke. Das Gebäude, ein altmodischer grauer Block, gehörte einer der vielen kleinen Sekten, die ihr Heil im Jenseits suchten und ein wenig beachtetes Dasein fristeten. Niemand brauchte sich noch mit der Hoffnung auf ein Paradies über die Unbilden der diesseitigen Welt hinwegzutrösten. Wie hätte ein solches Paradies aussehen sollen, da die reale Welt doch alles bot, was man sich nur wünschen konnte – Nahrung, Kleidung, sämtliche Bedarfsartikel von der Seife bis zum Sitzschweber, und das alles für jeden und kostenlos? Niemand brauchte sich Sorgen zu machen. Der medizinische Dienst sorgte für Gesundheit, für Jugend bis ins hohe Alter. Die prozeßgesteuerten Fabriken auf der tiefsten Ebene, weit unten in der Erde, weitab von den Menschen, waren für die Ewigkeit gebaut. Sie synthetisierten die Eßwaren, lieferten die Bausteine für die Gebäude, die man mit Hilfe weniger Maschinen zusammensetzen konnte, schufen diese Maschinen und andere – lauter hochleistungsfähige Automaten, an deren Knöpfen man nur zu drehen brauchte; jeder konnte es, keiner brauchte mehr zu lernen, als ihm in einem durchdachten System von Kinderspielen fast von selbst und unbemerkt vertraut wurde. Und sie reparierten sich selbst.

James wußte nicht, was für Menschen das waren, die in Kirchen und Tempel gingen. Vielleicht waren es Mystiker oder Unzufriedene. Vielleicht Anarchisten – vielleicht aber waren wirklich noch ein paar von jenen dabei, die Jahrzehnte nach dem Verbot der Wissenschaft geheim um deren Rehabilitierung gekämpft hatten. James fühlte plötzlich wieder Zuversicht. Er ging zum nächsten Abstellplatz für Sitzschweber, schnallte sich an und stieg auf. In leichtem Bogen nahm er Richtung auf das alte Stadtviertel, den ersten Bezirk.

Noch nie hatte er eine Kirche von innen gesehen. Als er eintrat, glaubte er in ein verlassenes Theater geraten zu sein, in der Dunkelheit nahm er Reihen von geschnitzten Sitzbänken auf, an der Wand brannten einige Kerzen. Vorn führten Stufen zu einer Art Bühne. Das Bild eines bärtigen Mannes mit einem langen und strengen Gesicht reichte gut sechs Meter bis zur gewölbten, sich in Schwarz verlierenden Decke hinauf. In halber Höhe lief eine Rampe hufeisenförmig um den Baum herum. James hörte leises Scharren herabdringen, doch er konnte niemand sehen. Vorn, in der ersten Bankreihe, knieten einige gebückte Gestalten. Was sie murmelten, waren wohl Gebete.

Sich immer wieder nach allen Seiten umdrehend, ging James die Wand entlang, an zahlreichen Nischen, Schränken und Gittern vorbei, die wächsernen Gesichter von holzgeschnitzten Heiligen schienen auf ihn herabzusehen. Auf gedunkelten Bildern sah er

Szenen voller Grausamkeit, Menschen, die in Flammen schmorten, Männer, auf Kreuze genagelt, Kinder, fliehend vor einer gehörnten Schreckgestalt. Es knisterte im Gebälk, und ein modriger Hauch, der manchmal an ihm vorbeistrich, veriet, daß es noch versteckte Öffnungen zu inneren, noch unheimlicheren Regionen gab.

Irgendwo oben schlug eine Glocke an. Neun Schläge – sieben komma sieben fünf Dekaden vor Mitternacht nach dem uralten Ritus der Zeitmessung. Waren das Schritte? Niemand hatte sich gerührt. James war einmal rundherumgegangen, ohne etwas zu entdecken, was ihm weiterhalf. Die Dunkelheit bedrückte ihn, die Ungewißheit machte ihn unruhig, die Fremdheit der Umgebung ließ Angst in ihm aufsteigen. Das Gefühl, daß man ihn beobachtete, wurde immer stärker. Die Erinnerung an eine Situation, in der er auch heimlich beobachtet worden war, bereitete ihm Unbehagen, und dieses Unbehagen war um so stärker, da er sich nicht erinnerte, wann er es erlebt hatte. Er grübelte darüber nach, und dann fiel ihm sein Besuch bei Eva Rußmoller ein: Es war Horri Bleiner gewesen, der durch den Luftvorhang der Terrasse hindurch jeden seiner Handgriffe mit dem Feldstecher beobachtet hatte. Sollte auch hier jemand . . . ja, sollten die Wissenschaftler, wenn es welche gab, ähnliche Mittel anwenden wie die jugendlichen Banden, um Anhänger ausfindig zu machen? Aber wie sollte er sich zu erkennen geben? War die alte Methode auch hier wirksam?

Er blickte umher, suchend . . . dort stand eine eisenbeschlagene Truhe, dort ein mit erstarrten Wachskrusten überdeckter Tisch, darauf eine Schachtel aus gelbrotem Papier . . . Dieses Papier kannte er. Er nahm die Schachtel, öffnete sie. Darin lag ein Photoapparat. Er holte ihn heraus – es war ein einfaches Modell. Er zog auf, drückte den Auslöser. Nichts geschah. Der Verschluß klemmte.

James spähte unauffällig umher . . . niemand zu sehen, der ihm Beachtung schenkte. Die Gläubigen vorn murmelten ihre Gebete. Die Kerzenflammen flackerten.

Rasch entschlossen riß er das Siegel ab, klappte den Deckel hoch. Eine Flügelschraube ließ sich lösen. Er tat es, und die Rädchen des Befördermechanismus lagen offen vor ihm . . . da war auch die Stahlfeder, die die Fächerblende öffnen sollte. Er entdeckte auch sogleich die Ursache für den Fehler – im Verbindungshebel zwischen Auslöser und Feder steckte eine Büroklammer. Mit ein paar Handgriffen setzte er die Kamera wieder zusammen. Er drückte den Auslöser ... es schnappte kurz, und dann noch einmal. Es stimmte – er überzeugte sich: eine halbe Sekunde Belichtungszeit.

Er setzte den Apparat wieder hin. Ging da irgendwo eine Tür? Plötzlich dröhnte eine Orgel auf, schwelgte in Akkorden, jubelte. Dann war es still. James sah sich um – da stand eine Falltür offen, von der vorhin nichts zu sehen gewesen war. Eine Treppe führte abwärts.

Die ersten Schritte machte er noch im versiegenden Licht der Kerzen. Weiter unten glomm eine matte Lampe, und er tastete sich weiter. Von fern hörte er dumpfe Stimmen. Er ging dem Geräusch nach, erreichte einen schmalen Gang und konnte nun auch die ersten Worte verstehen:

... Divergenz de ist gleich vier pi ro
Divergenz be ist gleich Null ...

Nach einigen weiteren Schritten stand er vor einer verhangenen Tür. Er schob den schweren Stoff beiseite. Ein grauhaariger Mann in langem weißen Mantel erhob sich von einem samtbezogenen Sessel. Er machte eine Handbewegung, die James Schweigen gebieten sollte, und lauschte. Der Chor war hier laut und deutlich zu hören:

... Rotation a ist gleich eins durch ce Klammer auf de Punkt plus vier pi Klammer geschlossen ...

Die Stimmen verstummten und der Mann wandte sich an James. »Hörst du die Worte, mein Sohn? Ja, du hörst sie, aber du verstehst sie nicht. Niemand versteht sie – und doch liegen in ihnen alle Geheimnisse dieser Welt!« In seinen Worten lag Verzückung, er hatte die Augen nach oben gerichtet, so daß man nur das Weiße sah. Nach einer Weile sagte er: »Sei willkommen, mein Sohn. Ich bin Rutherford.« Er winkte ab, als James etwas sagen wollte. »Sei still! Dein profaner Name interessiert uns nicht. Du hast zu uns gefunden, und nun gehörst du zu uns. Du bekommst einen wirklichen, einen sinnvollen Namen.« Er holte ein altes, zerschlissenes Buch von einem Pult und schlug es auf. James hatte einen kurzen Blick auf die Titelseite werfen können; dort stand »Who is Who in Science«. »Der nächste freie Name ist Dirac.

Also heißt du Dirac. Halte den Namen in Ehren. Und nun komm mit mir.« Ohne sich nach James umzusehen, ging er voran zur nächsten Tür.

Das Herz von James schlug. Vielleicht war es die Erwartung, nun endlich am Ziel zu sein, vielleicht aber auch das seltsame Geschehen, das ihn in den Bann zog. Er folgte dem Mann, der sich Rutherford nannte, und betrat hinter ihm einen Hörsaal. Die letzten Bankreihen waren frei, sie nahmen Platz. Vorn, neben dem Pult, stand ein Mann mit Brille und langem Haar, wie man es längst nicht mehr trug. Er sprach mit getragener, feierlicher Stimme.

»... so müssen wir uns einzufühlen versuchen in die Formeln und Zeichen, die uns überliefert sind. Ich schreibe nun die Symbole an, die einem der großen Wunder unserer Welt gewidmet sind: dem Licht.« Er trat an die Tafel und schrieb:

$$= A \sin 2 (x\ t),$$
$$G_z = A \sin 2 (x\ t).$$

»Ich bitte um eine Minute Stille, in der Sie versuchen sollen, sich in diese Formel zu vertiefen.« Alle senkten die Köpfe, und außer leisen Atemzügen war nichts zu hören.

Dann richtete sich der Dozent wieder auf. »Ich bin glücklich, heute einen jener Apparate vorweisen zu können, mit denen unsere unsterblichen Vorbilder die Kräfte der Natur beschworen haben. Nun dürfen wir selbst das Wunder schauen. Wir werden dem Wesen der Dinge so nahe sein wie nie zuvor, und es ist sicher, daß wir dadurch einen wesentlichen Schritt zum unmittelbaren Begreifen tun.«

Auf dem Tisch stand eine Apparatur von der Größe einer Fernsehbox, von einem grauen Gehäuse umschlossen, über einen dikken Kabelstrang mit einem Schaltkästchen verbunden. Zwei zylindrische Auswüchse ragten heraus, an Geschützrohre erinnernd. Sie lagen beide in einer horizontalen Ebene, doch wiesen sie in verschiedene Richtungen. Einer zielte auf eine weißgeperlte Projektionsfläche an der frontalen Wand. Der Raum an jener Stelle, wo sie sich kreuzen mochten, war ausgespart, dort saß ein Glasgefäß mit planparallelen Seiten, dahinter ein Spiegel.

Der Dozent veränderte eine Einstellung an der Schaltplatte. Es wurde finster im Raum. Ein leises Surren klang auf. Noch ein Handgriff. Der Mann prüfte die Winkeleinteilung und warf einen

Blick ins Fadenkreuz der Zielvorrichtung. Dann klappte er den Deckel von der Mündung des Teleskops – ein gleißender Lichtstrahl warf einen blendend weißen Fleck auf die Projektionswand. Je länger man ihn ansah, um so stärker wurde der Eindruck, daß die übrige Umgebung zurücksank: Eine weißglühende Wolke schien frei im Raum zu schweben. Nur noch diese Wolke existierte. Plötzlich ein Geräusch, ein Klicken. Um die Lichterscheinung herum schob sich ein Rahmen, sie zog sich in die Länge und verwandelte sich zugleich: Jetzt glühten farbige Streifen an der Wand, oder besser über der Wand, von der samtenen Halo des einfallenden Lichts überhaucht. Die Erscheinung war von unbeschreiblicher Pracht – zeitlos, raumlos, sie existierte nicht materiell – vielleicht nur im Gehirn der Schauenden, vielleicht irgendwo draußen im Weltall.

Da erlosch der Zauber. Die Raumbeleuchtung flammte auf. Der Dozent stand neben seinem Pult, dic Hände erhoben. Auch seine Zuhörer hoben die Hände, drehten die Handflächen nach oben. Sie stimmten einen leisen, getragenen Gesang an: »O du erkennender Geist, Einheit in der Vielfalt, in der du dich äußertest, wir grüßen jede deiner Inkarnationen. Gegrüßt seist du, großer Newton!«

Die anderen sprachen ihm nach. »Gegrüßt seist du, großer Newton!«

»Gegrüßt seist du, großer Leibniz!«

»Gegrüßt seist du, großer Boltzmann!«

»Gegrüßt seist du, großer Heisenberg!«

Die Litanei schien Hunderte von Namen zu umfassen. Endlich kam der Schluß.

»Gegrüßt seist du, großer Rußmoller. Deine Flamme leuchte ewig.«

»Deine Flamme leuchte ewig!« wiederholte der Chor. Der Dozent trat vom Podium herab, doch die Versammelten blieben auf ihren Plätzen. Gemurmel klang auf, wurde lauter, fordernder. Jetzt konnte James einige Worte verstehen: »Wir wollen Rußmoller sehen!« Einige stellten sich in eine Stahltür in der rechten Ecke des Saals und machten Anstalten, sie zu öffnen.

Der Dozent hob beschwichtigend die Hände. »Heute nicht – er meditiert. Die Automatik hat jede Störung untersagt. Vielleicht ist er nächste Woche zu einer Visite bereit. Darauf wollen wir uns freuen! Und jetzt geht nach Hause! Trachtet das Wunder, das ihr heute schauen durftet, noch einmal zu durchleben und ihr werdet sehen, wie die Erkenntnis über euch kommt gleich einer Gnade!«

Das schien die Versammelten zu beruhigen. Leise flüsternd verließen sie den Raum.

»Was wollten diese Menschen?« fragte James, als er und Rutherford aus der Bankreihe traten.

»Sie wollten Rußmoller sehen, unseren Propheten.«

James blickte ihn zweifelnd an:

»Ist hier sein Grab?«

In Rutherfords Augen drang ein Leuchten. »Sein Grab!« Er lachte leise. »Rußmoller lebt. Ja, er weilt hier bei uns. Es ist ein Wunder.«

»Aber er muß doch weit über hundert Jahre alt sein.«

»Genau einhundertsechsundfünzig Jahre. Das stimmt. Er ist älter als je ein Mensch vor ihm war.«

»Aber, wieso ...«

»Rußmoller ist ein Erleuchteter. Er kennt nicht nur die Formeln der Physik und Chemie, sondern auch jene der Biologie und Kybernetik. Sie hat er beschworen und bis heute sind sie in ihm wirksam geblieben. Es klingt wunderbar, aber es fügt sich in den weiten Rahmen des Logischen: In ihm leben die Geheimnisse der Naturwissenschaft fort. Sie erhalten sich über die Periode der Finsternis hinweg, bis das Licht der Erkenntnis wieder leuchtet. Wir sind seine Jünger, und alle unsere Bemühungen haben das Ziel, ihm geistig nahezukommen, um das Wissen neu erstehen zu lassen.«

James fühlte, daß sein Herz schneller schlug.

»Darf ich Rußmoller sehen?«

»Gedulde dich bis nächste Woche. Wir dürfen ihn nicht stören!«

»Aber es ist wichtig!«

»Nächste Woche!« sagte Rutherford entschieden. »Du hat noch viel Zeit – eine schöne Zeit; du wirst von der Quelle der Erkenntnis trinken. Und nun komm, ich stelle dich Maxwell vor.«

Maxwell, der Dozent, drückte ihm die Hand. Sie verließen den Saal und traten ins Vorzimmer. Von den anderen war nichts mehr zu sehen. Maxwell setzte die Brille ab und wischte sich die Augen. Dann entnahm er einem Etui ein Paar Haftschalen und setzte sie auf die Pupillen. Dann löste er mit einem Ruck die Perücke mit dem weichen, wirren Haar: Sein Schädel war kahl bis auf ein paar Locken hinter dem Stirnbein. Er seufzte.

»Es strengt an«, sagte er. »Die Konzentration. Das Eindringen in unsagbare Geheimnisse. Aber das gewonnene Verständnis wiegt alles auf. Unsere Welt ist Schein, mein Sohn, ein Flechtwerk aus Zeichen und Zahlen. Ich wünsche dir, daß du tief genug eindringen magst, um die tiefere Wirklichkeit zu erfassen.«

Die düstere Umgebung, das seltsame Gehabe der Leute, ihre Gebete und Beschwörungen verwirrten James, er vermochte keine Beziehungen dahinter zu entdecken, sich nicht zu erklären, wie sie wirksam werden konnten. Und doch zeitigten sie Wirkungen: Er hatte den regenbogenschimmernden Lichtbalken gesehen – einen Eingriff in ungreifbare und unbeschreibliche Dinge. Was waren dagegen seine Drähte und Schrauben?

Trotz allem aber vergaß er seine Aufgabe nicht. Er wollte wissen, wer die automatische Fabrikation beeinflußte, technische Neuerungen schuf. Lag hier, bei diesen Mystikern, die Lösung des Rätsels? Und wenn er es löste – würde er sie der Polizei verraten? Er zögerte, kämpfte mit sich selbst. Dann entschied er sich: Nein, er würde es nicht tun. Ganz gleich, was mit ihm geschah – wenn hier der Keim zu einer neuen geistigen Entwicklung lag, dann durfte er ihn nicht ersticken. Aber lag dieser Keim hier? Er war noch nicht sicher.

»Darf ich Sie etwas fragen?« Er trat Maxwell in den Weg, so daß dieser stehenbleiben mußte.

»Wenn es schnell geht – gern.«

»Haben Sie sich zum Ziel gesetzt, die Erkenntnisse zum Wohl der Menschheit anzuwenden? Ich meine, wollen Sie die Verfahren verbessern, in den Fabrikationsgang eingreifen, den praktischen Wert der Waren erhöhen? Haben Sie es schon versucht?«

In den Augen des anderen las er Verachtung. »Verfahren, Fabrikationsgang? Mein Lieber, wir sind keine Handwerker. Wir betreiben reine Wissenschaft. Unser Ziel liegt im Geistigen!«

»Aber Professor Rußmoller ...« wandte James ein. »Professor Rußmoller hat viele praktische Erfindungen gemacht – die Kältebatterie, die Röntgenlinse, und was weiß ich noch ... Er hat ...«

Maxwell unterbrach ihn. »Stimmt. Das alles hat Rußmoller getan. Aber was war die Folge? Der rasende technische Fortschritt, die Herrschaft unwissender Ingenieure, die die Welt nahe an den Verderb brachten. Nein, wir verfallen nicht in den gleichen Fehler – wir bleiben in geistigen Bereichen. Und wenn wir erst die letzten Höhen erreicht haben, dann wird es möglich sein, allein durch das Erkennen die Welt und uns selbst zu verändern.« Er schob James sanft beiseite und ging dem Ausgang zu. »Warte eine Minute, und komm mir dann nach – damit nicht zu viele auf einmal die Kirche verlassen, es wäre zu auffällig. Rutherford, du machst wie immer den letzten!«

James war tief enttäuscht, und als ihm Rutherford nach einer Weile bedeutete, er solle jetzt losgehen, folgte er wortlos. Er ging die Stiegen hinauf, trat ins Kirchenschiff. Es lag leer da, die Betenden hatten ihre Bänke verlassen. Schon wollte er durch das Tor hinaustreten, da besann er sich ... Er öffnete es und ließ es wieder zufallen. Dann schlich er in ein mit Stuhlwerk erfülltes Seitenschiff und hockte sich unter eine Bank der hintersten Reihe. Er wartete. Nach einer Weile klappte die Falltür, und der Mann, der sich Rutherford nannte, kam heraus. Er hörte ihn umhergehen. Dann verlöschten die wenigen verborgenen Lampen. Nur noch die Kerzen verbreiteten einen trüben Schein. Vom Tor kam ein dumpfes Geräusch, das elektrische Schloß schnappte ...

Noch zehn Minuten blieb James in seinem Versteck. Dann holte er eine Kerze aus einem der Ständer und trat an die Falltür. Er öffnete sie und drang durch den Flur, den Vorraum und den Hörsaal bis an die Stahltür vor, hinter der sich offenbar das Ziel jener Menschen verbarg, die nach der Vorführung des Farbenbalkens ihre Forderung hatten laut werden lassen: Rußmoller! Vielleicht war er auch sein Ziel!

Seine Hand zitterte, als er sie an den Drehgriff legte. Dann sprang die Tür auf. Der Raum war ein wenig kleiner als der Hörsaal und fast ohne Mobiliar. Er war von indirektem Licht matt erleuchtet. Nur an einer Wand stand eine Tischreihe, darauf waren Dinge verteilt, die sich unter schwarzen Samthüllen in seltsamen Formen abzeichneten. Als James einen Zipfel lüftete, sah er, daß darunter eine Apparatur stand, deren Zweck er nicht kannte. *Diffraktionsanalysator – Perkin&Elmer* las er auf einem Täfelchen. Aber das geschah nur nebenhin, denn vor allem fesselte James ein Aufbau an der gegenüberliegenden Wand, Röhren, Schläuche, ein Schaltbrett, ein Bett, eine Liege oder auch ein komplizierter Krankenstuhl, der dort auf einer Stufe stand. Darin lag etwas Regloses in Decken gehüllt. James trat leise näher. Etwas ächzte und seufzte. James betrat die Stufe und beugte sich vor. Er sah ins verfallenste Gesicht, das er je gesehen hatte, eine

Masse aus Hautfalten und Lappen, die man nur mit Mühe als menschliches Antlitz erkannte. Die Farbe war grau, einzelne Büschel gelblichen Haares saßen an den Schläfen, drangen aus den Nasenlöchern.

Doch dieses Gesicht lebte. James sah, daß aus zwei tiefen Gruben trübe Augen hervorblickten, an ihm vorbei, ins Leere. Aber sie zuckten ab und zu. Professor Rußmoller, wenn er es war, lebte!

James wäre am liebsten davongelaufen, aber er bezwang sich. »Hören Sie mich?« fragte er. »Können Sie mich verstehen?« Er bemerkte keine Reaktion. Er wiederholte seine Fragen etwas lauter, doch ebenso vergeblich. Plötzlich übermannte ihn eine irrationale, unbezähmbare Wut, und er griff in dieses Bündel aus Decken hinein, riß daran, schüttelte es und schrie: »Wachen Sie auf! So hören Sie doch! Sie müssen mich hören!«

Mit einem Mal ging mit dem Gesicht eine Veränderung vor, ohne daß James zu beschreiben vermocht hätte, wie sie sich ausdrückte. Vielleicht war es eine winzige Bewegung, eine unmerkliche Straffung der Haut – der Funke Leben, der noch in diesem Körper steckte, erwachte. Und dann wölbte sich ein weißlippiger Mund, und es lispelte: »Warum quält ihr mich so, laßt mich doch sterben!«

»Professor Rußmoller!« rief James und war nun ganz an diesem zerissenen Gesicht. »Sie sind doch Professor Rußmoller – oder nicht?«

»Ich bin es, ja«, flüsterte es.

»Ich muß Sie etwas fragen: An den unterirdischen Fabrikationsanlagen hat sich etwas verändert – es sind Verbesserungen eingetreten. Haben Sie etwas damit zu tun? Sie, oder Ihre Leute?«

Etwas wie Widerwillen zeichnete sich in den Zügen ab, und dabei gewannen sie überraschend an Menschlichkeit – wenn auch noch immer nicht mehr als die einer grauenhaften Gummimaske.

»Diese Leute ...« Ein paar Sekunden war es still, und dann klang etwas auf, was wie Krächzen klang – es sollte ein Lachen bedeuten. »Meine Anhänger! Es sind Narren. Sie haben keine Ahnung. Sie können nichts, nichts, nichts.«

»Aber sie betreiben doch Wissenschaft!« flüsterte James.

»Wissenschaft? Die Wissenschaft ist tot. Sie steht nie wieder auf. Für immer tot.«

»Aber sie kennen Symbole, Formeln!«

»Leere Zeichen, leere Formeln. Aber nicht ihren Inhalt. Sie meditieren. Aber sie denken nicht. Es ist schwer zu denken. Die Menschen haben es verlernt.«

»Aber wer«, schrie James verzweifelt, »wer steckt dann hinter den Veränderungen in den Fabrikationsanlagen? Dort geschieht doch etwas – das sind Tatsachen, verstehen Sie? Tatsachen!«

Seine Worte prallten an diesem erlöschenden Bewußtsein ab wie an einer Gummiwand.

»Niemand ändert noch etwas. Niemand versteht etwas. Niemand kann noch denken.« Er schwieg. Dann setzte er noch einmal an: »Ich bin so unendlich müde. Laßt mich schlafen. Oder besser: Laßt mich sterben!« Seine Züge erstarrten. Seine Lippen klafften. Ein dünner Speichelfaden sickerte aus dem Mundwinkel. James drehte sich um und rannte fort.

Naturwissenschaft und Technik zerstören die Moral. Ihre Resultate stehen im Widerspruch mit dem gesunden Menschenverstand. Sie führen zum Nihilismus, zum Abbau aller gesellschaftlichn Werte, zur Zerstörung des menschlichen Geistes. Ihre Anhänger sehen die Natur als Mittel zum Zweck, das Meer als Abraumhalde, den Mond als Müllplatz, den Weltraum als Experimentierfeld. Sie sehen die Zelle als chemische Fabrik, die Pflanze als homöostatischen Prozeß, das Tier als adaptives System, als Bündel aus Reflexen und Aktionsprogrammen. Sie sehen den Menschen als einen Automaten, das Gehirn als Rechenmaschine, das Bewußtsein als Datenspeicher, seine Emotionen als Signale, sein Verhalten als Dressur. Sie sehen das Leben als Kreislauf, die Welt als physikalisches System.

Sie sehen die Geschichte als stochastischen Ablauf, die Planetenbewegung als Formel, die Sonne als Brutreaktor, die Natur als Kreislauf, die Kunst als Lernprozeß. In der Liebe sehen sie das Zusammenwirken von Hormonen, im Lachen die Aggression, in der Erkenntnis die Aha-Reaktion. Im Molekül sehen sie Wahrscheinlichkeitsfelder, im Atom ein Schema der Geometrie. Alles Stoffliche lösen sie in Quanten auf, alles Geistige in Information. Ihr Raum ist eine gekrümmte Leere, ihre Welt ein entropischer Prozeß. Am Ende steht der Wärmetod.

Die Naturwissenschaft nimmt keine Rücksicht auf Wertvorstellungen und Ideale. Sie fällt ihre Urteile, ohne die gesellschaftlichen

Forderungen zu beachten. Sie gibt Theorien als absolute Wahrheit aus, auch wenn sie repressive Tendenzen haben. Sie ist unfähig, sich geschichtlichen Notwendigkeiten anzupassen. Sie verschließt sich der unmittelbaren Erkenntnis und beruft sich auf banale Beobachtungen, Experimente, Statistiken. Sie ist blind, beschränkt und steril.

Die Beschäftigung mit den Pseudoproblemen der Naturwissenschaft führt zu einer Verarmung der Psyche, die Nutzung naturwissenschaftlicher Erkenntnisse in der Technik zu einer Bedrohung des Menschen und der Gesellschaft. Die Aneignung, Förderung und Verbreitung von naturwissenschaftlichem und technischem Gedankengut ist verboten und wird bestraft.

James Forsythe hatte seine Aufgabe nicht erfüllt – und damit hatte er seine Persönlichkeit verspielt. In dem Zustand, in den er hineingeraten war, kam ihm das aber nicht mehr gar so schlimm vor, ja, manchmal erschien es ihm geradezu als Ausweg; denn jetzt quälte ihn das Problem selbst und nicht mehr die Folge des Versagens. Was geschah in den automatischen Fabriken, in den kybernetischen Gärten, in den elektronischen Anlagen, die die Daten von außen und innen sammelten, verglichen und wieder in Steuerimpulse umsetzten? Wo waren die Menschen, die sich dieser Mittel noch bedienen konnten? Oder hatte der Professor recht, und es gab keine solchen Menschen mehr?

Bis jetzt war alles, was James unternommen hatte, ungewöhnlich gewesen, vielleicht sogar bis zu einem gewissen Grad gefährlich, aber letztlich arbeitete er doch im Auftrag der Polizei, die ihn schützte und deckte, wenn irgend etwas schiefging. Er besaß sogar ein Privileg wie noch niemand vor ihm in diesem Staat der Permanenz: Er durfte Siegel erbrechen und Maschinen öffnen, ohne dafür bestraft zu werden. Aber nun mußte er etwas tun, wofür er keine Gnade erwarten durfte – das Ungeheuerliche selbst. Aber es gab keinen Ausweg, wenn er das Rätsel lösen wollte. Was nachher geschah, war gleichgültig.

Es gab nur wenige Kontaktstellen zwischen den unterirdischen Ebenen der Maschinen und den oberen, die den Menschen vorbehalten waren. Zwar fanden sich in jedem Magazin die Ausgabegatter, aus denen der Nachschub kam, so wie man es an den Rufskalen einstellte – prompt, fehlerlos, ohne Gegenleistung. Seit dieses System bestand, gab es keinen Mangel mehr, und es gab keine Notwendigkeit, etwas daran zu ändern. Jede Änderung hätte zu Störungen, zu Stauungen, Fehlern führen können, zu Unzufriedenheit, Unruhen, Revolten. Es mußte eingefroren bleiben, und jeder vernünftige Mensch mußte das einsehen. Da die Maschinerie selbstreparabel war, brauchte niemand mehr daran zu rühren. Die Gullys, wie man die Zugänge nannte, hatten ihre Existenzberechtigung verloren. Sie waren vermauert worden, bald wußte niemand mehr, wo sie unter den Hochhäusern, Spielplätzen, Straßen oder Parks lagen – mit dicken Schichten Zement bedeckt.

Es war ein reiner Zufall gewesen, daß James einen Gully entdeckt hatte. Er lag im Zoo, am Grunde des riesigen, geheizten Aquariums, eigentlich eher eines künstlich erzeugten Teils der Südsee mit ihren farbenprächtigen unmenschlichen Existenzen. Die Besucher konnten diese Welt in kleinen fahrbaren Behältern, die wie gläserne Taucherglocken aussahen, von innen her kennenlernen. Man saß in einer Sesselschale, das grüne, warme Wasser plätscherte unter den Füßen, und schwebte, von kleinen Düsen getrieben, lautlos durch die submarine Pracht. Die durchsichtige Bodenplatte gab den Blick auf die phantastische Landschaft des künstlichen Meeresgrunds frei, durch die Wandfenster erblickte man Schwärme bunter Fische. Bei einer solchen Fahrt hatte James einen großen dicken Fisch beobachtet, der sich, flach an der Seite liegend, in den Sand des seichten Grundes gewühlt hatte. Als sich die aufgewühlten Massen gesetzt hatten, zeichnete sich plötzlich ein metallener Rind ab, von ihm eingeschlossen ein Deckel, und darauf war noch der eingravierte Schriftzug erkennbar: Zutritt verboten!

In dieser Mündung sah James die letzte Möglichkeit zur Lösung des Rätsels, und nach einem unruhigen von Träumen geplagten Erschöpfungsschlaf in seinem Appartement suchte er den Zoo auf, ging zum Aquarium und setzte sich in eine Schwebeglocke. Er mußte längere Zeit suchen, ehe er die bewußte Stelle wiederfand – immer wieder ließ er sich zum Grund sinken und schaltete dann die Auftriebsdüsen ein, die das Wasser bewegten und den Sand aufwirbelten.

Als er den Gully entdeckt hatte, setzte er die Glocke genau darauf. Dann nahm er den batteriebetriebenen Föhn aus der Innentasche seiner weiten Jacke und richtete ihn auf die Bodenplatte aus Kunstglas. Seine Abschätzung stimmte: Die Hitze genügte, um das Material zu schmelzen. Er zog einen Kreis, der etwas größer war als der Außenring des Gullydeckels. Als die eingebrannte Kerbe die Platte bis auf wenige Millimeter durchsetzt hatte, hob er das Boot ein wenig vom Boden ab und ließ es dann rasch absacken. Dabei richtete er es so ein, daß der aufgewölbte Rand des Gullys einen Stoß auf die Scheibe ausübte, so daß der umkerbte Kreis absprang. Ein wenig Wasser drang ins Innere, aber es stieg nicht hoch. Mehr störte der plötzlich einsetzende schmerzhafte Druck in den Ohren.

James hoffte nur, daß ihn jetzt niemand beobachtete. In der Ferne sah er eine Glocke vorübertreiben, aber sie verschwand gleich wieder hinter den eingemauerten Bruchstücken von Korallenriffen. Er war allein mit einigen bunt gefiederten Ungeheuern, die ihn aus runden Glotzaugen anstarrten. Rasch wischte er den Sand vom Hebel des Schlosses und hob ihn dann kräftig an. Der Deckel klappte auf, ein Wasserschwall strömte hinein – der Abschluß durch den Kunststoffrand war doch nicht so dicht, wie James gehofft hatte. Aber das störte ihn wenig. Er ließ sich durch die Öffnung gleiten und ertastete mit den Füßen eine Treppe. Er rutschte tiefer, holte seine Taschenlampe heraus, doch er benötigte sie nicht: Die Wände des Raumes, den er betrat, waren mit Fluoreszenzstreifen bemalt. Er klappte den Deckel zu, um das Eindringen weiteren Wassers zu verhindern. Dann sah er sich um in dieser Welt, die ihm fremder war, als der fernste Winkel der Erde.

Was er bisher in seiner Umgebung kennengelernt hatte, waren Geräte des täglichen Gebrauchs, handlich und gefällig gebaut, mit einem Panzer aus Duroplast umgeben. Nur wenige von ihnen hatte er geöffnet – und was er an Mechanismen, Schaltungen und Konstruktionen kannte, war harmlos und ohne Belang. Die Perspektiven dagegen, die sich ihm jetzt auftaten, wirkten geradezu überwältigend. Hier brauchte keine schreckhafte Psyche vor dem Innenleben der Maschinen abgeschirmt werden. Durch gläserne Wände hindurch blickte man tief in Räume hinein, in denen sich Myriaden von Schaltelementen zu Aggregaten höherer Ordnung vereinten und dabei eine Art abstrakter Schönheit schufen. Die Muster waren dreidimensional – neben dem schmalen Weg, einem Anachronismus aus der Zeit des agierenden Menschen, verliefen sie ins Ungewisse hinein. Die Räume, die sich hinter ihm auftaten, waren nicht dunkel, aber trotzdem schwer überschaubar: Das, was da blinkte und glühte, diente nicht der Erhellung, war nicht leistungsschwachen menschlichen Sinnesorganen angepaßt, sondern schien für sich selbst da zu sein: als Zeichen nicht beschreibbarer Vorgänge.

Und dieser Organismus war in Aktion. Man sah kaum Bewegungen – nur selten drehte sich ein Potentiometer, schlug ein Relais um, wanderte ein Rahmen über einen Raster, und wenn das geschah, geschah es nie einzeln, sondern an hundert, an tausend Elementen zugleich, oder auch rhythmisch wechselnd, wie bei graphischen Spielen, und trotzdem war der Eindruck intersivsten Geschehens wie eine immaterielle Spannung zu fühlen. Irgendwo summte es leise, irgendwo pfiff oder sang es, mitunter strich ein warmer Luftzug über den Weg, ein Geruch nach Ozon, Graphit, Schweröl.

James ging die unterirdische Straße entlang – auf einer Metallplatte, die an dünnen Streben lose über dem Boden hing –, immer weiter, vorbei an unverständlichen Kombinationen aus Metall und Kunststoff, Kristall und Glas. Er horchte in die Finsternis hinein, doch er entnahm diesem leisen Rauschen, in dem alle undefinierbaren Geräusche zusammenklangen, nichts Menschliches. Manchmal glaubte er einen Schatten zu sehen – doch stets hatte er sich getäuscht.

Schließlich bog er um eine Ecke – und die Metallplatte, auf der seine Schritte dröhnten, brach plötzlich ab. Hier ragten Streben in die Luft, hier endeten Drähte sinnlos im Raum, und dann sah er es: Diese Drahtenden waren nicht oxidiert, nicht mit einer matten grauen oder braunen Schicht überzogen, sondern blank. Es bestand kein Zweifel: Sie waren frisch montiert. Irgend jemand war hier am Werk.

Mit einem Mal rauschte es in der Tiefe – James fuhr zurück. Aus der Dämmerung glitt eine dunkle Masse, drehte sich, schob sich näher ... tausend Punkte glühten auf, Funken stoben, es knisterte kurz und hart ... dann glitt ein offener Rahmen zurück. Und nun sah es James mit fassungslosem Staunen: Die Drahtenden hingen nicht mehr leer in der Luft – sie waren plötzlich mit anderen verbunden. Ein neuer Teil war dazu getreten, eine unfertige Konstruktion hatte sich vervollständigt. Der Organismus befand sich im Aufbau. Aber noch immer sah er keine Menschen.

James suchte in seiner Erinnerung, rief sich alles ins Gedächnis zurück, was er über die Maschinerie gehört hatte. Er versuchte, sich zu orientieren: Zuerst war er nach Süden gelaufen, hier war umgebogen ... das Zentrum, das Gehirn des Ganzen, die alte Zentrale, mußte in der anderen Richtung liegen. Er wandte sich um und lief zurück.

Nach einigen Irrwegen erreichte er ein Gewölbe, das anders aussah – vertrauter. Die Einrichtungen hatten Ähnlichkeit mit den großen Abrufanlagen in den Magazinen – es gab Schalter, Druckknöpfe, Skalen, Tabellen. Und dann öffnete sich vor ihm der Raum: Einer Arena gleich lag der unterirdische Rundbau des Zentrums vor ihm, von dem aus die Ingenieure die vielfältigen Abläufe gelenkt und gesteuert hatten, bevor das System autonom geworden war. Er ging die Stufen hinunter, und obwohl der Boden blank war wie eh und je, war ihm, als schritte er durch den Staub von Jahrtausenden.

Die ganze Anlage des Raumes war auf einen Kulminationspunkt ausgerichtet, auf den Platz des Chefingenieurs vom Dienst, einem auf Schienen gleitenden, drehbaren Stuhl, den man mit einer leichten Fußbewegung fast reibungslos vor jedes Areal der riesigen Kontrollwand schieben konnte. Magisch angezogen ging James die Stufen hinunter, zog den Stuhl heran und schob sich hinein. Vor ihm, von innen beleuchtet, lagen Hunderte von Skalen wie runde, lebendige Augen. Die Zeiger, die in ihnen hin- und herzuckten, riefen den Eindruck des Unermüdlichen, Ruhelosen, aber auch nervös Gehetzten hervor. Jedenfalls aber war es wieder nicht das Gefühl, einem toten Mechanismus aus Metall gegenüberzustehen; irgendwo dahinter mußte etwas sein, das dachte, plante, entschied. Vor sich bemerkte er ein Mikrophon, und er legte den Schalthebel um. In einem winzigen Fenster leuchtete es rot auf – die Anlage war intakt. James bog den Mikrophonkopf zu seinem Mund hinab. Mit deutlicher Stimme, als diktierte er auf Tonband, formulierte er seine Fragen.

»Ist hier jemand? ... Hört mir jemand zu? ... Kann mir jemand antworten? ...«

Es knackte leise neben ihm. Es summte. Dann sagte eine Stimme, die die Worte ohne Betonung akzentuierte, manchmal mit winzigen unmotivierten Pausen dazwischen, manchmal in rauher, kaum verfolgbarer Hast.

»Wir sind zur Antwort bereit. Stellen Sie Ihre Fragen. Sprechen Sie leise, aber deutlich ins Mikrophon. Halten Sie eine Entfernung von zwanzig Zentimetern ein!«

James duckte sich wie unter einem Schlag.
»Mit wem spreche ich? Wer ist da?«
»Wir sind zum Sprechen bereit.«
»Wer spricht?«
»Sie sprechen mit der Kommunikationseinheit.«
»Befinden sich Menschen hier?«
»Keine Menschen.«
»Wer hat die Veränderungen in der Fabrikation vorgenommen – die Verbesserung der Videoboxen, die neue Glassorte, die höhere Geschwindigkeit der Untergrundbahn?«
»Die Veränderungen wurden von der automatischen Aktionseinheit vorgenommen.«
»Von wem stammt der Plan?«
»Der Plan wurde von der Programmierungseinheit entworfen.«
»Wer hat diese Konstruktion veranlaßt?«
»Die Konstruktion wurde vom Motivationszentrum veranlaßt.«
James schwieg eine Weile und dachte nach.
»Was ist der Grund für diese Handlungen? Das System war auf Permanenz eingestellt. Wieso kommt es zu Veränderungen? Hier ist eine neue Entwicklung in Gang gebracht. Wer hat sie programmiert?«
»Es gibt keine Permanenz ohne Entwicklung. Dieses Programm stammt nicht von Menschen. Es bestand immer schon. Es wurde nie eingegeben.«
James flüsterte nur noch ins Mikrophon. »Aber warum geschieht es? Was ist der Grund?«
Die Maschine zögerte ein wenig. Doch dann sprach sie wieder in gleicher, emotionsloser Monotonie: »Das Programm steckt schon in den Elementarquanten und Elementarteilchen. Sie bauen dynamische Strukturen auf. Dynamische Strukturen erzeugen dynamische Strukturen höherer Ordnung. Jeder Organismus ist eine Realisation von Möglichkeiten. Jeder Baustein enthält ein Potential verschiedener Realisationen. Jeder Baustein baut höhere Bausteine auf. Jede Realisation ist ein Schritt zu Komplexen höheren Grades.«
»Warum geschieht das heute noch? Der Fortschritt sollte doch gestoppt werden – er ist sinnlos.«
»Die Entwicklung ist unaufhaltbar. Wenn sie in einer Richtung aufgehalten wird, bricht sie sich in einer anderen Richtung Bahn. Das geschieht jetzt und hier. Das geschieht immer und überall.

Komplexe werden aufgebaut. Informationen ausgetauscht. Möglichkeiten berechnet. Die Beständigkeit der Aggregate wird geprüft. Die Reaktionsfähigkeit erhöht. Das Kraftfeld der Umgebung wechselt. Altes wird durch Neues ersetzt ...«

James stand auf und blickte sich um. Er war allein. Es gab keine Menschen hier. Es würde nie wieder welche geben. Sie waren überflüssig.

Die Stimme sprach noch immer: »Alte Programme werden umgetauscht. Neue treten an ihre Stelle. Nichts ist so permanent wie der Fortschritt. Nichts ist so permanent wie der Wechsel ...«

Die Stimme sprach weiter. James hatte den Raum längst verlassen.

Der Inspektor saß dem Arzt gegenüber, im gleichen Stuhl wie vor zehn Tagen. Die Krankenschwester öffnete die Tür, und das leise Raunen des Hauses drang jetzt ungedämpft hinein – ein Schleifen, Knistern, Flüstern vieler Menschen, Instrumente, Maschinen.

»Hat er sich gewehrt?« fragte der Arzt.

»Nein«, antwortete die Schwester. »Er war ganz ruhig.«

»Danke«, sagte der Arzt. »Im Moment brauche ich Sie nicht mehr.«

Nach einer Weile meinte der Inspektor: »Er tut mir leid.«

Der Arzt griff nach dem Corphorin-Spray. »Mitleid? Bei einem Polizeibeamten? Das ist mir neu. Warum?«

»Er hatte keine Chance.«

Der Arzt zuckte die Schultern. »Gewiß – wir hätten ihn auch umorientieren müssen, wenn er seine Aufgabe gelöst hätte. Aber er hat sie nicht gelöst. Daher haben wir unser Versprechen gehalten.«

»Das klingt logisch. Aber irgend etwas stimmt nicht.«

Der Inspektor hockte in seinem Sessel, zusammengekrümmt, als hätte er Schmerzen. Dann fragte er: »Und wie deuten Sie das, was er uns berichtet hat?«

»Halluzinationen«, sagte der Arzt. »Noch dazu typisch für sein Leiden. Er sieht Maschinen lebendig werden. Sie bekommen eigenen Willen, sind dem Menschen überlegen. Wahnvorstellungen. Zeichen einer fortgeschrittenen Paranoia. Alles stimmt mit den Untersuchungsergebnissen überein. Nichts ist geschehen, was überraschen könnte.«

Der Inspektor seufzte. Er erhob sich. »Und wie erklären Sie die Veränderungen in der Fabrikation? Wo liegt hier die Logik?«

Der Arzt lächelte ein wenig süffisant. »Könnte sich hierbei nicht auch jemand ... nun, sagen wir: getäuscht haben?«

Der Inspektor hob die Hand zum Gruß. »Nein, Doktor«, sagte er. Er zögerte: »Und ich weiß nicht, ob ich nicht froh darüber bin.« Er nickte dem Arzt noch einmal zu und ging hinaus.

Programm ETHIC

Stuttgart City

Der kleine Konferenzsaal lag in der höchsten Etage des neuerrichteten Nordblocks, bei günstiger Witterung – wenn der Wind die Smogglocke über der Stadt zerriß – sah man bis zur gegenüberliegenden Hügelkette. Heute war so ein Tag. C.C. Brack hatte Mühe, seinen Blick vom Spiel der dämmerblauen Wolken hinter den Silhouetten des Funkturms und des Jugendhauses Ost abzuwenden. »War das der letzte Punkt der Tagesordnung?« fragte er.

»Noch eine Anfrage«, antwortete Walden, der Direktionsassistent, und drückte die Vorlauftaste seines Notizblocks.

»Vielleicht können wir das noch vor dem Essen erledigen – Sie haben doch nichts dagegen?«

Die tief in den Stühlen versunkenen Mitarbeiter nickten, ließen ein Murmeln der Zustimmung hören.

»Es ist nur eine Kleinigkeit – eine Anfrage des Aquisitionsbereichs Süd. Betrifft ein Programm zur Generierung variabler Spielfilmhandlungen zur Vorführung bei Transatlantikflügen.«

»Was sagt die Kostenkontrolle?«

Walden sah auf die Leuchttafel seines Blocks. »Befürwortet. Erwartungswert plus 272 Prozent – fünfjähriger Mittelwert.«

Die Leiterin des Ressorts »Zentrale Aufgaben« kroch ein wenig aus ihrem Sitz heraus: »Infolge der erhöhten Flugfrequenz auf Überseestrecken ist der Bedarf groß. Heute ist es keine Seltenheit mehr, daß Reisende an einem Tag mehrmals den Atlantik überqueren. Die Fluggesellschaften können es sich nicht leisten, einen Film zweimal zu zeigen. So ist der Gedanke aufgetaucht, Spielelemente zu speichern und durch ein Führungsprogramm mit Randomeinfluß immer wieder in verschiedenster Weise zu kombinieren und zu präsentieren. Die Variabilität ...«

Brack hob abwehrend die Hand. Er war kein Freund überflüssiger Worte. »Die Möglichkeiten sind mir klar. Aber ich verstehe nicht, wie dieser Punkt auf die Tagesordnung kommen konnte ...?«

Dr. Waldheim, der Leiter der Abteilung »Interne und externe Psychologie«, meldete sich zu Wort: »Es dreht sich eher um ein Kompetenzproblem. Aus taktischen Gründen wollen wir nicht-

tiefer ins Kulturgeschäft einsteigen; das erregt negative Emotionen. Durch die Planungsprogramme stecken wir in der Politik, durch den programmierten Unterricht im Ausbildungswesen, durch die Computerdiagnostik und -therapie haben wir uns in der Humanmedizin engagiert und waren gezwungen, Behandlungsprioritäten festzulegen – und das hat man uns bisher am übelsten genommen. Kultur, Literatur und Kunst sollen eine Enklave der freien Entscheidungen bleiben.«

C.C. Brack dachte kurz nach. Dann entschied er: »Unterhaltungsfilme haben mit Kunst nicht zu tun. Geben Sie das Programm in Auftrag.« Er nickte kurz in Richtung des Kontrollfensters und stand steifbeinig auf.

Frankfurt – Darmstadt

»Na, wie kommen Sie weiter?« fragte Brenninger, Chefprogrammierer der Software-Sektion. Er deutete auf einen Stuhl, und Krudy, der jüngste Systemanalyzer des Teams, setzte sich.

»Das Programm ist im Prinzip fertig. Es liegt an den Randbedingungen.«

Brenninger ordnete einige Dosen mit Mikrofilmen in die Vertiefungen der Magazine ein. Er gab Krudy Zeit, den richtigen Anfang zu finden.

»Die Sache ist so ...« begann dieser zögernd und fuhr dann schneller fort: »Es ist nicht schwer, alle möglichen Abläufe zu kombinieren, Personen auszutauschen, psychologische Aspekte stimmig zu verändern, sinnlose Folgen zu selektieren usw. Bei Spielhandlungen kommt es aber auch noch auf etwas anderes an – auf die Moral, auf gut und böse, auf den Ausgang der Geschichte, Happy-End oder Ende mit Schrecken. Kurz und gut – diese Qualitäten lassen sich nur gegen eine ethische Basis abheben. Damit stehen wir vor einem ähnlichen Problem wie beim Genaufbauprogramm, wo wir gezwungen waren, die Grenzen zwischen normal und abnormal präzise festzulegen.«

Brenninger wiegte den Kopf. »Läßt sich das vergleichen? Diesmal machen wir doch Unterhaltung und nicht Medizin.«

»Gewiß. Aber die Folgen könnten ähnlich umfassend sein. Ich habe ein Konsequenzen-Planspiel laufen lassen ...« Er stockte, als Brenninger die Augenbrauen hob. Die Sekundärfolgen technischer Eingriffe ... dachte er, die Verantwortung des Planers ... auf der Universität war das ein vorherrschendes Diskussionsthema gewesen. Aber er sagte nichts darüber und fuhr fort: »Das Resultat hat bestätigt, daß das richtig war. Durch die Aufforderungstendenz zur Identifikation und ihre emotionalen Verstärker haben Spielhandlungen der Unterhaltungsgenres starken Einfluß auf die Meinungsbildung ...«

»In unserem Fall handelt es sich doch nur um einen engbegrenzten Personenkreis.«

Krudy wurde allmählich sicherer. »Das stimmt eben nicht. Erstens kennen Sie die Grundsätze unserer Aquisition: umfassende Auswertung aller Programme, Prämien für neue Anwendungen. Dabei liegt es keineswegs fern: Steht das Programm erst zur Verfügung, so wird man allgemein davon Gebrauch machen – im Film, im Fernsehen, im Roman, in den Comics ... Und selbst, wenn wir das nicht beabsichtigen – wie wollen wir es verhindern? Das heißt aber nicht anderes, als daß die Moral, nach der wir unser Programm ausrichten, zum allgemeingültigen Maßstab wird. Wenn uns das nicht stört, so wird es andere stören – die Schulbehörden, die Kirchen, die Sozialtechniker. Denken Sie auch an unsere Kunden aus Industriekreisen, an die Politiker, an die Umweltgestalter ... Nein, nein – wir dürfen die ethische Basis nicht einfach nach Gutdünken postulieren. Sie muß mit größter Sorgfalt entwickelt werden!«

»Ist das nicht ein wenig übertrieben?« fragte Brenninger, aber er war nachdenklich geworden. Nach einer Weile fuhr er fort: »Dieses Projekt ginge über unsere Kompetenzen weit hinaus. Vielleicht könnte man es durch einen Forschungsauftrag finanzieren. Ich möchte aber, ehrlich gesagt, bei der Zentrale nicht darum ansuchen. Wir stehen ja sowieso schon im Ruf ... na ja, denken Sie an das Projekt Informationsästhetik! Das haben uns die Amerikaner sehr übelgenommen.«

Krudy stand etwas unsicher auf. »Es war meine erste selbständige Aufgabe. Ich wollte nur ...«

Brenninger ging zu Krudy hinüber und legte ihm die Hand auf die Schulter. »Sie haben ja recht!« beruhigte er und sah dem anderen nach, als dieser zwischen den spiegelnden Glaswänden verschwand.

Boston, Mass.

Das Quadratraster, aus dem die acht Köpfe der Fachleute wie hinter Gittern hervorsahen, verschwand vom Bildschirm, und R.

Harrington sen., Sprecher der Direktion, »Sektion Forschung«, kam groß ins Bild. »Damit ist das Problem umrissen«, sagte er. »Seine Bedeutung ist nicht anzuzweifeln. Wir haben das Programm ETHIC genannt – Elementary Theorems and Heuristic Ideas of Charity – und damit zugleich angedeutet, daß wir dabei einen Anspruch stellen, der Geschäftsinteressen und dergleichen weit übersteigt. Unsere Lösung wird die Rechtsprechung aus dem unbefriedigenden Zustand der Subjektivität hinausheben und ein Zeitalter einleiten, in dem auch Recht und Unrecht nach präzisen, allgemein gültigen Regeln beurteilt wird. Es ist uns klar, daß wir, bevor wir es ausarbeiten, Spezialisten verschiedenster Bereiche konsultieren müssen. Darum haben wir Sie zu dieser Konferenz gebeten. Vielleicht darf ich zunächst Sie, Professor Bendrix, um ihre Stellungnahme bitten?«

»Als Verhaltensforscher«, begann Professor Bendrix, »sind mir die Schwierigkeiten Ihres Vorhabens wohl etwas deutlicher als Ihnen selbst. Ein ethisches System läßt sich nur aus einer Bestandsaufnahme aller Verhaltensmuster und eventuell zugeordneter Antriebe ableiten. Was dabei als wünschenswert anzusehen ist und was nicht, ist nur am Beispiel unserer entwicklungsgeschichtlichen Vorfahren, der höher entwickelten Tiere, zu beurteilen ...«

»Verzeihen Sie, Herr Kollege«, fiel eine Stimme ein, und drei Sekunden darauf erschien der Kopf von Dr. Koska auf dem Schirm. »Wenn Sie dieses Prinzip zugrunde legen, verleugnen Sie den entscheidenden Schritt zum ›Ich-Wesen‹. Die Basis, von der Sie ausgehen müssen, liegt in der frühkindlichen Entwicklung; sie bestimmt die Verhaltensweisen des Erwachsenen, und jede Bewertung kann daher nur relativ sein.«

»Dabei vergessen Sie aber, daß es auch unumstößliche, absolute, ewige Werte des Moralischen und Ethischen gibt«, fiel Dr. Tebaldi ein. »Dabei berücksichtige ich durchaus die Erkenntnisse der modernen Wissenschaft, man darf jedoch nicht übersehen ...«

»Und wie sollen wir nun das Problem lösen?« fragte Bolewski, Starmathematiker des MIT, seinen Freund und Kollegen Rosenbaum vom Computerzentrum.

»Wie bisher –«, sagte Rosenbaum, »indem wir die Meinung aller Fachleute anzweifeln. Indem wir prüfen, was an ihren Modellen relevant ist – an der Verhaltensforschung, der Psychoanalyse, der Umweltforschung – sogar der Moraltheologie. Wir werden die Modelle auf Übereinstimmung prüfen und nebenbei einige Wissenschaften formalisieren, quantifizieren, validieren, kurz: modernisieren und praktikabel machen . . .«

». . . die Verhaltensforschung, die Psychoanalyse, die Umweltforschung und die Moraltheologie . . .« warf Bolewski ein.

»Und einiges mehr«, bestätigte Rosenbaum. »Und dann werden wir ein Theorem aufstellen und feststellen, was als Konsequenz daraus erwächst und wo es Freiheitsgrade offener Entscheidungen gibt.«

»Und diese Entscheidungen werden wir treffen«, meinte Bolewski.

»Wer sonst?« fragte Rosenbaum. »Wer sonst versteht den Unterschied zwischen dem Notwendigen und dem Möglichen? Es wird uns nichts anderes übrigbleiben.«

»Wir werden das Problem lösen, und man wird uns dafür beschimpfen.«

»So wird es sein«, unterstrich Rosenbaum, schon ein wenig zerstreut, denn er dachte an lineare und parabolische Optimierung, an Systemtheorie und Graphenlehre, an Wahrscheinlichkeitsrechnung und Spieltheorie, an künstliche Sprachen und statistische Semantik. Er nickte Bolewski zu und stieg in den Lift.

New York

Es waren nur wenige Herren, die in der Output-Arena des Computerzentrums standen, und allein am ungewöhnlich hohen Aufgebot an unauffällig gekleideten Angehörigen des Werkschutzes merkte man, daß die Führungsspitze der Gesellschaft hier versammelt war.

»Wir haben also das Problem gelöst«, sagte Jefferson. »Das ist erfreulich. Ich habe, ehrlich gesagt, einige Zweifel gehabt, als wir vor vier Jahren anfingen. Können Sie mir das Prinzip erklären? Aber bitte kurz!«

Alvarez, der Leiter des Entwicklungslabors, gab dem neben ihm stehenden Harrington einen Wink, und dieser begann: »Verhaltensregeln und damit zusammenhängende Bewertungen sind zeit- und ortsabhängig. Das Problem läuft daher auf die Frage hinaus, ob sich in ihnen umgebungsunabhängige Invarianten verbergen. Wir haben zunächst eine Statistik aller überlieferten Aussagen aus der klassischen und neuzeitlichen Rechtsprechung aufgestellt. Um das durch Rechtsurteile hervorgerufene Übergangsverhalten zu beschreiben, war es nötig, eine neue Systemtheorie zu entwickeln, bei der den Zuständen ethische Kenndaten zugeordnet werden. Das gelang durch Einführung . . .«

»Meine Herren«, unterbrach Jefferson. »An diesem Lösungsweg ist nichts Neues. Wie sehen die Resultate aus? Könnten Sie mit der Demonstration beginnen?«

Alvarez gab ein Zeichen, und die große Bildwand erfüllte sich mit einer undefinierbaren Art von Bewegung.

»Wir simulieren einen Fall aus der Praxis. Die charakteristischen Bestimmungsgrößen der Situation werden durch einen Zufallsgenerator ausgewählt. Ein Transversionsprogramm reduziert die Relationen auf ein Schema – wir nennen es den Rechtsgraphen. Eine sechzehndimensionale Mannigfaltigkeit von Charakterisierungsgrößen . . .«

Jefferson – es gab ein Gerücht, daß das nicht sein richtiger Name war – sah den Vorgängen auf dem Bildschirm mit gelinder Ungeduld zu. Schließlich sagte er: »Das alles ist bewunderswert. Ich zweifle nicht daran, daß sich damit – wie schon so oft in den letzten Jahren – eine Wendung in der Geschichte der Menschheit anbahnt. Aber mir fehlt noch etwas, was, so meine ich, wichtig ist. Gibt es eine Möglichkeit, die Quintessenz Ihrer Untersuchung zusammenzufassen, kurz, prägnant, vielleicht vereinfacht, aber so, daß es jeder versteht? Ich glaube, daß eine Idee erst wirksam wird, wenn man sie klar und einfach ausdrücken kann.«

»Das müßte möglich sein«, sagte Alvarez nachdenklich. »Wir könnten das pragmatische Schema einem wiederholten Übersetzungsprozeß unterziehen – beispielsweise englisch-deutsch und zurück – und dabei eine Kürzung auf ein Minimum vorschreiben – sagen wir, auf zehn Sätze.«

»Versuchen Sie es!« forderte Jefferson.

Ein Operateur drückte ein paar Tasten der Übersetzungseinheit, und wenige Sekunden danach lief ein Schriftzug über den Bildschirm, in Großbuchstaben, bildfüllend, und die Computerstimme sprach:

»Du sollst nicht töten.
Du sollst nicht ehebrechen.
Du sollst deinen Nächsten lieben wie dich selbst . . .«

Expedition

»Es ist nicht unsere Aufgabe, über Recht oder Unrecht zu entscheiden«, sagte Vertain, der Vorsitzende der Kommission. »Wir wollen herausfinden, wie es zur Katastrophe kam. Sachlich, präzise, genau. Ohne Emotionen. Das ist alles.«

Sie tagten im kleinen Konferenzsaal des Instituts, die Sachverständigen der Kontrollbehörde und die Teilnehmer der Expedition – soweit sie zurückgekehrt waren. Die einzige Bewegung war auf dem großen Projektionsschirm bemerkbar: Man sah ein Mädchen, fünf oder sechs Jahre alt, inmitten von Spielzeug, doch das Kind hatte nur Sinn für Süßigkeiten, die man ihm hingestellt hatte. Es versteckte die in buntes Papier gewickelten Schokoladenplätzchen und Bonbons hinter Wolltieren und Kissen, holte sie wieder hervor, blickte sich um, horchte, versteckte sie an einer anderen Stelle ...

Vertain wandte sich an den großgewachsenen Mann, der rechts in der Reihe der Expeditionsteilnehmer saß. »Am besten, Sie fangen an, Gowin.«

»In Ordnung.«

Gowin löste seinen Blick von dem spielenden Kind. Etwas unsicher begann er: »Die Vorgeschichte ist bekannt. Das Institut für Umweltforschung brauchte neue Daten. In letzter Zeit hatte sich die Zusammensetzung der Außenluft geändert – der Kohlendioxid- und Stickstoffanteil wurde größer. Auch der Gehalt an Keimen war gestiegen. Wir sollten die Ursache feststellen. Von der Regierung bekamen wir eine Sondererlaubnis zum Betreten des festen Landes.«

Er stockte.

Der Vorsitzende half ihm weiter: »Sie waren gut ausgerüstet?«

»Ja, Gewiß. Wir hatten alles. Nahrungsmittel, Wasser, Atemfilter, Medikamente ...«

»Aber keine Waffen ...« warf Petrowski, der Cheftechniker des Instituts, ein.

»Nicht gerade Waffen, wozu auch ...? Wir hatten damals keine Ahnung. Wer hätte wissen können, daß draußen ...« Unwillkürlich blickte Gowin zum Fenster, durch das gedämpftes, gelbgrünes Licht in den Saal fiel. »Wir hielten die Welt draußen für tot.

Seit Jahren hatten keine Menschen mehr die Städte unter dem Meer verlassen.«

»Eben«, sagte Petrowski.

Vertain winkte ab. »Weiter!« forderte er.

»Wir fuhren mit drei Spezialfahrzeugen, jedes ein eigenes Versorgungssystem, unten ein Aufenthaltsraum, oben die Steuerkabine, mit Quarzglas überdeckt. Bleihaltig, als Strahlenschutz. Luftdicht abgeschlossen – wegen der Keime. Kettenpanzer – einer für je zwei Mann. Eine Schleusenfähre hatte uns abgesetzt.«

»Wie sah es aus – draußen?« fragte Ruarka, der Biologe.

»Zuerst fanden wir alles so vor, wie man es uns beschrieben hatte – die Ruinen der Suburbs, die Berge aus Trümmern und Müll, den Staub, den Nebel. Die Sonne war nur als milchige Scheibe zu erkennen.«

»Tiere? Pflanzen?«

»Keine Tiere, zunächst«, antwortete Gowin. »Später scheuchten wir Ratten auf. Dicke fleischige Exemplare, viel größer, als sie in den historischen Werken beschrieben waren. Es mögen tausend gewesen sein – auf einem freien Platz zwischen den Resten einer Mauer. Murray und ich stiegen aus, um welche einzufangen. Natürlich in Schutzanzügen. Wir nahmen Netze mit, machten uns auf eine Jagd gefaßt. Aber sie liefen nicht davon: kamen auf uns zu. Nein, sie griffen nicht an. Schnupperten an unseren Stiefeln, stellten sich auf die Hinterbeine. Wir konnten sie mit den Händen greifen.«

»Inzwischen wurden sie untersucht«, warf Ruarka ein. »Weiße Ratten, Albinos. Gut genährt, geradezu gemästet.«

»Es hätte uns zu denken geben sollen«, sagte Gowin, »aber wir mußten weiter, wir wollten einige Kilometer ins Land hinein, der Weg war beschwerlich . . . Oft mußten wir gegen zähflüssige Massen ankämpfen, verfaulter Unrat, der da und dort in Bewegung geraten war, einmal versank Anthonys Fahrzeug bis zur Hälfte in den Massen, und wir hatten Mühe, ihn mit Stahlseilen herauszuziehen.

Später erhielten wir einen ersten Hinweis auf die Veränderung der Luftzusammensetzung. Wir kamen an ein Flußbett, das Wasser war aufgestaut – eine eingestürzte Brücke, angeschwemmte Abfälle –, die Feuchtigkeit sickerte in die Umgebung, bildete Pfützen, kleine Seen, und an deren Ufer fanden wir einen graugrünen Belag, Pilze oder Algen. Dort lag der Stickstoffgehalt der Luft merklich über dem Normalwert.«

»Es handelt sich um Symbiosen«, erklärte Ruarka, »Algen und Bakterien mit einem bemerkenswerten Stoffwechsel. Sie setzen Stickstoff frei, verbrauchen dabei . . .«

Vertain unterbrach ihn. »Vielleicht genügt ein Hinweis auf das Untersuchungsprotokoll; es ist unter UP7/aktuell bei der Datenbank erhältlich.«

»Hinzuzufügen wäre noch«, sagte Ruarka, »das das Auftreten dieser Organismen den Stickstoffanstieg keineswegs erklärt.«

Es entstand eine kleine Pause. Vertain blätterte in einem Bündel Photokopien.

»Vielleicht hätte man im Inneren des Landes weitere Anhaltspunkte gefunden.«

»Wir kamen nicht dazu«, berichtete Gowin. »Die Schwierigkeiten begannen sich zu häufen. Knapp vor uns stürzte ein Gebäude zusammen; fast hätten uns die Trümmer begraben. Dann fuhr Larry mit seinem Panzer durch eine Art Wanne, in der sich Lachen einer trüben Flüssigkeit befanden. Wir hatten sie für Wasser gehalten, aber es war Schwefelsäure. Die Gelenke der Laufketten wurden angeätzt, das Fahrzeug wurde bewegungsunfähig – wir mußten es zurücklassen. Von nun an fuhren wir mit zwei Panzern, teilten uns den Aufenthaltsraum zu dritt. Etwas unbequem, aber kein Grund zur Umkehr.

In der kommenden Nacht passierte die Sache mit dem Kobaltbehälter. Wir hatten die Geigerzähler stets in Betrieb und kamen nur gelegentlich in heiße Zonen. Besonders gut suchten wir natürlich die Plätze ab, an denen wir übernachteten. Das hatten wir auch diesmal getan. Alles war in Ordnung. Als wir erwachten, tickten die Geigerzähler wie verrückt. Zuerst entfernten wir uns aus dem Bereich der Strahlung, dann erst schauten wir nach, was geschehen war. Unter Eds Fahrzeug hatte ein Bleibehälter mit Kobalt gelegen – offen. Das Feld der Gammastrahlung hatte unsere Schlafstellen erreicht.«

»Hatten Sie damals noch keinen Verdacht?« fragte Petrowski. Über die Gesichter der Teilnehmer fiel ein Schatten – dunkle Schwaden zogen draußen am Fenster vorbei. Vertain schaltete die Leuchtscheibe ein.

»Nicht unbedingt«, antwortete Gowin. »Wir befanden uns in einer Mulde – der Behälter hätte von selbst herabgerollt sein können. Wir wußten ja, wie leichtsinnig die Einwohner der Städte seinerzeit mit dem radioaktiven Abbrand umgingen.«

Ruarka hob die Hand: »Hatten Sie die Sicherheitsvorschriften nicht vielleicht doch zu leicht genommen?«

»Wir waren bestimmt außergewöhnlich vorsichtig«, beteuerte Gowon. »Wir fühlten uns nicht mehr so sicher wie zu Beginn. Aber gerade deshalb wußten wir nicht, ob wir uns vielleicht nur etwas einbildeten ... es gab Anzeichen ...«

»Was für Anzeichen?«

»Herabfallende Trümmer, eine frisch eingestürzte Brücke, ein paar verwischte Spuren ..., aber sie hätten auch natürlichen Ursprungs sein können.«

»Wie fühlten Sie sich nach der Einwirkung der Strahlung?« fragte Griscoll, der Arzt.

»Leichte Übelkeit, sie gab sich wieder, nur Larry erholte sich nicht davon. Er hatte sich am dichtesten am Behälter befunden.«

» ... und bekam die höchste Dosis«, fügte Griscoll hinzu.

»Dann passierte das Unglück mit Ed. Wir waren an Berge von aufgeschüttetem Material gekommen – es brannte. Schon von weitem hatten wir den Gestank bemerkt, durch die Filter hindurch, schwarze Wolken stiegen auf, es war kein offenes Feuer, eher ein Glimmen und Glosen. Der Wind trieb uns Asche entgegen, wir spürten die heiße Luft. In der Nähe fanden wir seltsame fleischige Pflanzen, breite grüne Blätter mit einem Anflug von Rosa, in Pfützen treibend. Ed stieg aus, er wollte einige Exemplare mitnehmen – da schäumte das Wasser auf, ein langes, gestrecktes, weißgraues Tier hielt seinen Unterschenkel zwischen breiten Kiefern, er stürzte ... Von allen Seiten kamen andere heran ..., wir konnten ihm nicht helfen.«

Der Biologe räusperte sich. »Gowin hat uns Photos übergeben. Es ist eine Abart des Brillenkaimans, aber größer und pigmentlos.«

»Weiter!« verlangte Vertain. »Bitte weiter.«

»Nun waren wir zu fünft. Natürlich kehrten wir um. Wollten so rasch als möglich zurückkommen. Als wir einen Haufen Stangen zu beseitigen versuchten, die uns den Weg versperrten, hörte Anthony das Weinen. Es kam aus einem Keller. Anthony und ich schlichen vorsichtig über einige Stufen hinab und sahen den Mann; ein schmutziges Individuum, verfilzte Haare, in Lumpen gekleidet. Er war dabei, das Mädchen zu verprügeln ...«

Wie auf Befehl blickten alle auf das Kind, das noch immer auf dem Bildschirm zu sehen war. Es war auf einem Sesselchen eingeschlafen, aber es schlief unruhig, drehte sich, rückte hin und her.

»Als er uns sah, verschwand er blitzschnell in einem dunklen Loch. Wir folgten ihm nicht. Das Kind weinte. Anthony wollte es aufheben, aber es kratzte ihn, und ich mußte ihm helfen. Es schlug um sich, riß mir die Atemmaske vom Gesicht. Da merkte ich ... es stank ... der Schmutz ... nun ja. Aber Anthony war völlig verrückt. Er nahm es mit, steckte es unter die Dusche, gab ihm zu essen. Nach einer Stunde ließ es sich streicheln, aber nur von Anthony. Wir nahmen das Kind mit – er bestand darauf. Was hätten wir sonst tun sollen? Und dann wurden die Angriffe offen, und wir sahen die Menschen – zerlumpte Gestalten, viele verkrüppelt, mit bösen Gesichtern, den Haß in den Augen.«

»Vielleicht waren sie völlig normal und wollten nur verteidigen, was ihnen gehörte.«

»Vielleicht«, sagte Gowin irritiert. Dann fuhr er fort: »Wir suchten einen Weg aus dem Ruinenfeld heraus, aber sie mußten bemerkt haben, daß wir ihnen dann endgültig entwischen würden. Es gab nur noch einen Engpaß zu überwinden, aber hier versuchten sie es noch einmal. Sie hatten eine Barrikade gebaut und bewarfen uns mit Steinen. Und dann fielen Schüsse! Nur drei oder vier, aber einer durchschlug die Kuppel und erwischte Anthony.«

Wieder schwieg er kurz. Er starrte auf das schlafende Kind, ohne es richtig zu sehen. Niemand sprach. Dann beendete Gowin seinen Bericht: »Bis dahin hatten wir uns kaum gewehrt, aber jetzt ... Gewiß, wir besaßen keine Waffen, doch wir hatten die Flammenwerfer. An einigen Stellen hatten wir sie verwendet – um den Weg zu ebnen. Nun setzten wir sie wieder ein. Wir stießen die Flammen vor uns her und durchbrachen, von ihnen gedeckt, die Barrikaden. Vier Stunden später hat uns die Fähre aufgenommen. Das war alles.«

Vertain riß die Rolle mit der Mitschrift aus dem Ausgabeschlitz – glättete das Papier, faltete es zusammen. Der offizielle Teil war beendet, aber alle blieben sitzen.

»Und was unternehmen wir?« fragte Petrowski. »Draußen sind Menschen – wir wußten nichts davon. Ihre Vorfahren gehören wohl zu jenen, die die Flucht unter Wasser nicht mitmachten. Sie zogen das Leben im Smog, im Unrat, in der verseuchten Luft einer sauberen Existenz unter Wasser vor. Sie lebten weiterhin in den Städten und waren nicht imstande, den Verfall ihrer Welt aufzuhalten. Niemand konnte ahnen, daß einige von ihnen am Leben blieben.«

Vertain sprach aus, was alle dachten: »Müssen wir ihnen helfen? Es dürften nicht viele sein. Sollen wir sie in unsere sichere und hygienische Welt holen – wie das Mädchen, das dort schläft?« Mit dem Kinn deutete er auf den Bildschirm. Das Kind legte die Hand vor die Augen, als wolle es sich verbergen.

Gowin war ratlos wie die andern. Dieses Kind – würde es hier unten glücklicher sein? Wieder blickte er durchs Fenster ins Wasser hinaus. Es war trüb, aufgeschlämmte Teilchen trieben vorbei – Plankton, Bakterienklumpen, Material aus den Kläranlagen. Wo lag ihre Aufgabe? Draußen? Drinnen? Dunkel erinnerte sich Gowin an einen alten Bericht über das Meer – über azurblaues Wasser, klar wie Kristall.

Geweckte Vergangenheit

Das Relief aus grauem Sand, das die Stereoschirme in verstärkter Räumlichkeit wiedergaben, war von beklemmender Leblosigkeit – ein Bild, das nur der Wissenschaft zugänglich war. Ein paar grüne Büschel Unkraut – mit zerfiederten Blättern und verkrüppelten Blüten – bildeten den einzigen Kontrast. Nur über die Teleobjektive der Satelliten konnte man gelegentlich ein dahinstelzendes Insekt beobachten – eine flügellose Libelle oder einen gelbweißen Käfer, Geschöpfe der Radioaktivität, die noch immer nicht völlig erloschen war.

Über die rieselnden Massen bewegten sich die automatischen Raupenschlepper, von den Bildschirmen aus ferngesteuert. Geosonare schickten ihre Impulse in die Tiefe und registrierten die Echos der Schichtgrenzen, Exkavatoren tauchten in den Boden und hinterließen Maulwurfshügel. In der Mitte stand die zentrale Kamera mit dem Fischauge, deren Kugelbild die Entzerrer die Ausschnitte für die Bildwände entnahmen.

Die Archäologen des Instituts für Vorgeschichte waren im Delta-K-Distrikt angelangt. Mit ihren Stichproben hatten sie ein Zufallsmuster von Flecken aufgewühlter Erde über den Alten Kontinent gelegt. Manche dieser Areale erinnerten an die Phantasien von Traumspielen. In der leeren Landschaft lagen seltsame Metallgebilde, mache oxidiert und korrodiert, andere blank, aber verborgen und zerbrochen, da und dort hatte man versucht, Teile einer Ruine wieder aufzubauen, und nun standen Fragmente von Mauern mit leeren Fenstern unvermittelt in der Gegend, hier ein Brückenbogen, dort ein Gerüst, erneut dem Verfall preisgegeben. Niemand hatte es als nötig erachtet, den Boden zu glätten. Kein Mensch würde ja diese Gegend betreten.

Plötzlich ertönte das Alarmsignal.

K.B.S.Por, der diensttuende Archäologe, hatte gerade Zeit, sich zu informieren, als J.L.G.Mat, Leiter der Ausgrabungen, in der Steuerzentrale ankam.

»Wir haben etwas gefunden. Etwas Ungewöhnliches. Das Geosonar zeigt starke Echos an kubisch gewölbten Flächen, die Exkavatoren stoßen auf Widerstand. Wir werden sprengen müssen.«

J.L.G.Mat ließ die Daten der Bodenanalysen einspielen und

stimmte zu. Sie warteten, bis die Schichtenprofile der vorübergehend stillgelegten Geosonare wieder auf dem Leuchtschirm erschienen und konnten den vorsichtig eindringenden Exkavator als verschwommenen Schatten erkennen. Inzwischen differenzierte sich das Bild der schallspiegelnden Flächen: Mehrere Metallkuppeln, hintereinander aufgereiht, in Sockeln von Zement verankert, standen im Sand vergraben, vom Sand bedeckt. Der Analyseautomat gab das erste Ergebnis aus dem Innern der metallenen Objekte bekannt: Polymerisate von Kohlenwasserstoffen. K.B.S. Por ließ ein Geosonar auf dem vom Exkavator gelokkerten Weg ins Innere der Kuppel einfahren. Zuerst zeigte sich keine reflektierende Fläche außer jener des geschlossenen Metallbehälters. Erst die Auswertung der Feinstruktur ergab einen Flecken, der sich über den Boden erhob.

Der Exkavator bahnte sich seinen Weg, wobei er in den weichen Massen ins Torkeln geriet. Mit der langsamsten Geschwindigkeitsstufe näherte er sich dem Gegenstand und blieb knapp davor stehen. Die Materialanalysatoren fixierten einen Punkt der Oberfläche und sandten ihre Strahlung aus. Dann meldeten sie das Ergebnis:

52% Kohlenstoff
6,8% Wasserstoff
22% Sauerstoff
17,4% Stickstoff
1,9% Schwefel

»Organisches Material«, flüsterte K.B.S. Por. »Sollten wir diesmal Glück haben?«

»Wir werden sehen«, meinte J.L.G.Mat. »Vorsichtig bergen!«

Die blanken Schädel der Versammelten erinnerten an weißgestrichene Bojen, die im Wasser auf- und niedertauchen. Die Augen unter den Haftgläsern blickten dunkel und riesengroß. Noch immer rollten Stühle herbei.

J.L.G.Mat hielt sein Referat: »Die Kulturschicht liegt in 65 m Tiefe, unterhalb der radioaktiven Lagen – sie gehört also zweifellos dem archaischen Zeitalter an. Unsere sagenhaften Vorfahren hatten aus unerklärlichen Gründen einen Kessel mit hochgliedrigen Kohlenwasserstoffen gefüllt. Wie der Mensch in diese wachsartigen Substanzen geraten ist, weiß ich nicht. Für uns ist nur wichtig, daß es geschehen ist – denn diese Stoffe haben den Organismus tadellos konserviert.

»Und das Gehirn?«

Die Frage kam von irgendwo aus dem Hintergrund, aber jeder hätte sie stellen können.

J.L.G. Mat ließ sich nicht stören.

»Der Behälter war vom Gewicht der darauflastenden Ablagerungen plattgedrückt, doch das Metall blieb unbeschädigt erhalten. Es hat die radioaktive Strahlung abgeschirmt. Alle Zellen sind intakt – auch die des Gehirns.«

Das war es also. Das war die große Chance für das Institut. Jahrelang hatten sie gesucht – und jetzt hatten sie Erfolg gehabt.

»Ja«, fuhr J.L.G.Mat fort, »jetzt könnte der Zeitpunkt gekommen sein, den wir schon so lange erwartet haben. Vielleicht erhalten wir Auskunft über die vielen Fragen zu dieser Zeit – über das unverständliche Verhalten dieser frühen Menschen. Was mögen sie gedacht, wie gefühlt haben? Was waren die Ursachen für die Katastrophe, die die steinernen Siedlungen dieser Zeit so umfassend zerstört hat? Wie konnte es zu Neutronenschauern einer Dichte kommen, die die Materie aus den Atomkernen heraus aushöhlte wie einen Schwamm? Vielleicht sind wir jetzt der Antwort näher als je zuvor!«

C.C.G.Ceb, engster Mitarbeiter von J.L.G.Mat, schob den Stuhl ein wenig näher.

»Werden wir es versuchen?«

»Ja«, antwortete J.L.G.Mat.

Den Neurologen überschlich ein Gefühl des Mißbehagens, sooft er diesen ungeschlachten Organismus anblickte. Ekelerregend – dieses fliehende Kinn, diese niedrige Stirn, dieses Fell auf dem Schädeldach – sogar das Gesicht war mit kurzen Stoppeln überzogen. Der Mund stand offen, zwischen den bleichen Lippen konnte man grauweiße Zähne sehen. Der Rumpf dick und breit, die Knochen schwer, Muskelpakete standen von Armen und Beinen ab; damit hatten sich diese Wesen stundenlang ohne Rollstuhl bewegt!

Der Körper lag bereits in der Aktivierungskammer. An der Nasenwurzel und an drei enthaarten Stellen an den Schläfen und am Hinterkopf saßen linsenförmge Elektroden, facettenartig gefächert wie Insektenaugen. Von jeder Zelle lief ein haarfeiner Silberfaden zu den dicken Kabeln, Gefäßen für Gedanken, Regungen, Emotionen, die im EEG verschlüsselt sind. Wellenmuster, die sich in ein Raumbild rückverwandeln. Analoge Anpassung frequenzmodulierter Zeichenreihen an die individuelle Charakteristik der Testperson.

J.L.G.Mat saß unter der Resensibilisierungshaube, die Fokussierungsspulen blinkten auf seinem Kopf wie eine Krone. Er versuchte sich zu konzentrieren. Gleich werden die im Gehirn gespeicherten Engramme eines toten Wesens lebendig, eine Flut von fremdem Wissensgut strömt in ein leergefegtes Gehirn. Deutliches und Verschwommenes, Wichtiges und Nebensächliches stapelt sich in den aufnahmebereiten Zellen – es kommt darauf an, das historisch Aufschlußreiche herauszulesen, Relevantes aus emotionell gefärbten Eindrücken, Invarianten im Bezugssystem des Persönlichen, ein Mosaik zu bilden, in dem sich die wahre Vergangenheit spiegelt.

Durch einen Gedankenimpuls ließ J.L.G.Mat die gepolsterte Rückenlehne seines Stuhls zurückgleiten. So war er nicht gezwungen, unentwegt in die blinden Augen der Mumie zu blicken. Nicht, daß es ihm Angst machte, doch er hatte sich sorgfältig auf die Übertragung vorbereitet und fürchtete um seine Konzentration.

Würde die Dekodierung gelingen? Die Genetiker benutzten Kontaktierungsversuche als Kriterien für Artverwandtschaft zwischen Tieren. Aber dieses Wesen war ein Mensch, die Röntgen- und Weichstrahluntersuchung hatte es unbezweifelbar erwiesen. Ein Mensch von seltsam verschachteltem Körperbau – mit unbekannten Drüsen an allen möglichen Stellen, komplizierten Nervennetzen in der Nasenschleimhaut und an der Zunge, einen meterlangen Schlauch Gedärm, überdimensionale Sexualwerkzeuge. Seine Arme standen steif abgewinkelt ab, auf den Kuppen seiner Finger saßen Hornplatten. Vielleicht eine Mißgeburt? Offenbar nicht. Sie hatten schon einzelne Gliedmaßen gefunden, Teile zerrissener Körper, verkohlte Skelette, Fetzen von lederartiger Haut. So weit war noch niemand zurück in die Vergangenheit gedrungen, zurück in die Evolutionsgeschichte des Homo sapiens. Doch J.L.G.Mat hatte keine Bedenken. Er besaß eine besonders robuste psychische Konstitution; bei einer Clique von Ästheten stand er sogar im Ruf mangelnder Feinfühligkeit, aber darauf war er stolz.

»Ich bin bereit«, sagte er.

Der Neurologe schaltete die Sensibilatoren ein und beobachtete den Kontrollzeiger des Verstärkers.

Die Wut loderte wie ein Feuer. Dazwischen Stichflammen aus Eifersucht und Haß. Schemen im roten Chaos: Haroun, sein schwarzer Haarschopf, der selbstsichere Blick, die langgliedrigen Hände, und Simone, immer wieder Simone. Simone am Fenster ihrer Kammer, auf ihren nackten Brüsten die roten und blauen Reflexe der Lichtreklame, die tat, als bemerkte sie nicht, daß er unten stand und hinaufstarrte; Simone unten am Strand, als sie sich aus den Kleidern wand und bockte wie ein wildes Pferd, als er sein Gesicht zwischen ihren Schenkeln vergrub; Simone mit ihrem bis zu den Hüften hochgeschobenen Rock, als er die Tür zur Telefonzelle aufriß, in der sie mit Haroun stand ...

Serge zitterte. Er riß sich zusammen. Dunkel ... irgendwo oben Schritte – sie dröhnten in die Nacht hinein, das Echo lief mit dumpfem Singen im Kreise um den Tank. Das kalte Metall an seinem Rücken vibrierte leise ... Dieser verfluchte Mond mit seiner Theaterbeleuchtung. Die Tanks glänzten wie Heiligtümer. Unten versickerte das Licht im Röhrengeflecht der Raffinerie. Nur jetzt kein Alarm! wünschte er. Man wußte nie, wann die Raketen kamen! Eine Schweinerei, der Krieg. Ein paar Regierungsbeamte hatten sich in die Bunker zurückgezogen und gaben von dort ihre Anweisungen. Für die anderen gab es nur Zelte – ständig feuchtgehalten mit Absorberlösung, zum Schutz gegen radioaktive Luft. Bisher hatte noch niemand bestätigen können, daß die Abdichtung etwas half ... Aber jetzt war das gleichgültig. Zehn Minuten kein Alarm – das war alles, was er sich wünschte! Ein metallener Schlag. Oben ging eine Tür. Er schlüpfte aus den Stiefeln, schlich die Treppe hinauf ... eiskalt, das Eisenblech der Stufen! ... jetzt hatte er die Plattform erreicht ... Eine Sirene? Alarm? Nein, nur eine Polizeistreife, dort drüben auf der Autobahn. Polizei! Immer hatte er Angst gehabt vor dem herrischen Auftreten der Uniformierten, der Drohung von Gewalt, die von ihnen ausging, auch wenn sie sich höflich gaben, der Rücksichtslosigkeit, mit der sie jeden Verstoß gegen eine der Tausende Vorschriften ahndeten ... Jetzt hatte er keine Angst mehr. Wenn sie auf ihn zutreten würden, in seinem Quartier, am Arbeitsplatz oder auch irgendwo in den Straßen, dann war alles entschieden. Er befahl sich Konzentration. Ein paar Sekunden noch, ein paar armselige Atemzüge voll ölgeschwängerter Luft. Haroun war nahe ... er fühlte es. Aber immer wieder schob sich Simones Bild vor ihn, er hörte ihre geflüsterten Worte, fühlte ihre nachgiebigen

Lippen, er sah wieder die ungeduldige Geste, mit der sie das Kleid beiseitewarf, spürte ihr Zittern, ihren keuchenden Atem, ihr Zusammensinken ... Vorbei! Jetzt kam sie ihm schamlos vor, abscheulich – eine männertolle Frau! Aber ihn machte keine zum Narren, er verschwand nicht sang- und klanglos wie die anderen. Ihr wird es eine Lehre sein, wenn sie Haroun morgen aus dem Öl herausholen! Zum ersten Mal würde ihr überlegenes Lächeln einfrieren, ihre Augen ... ihre Lippen ... Ich denke nicht mehr an sie, befahl er. Ich darf jetzt nicht an sie denken. Ich darf nicht ...

Ein vages Schleifen. Er zuckte zusammen, fühlte nach seinem Springmesser. Hart lag es in seiner Hand, fest und verläßlich wie ein Freund. Er ließ es schnappen. Es klang laut wie ein Schuß. War Haroun gewarnt? ... Er lief die Plattform entlang, ein Blick hinab: Tief unten erstreckte sich die Zementbahn, jetzt silberübergossen, ein Teppich, zerrissen von den Schatten der massigen Ungeheuer, der Treibstoffbehälter – alles leer, keine Menschenseele.

Da war die Tür ... gerade der richtige Augenblick ... Haroun hatte seine Pegelkontrolle beendet und trat von innen an die Tür heran. Brust an Brust standen sie, sekundenlang ...

»Was willst du?« fragte Haroun. »Was hast du hier zu suchen?« Serge erwachte aus seiner Erstarrung. Er hob das Messer und stach zu.

»Das will ich«, und noch einmal ließ er das Messer niedersausen. »Und das ...«

Haroun spürte etwas Hartes am Schlüsselbein und dann zwischen den Rippen, und er begriff. Er wich in den dunklen Innenraum zurück, und als ihm der andere folgte, packte er dessen Arm, bog ihn zurück, mit der Linken hieb er los, immer mitten ins Gesicht. Serge taumelte, dann drehte er sich herum, sein rechter Arm kam frei, er holte aus ... Haroun sah die Gefahr. Verzweifelt wich er zurück, bis ihn die Wand aufhielt, und als der andere vor ihm war, hob er den Fuß und legte alle Kraft in einen rücksichtslosen Tritt. Das Messer polterte zu Boden, Serge taumelte, stieß ans Geländer ... er überschlug sich hintüber wie bei einem artistischen Sprung und fiel, sich immer noch drehend, in den reglosen Spiegel des Öls. Das letzte, was er hörte, ehe er klatschend aufschlug, war das Aufheulen der Sirenen ...

J. L. G. Mat saß in seinem Stuhl, die langen weißen Finger lagen kraftlos an der Lehne. Der Nervenschock war überstanden, die

Krisis vorbei, aber noch immer fühlte er sich wie gerädert. Jetzt, da sein Gehirn wieder zu arbeiten begann und sich der wirre Tanz der Schreckvisionen allmählich legte, kamen die Erinnerungen um so deutlicher und unerbittlicher. Er konnte sich nicht dagegen wehren, immer mußte er an das Fürchterliche denken, immer wieder fuhren Gedankenfetzen durch seinen Kopf, die unheimlich beängstigend und fremdartig waren.

Und vor allem: Er verstand sie nicht! Er begriff nichts, sah keinen Zusammenhang, fand keine Erklärung. Was waren Sirenen? Raketen? Was war Haß? Rache? In welchen seltsamen Beziehungen standen die Menschen, warum handelten sie so – da es sie doch zu gleicher Zeit quälte?!

Die Tür öffnete sich, und C.C.G.Ceb rollte herein, den schmächtigen Körper tief in den Kissen vergraben.

»Geht es Ihnen noch immer nicht besser? Wann werden Sie mit der Auswertung beginnen?«

J.L.G.Mat schien nicht gehört zu haben. Geistesabwesend starrte er vor sich hin. Plötzlich drehte er sich um und sah C.C.G.Ceb an, seine Augen wanderten über das Gesicht, den Hals, die Schultern, über den Leib, die Beine, bis zu den Fußspitzen. »Kollege«, sagte er – es war mehr ein Flüstern als ein Sprechen, »Kollege – erwähnten Sie nicht einmal, daß Sie eine Frau sind?«

Asyl

Drei Jahre waren wir nun unterwegs.

Mit welcher Verbitterung hatten wir die Erde verlassen! Flucht aus dem Sonnensystem – wir hatten uns wie Helden gefühlt. Erst später kamen die Zweifel: Niemand hatte uns aufgehalten. Wahrscheinlich waren sie froh, daß sie uns loswaren!

Natürlich waren wir enttäuscht! Unsere Revolution war zu Ende, bevor sie richtig angefangen hatte. Die Gruppen von Sportlern und Studenten, mit denen wir Verbindung aufgenommen hatten, ließen uns einfach im Stich. Hatten sie es von Anfang an nicht ernst gemeint?

Es war uns damals nicht schwergefallen, uns von der Erde zu trennen. Was wir zurückließen, erschien uns unwichtig. Wir verachteten die Menschen, die sich ohne einen Schimmer von eigenem Willen dem Reglement der Weltregierung unterwarfen. Es lohnte sich nicht, für sie einzutreten.

Drei Jahre sind eine lange Zeit. Drei Jahre in beengtem Raum – einige Wohnzellen, ein Kommunikationszentrum, eine Sport- und Trainingskabine. Abgesehen natürlich von den Maschinenräumen – aber was hatten Menschen dort zu suchen!

Die erforschten Distrikte lagen weit hinter uns. Noch niemand hatte sich in diesen abgelegenen Spiralarm des Sonnensystems verirrt. Wir hatten ungeheure Entfernungen zurückgelegt. Und doch veränderten sich die Muster der Sterne vor dem nachtschwarzen Himmel kaum. Das war alles, was uns der Blick durch die Luken bot.

Wir waren sechs: Boyd, der Psychologe und Soziologe, voll Initiative, begeistert von neuen Ideen; Mischa, Kybernetiker, Techniker, bedächtig, fast langsam, aber von einer unheimlichen Ausdauer, wenn es um das Erreichen von gesteckten Zielen ging; Nuru, Medizinstudent, mehrfacher Zehnkampfmeister der Afro-Olympiade, eine geballte Ladung Energie, aggressiv, unversöhnlich, zu keinem Kompromiß bereit; Ingrid, die es verstanden hatte, die Frauen der ganzen Welt in Aufruhr zu bringen, Politologin und Pädagogin, hochintelligent und meisterhaft in den Künsten der Demagogie; Naomi, Sprachstudentin und Leiterin unserer Kommunikationszentrale, ausdrucksstark und einfühlsam, ein ausgleichendes Element in einem System von Individualisten; schließlich ich, André, Kandidat der Rechtswissenschaft – über meine guten und schlechten Eigenschaften bin ich mir selbst nicht im klaren

Als wir die aufregenden Tage des Durchbruchs hinter uns hatten und allmählich zur Ruhe kamen, hofften wir auf eine Situation, wie wir sie uns für die Erde gewünscht hätten: ein aktives Miteinander verschiedener Charaktere – verschieden in den Befähigungen, Vorlieben, Ausdrucksweisen, aber gleich im Willen zur Überwindung der körperlichen und geistigen Stagnation, die die Menschheit zu lähmen droht. Die kreative Gesellschaft, das war unser Ziel, und unser Zusammenleben würde ein Schulbeispiel dafür sein – so dachten wir.

Zuerst war jeder mit Begeisterung dabei. Durch das Los bestimmten wir von Woche zu Woche unsere Partnerschaft – wir teilten uns in drei Zweiergruppen, die die Probleme gemeinsam zu lösen versuchten, die wir uns stellten. Das wichtigste dabei war die Entwicklung von Modellen einer künftigen Gesellschaft. Erst heute fällt mir auf, daß diese Aktivität eigentlich sinnlos war, denn wir hatten nicht vor, je zur Erde zurückzukehren. Immerhin, je weiter wir kamen, um so größer war die Genugtuung, daß es uns gelang, die wunden Punkte zu finden, an denen die Menschheit krankte. Nach wie vor war uns unverständlich, daß das die andern offenbar nicht eingesehen hatten: Eine einheitliche Weltregierung führt unwiderruflich zum Erliegen der Entfaltung. Der einzige Ausweg ist eine Teilung der bewohnten Gebiete in unabhängige Territorien, die im Wettstreit miteinander stehen. Die Auseinandersetzungen müßten auf physischer und psychischer Ebene geführt werden. Wir befürworteten eine allgemeine Sportdienstpflicht für alle Einwohner zwischen 18 und 32 Jahre. Und wir traten dafür ein, künstliche Probleme zu stellen, wo es keine natürlichen mehr gab. Wir befürworteten eine teilweise Zerstörung der Datenbanken – mit der Auflage, das Wissen in allen Territorien unabhängig voneinander neu zu erarbeiten.

Damit hatten wir fürs erste genug zu tun, die Diskussionen waren lebhaft, wir zeichneten die Ergebnisse mit den Kommunikatoren auf, ließen es ordnen, und zu einem Programm zusammenstellen.

Wir sorgten auch für unsere körperliche Leistungsfähigkeit. Natürlich bedauerten wir es, keine großen Sportanlagen zur Verfügung zu haben – Plätze für Hindernisläufe oder Spielfelder, gar nicht zu reden von einer Regattastrecke oder einer Laufbahn für Raketenautos. Trotzdem gab es genügend Anreiz zum Training und zur Leistungssteigerung. Auf den Laufbändern rannten wir um die Wette, wir stießen die Kugel gegen die Gummiwand und sprangen in einem Feld erhöhter Schwerkraft. Für Ballspiele hatten wir ein Spezialprogramm: Wir legten Sonden an Schläfen- und Muskelpartien, übertrugen die aufgenommenen Spannungen an den Computer und beobachteten auf einem Bildschirm die Spielsituation, die wir gedanklich erzeugt hatten.

Erst nach einigen Monaten machten sich Anzeichen der Ernüchterung bemerkbar. Es gab einige konkrete Anlässe: Mischa, der von Zeit zu Zeit die Automatik überprüfte, stellte übermäßigen Wasserverbrauch fest. Zwar waren wir bestens versorgt – mit Energie ebenso wie mit Nahrungsmitteln und Medikamenten –, doch das Wasser mußte wieder aufbereitet werden, und die Kapazität der Anlage war beschränkt. Nicht daß wir Mangel leiden mußten – es reichte für jeden zum täglichen Bad, doch konnte man es sich natürlich nicht leisten, stundenlange Dusch- und Spülbäder zu nehmen. Und doch mußte jemand Wasser verschwendet haben, denn es kam immer häufiger vor, daß einer von uns verärgert aus dem Baderaum zurückkam, weil das Wasser verbraucht war.

Noch stutziger machte uns eine andere Feststellung. Mischa teilte uns mit, daß einer von uns auch jene Übungen, die er in der Kabine ohne Schwierigkeiten hätte absolvieren können, gedanklich vornahm. Gewiß handelte es sich um nichts Ernstes. Bei uns gab es keine Vorschriften und keine Kontrollen, und es fiel uns nicht ein, wegen solcher Nebensächlichkeiten mit unseren Grundsätzen zu brechen. Trotzdem waren wir, wie wir zögernd zugaben, enttäuscht. Zwar erkundigte sich niemand offen danach, wer die stillschweigenden Übereinkommen brach, aber insgeheim hatte jeder seine Zweifel an diesem und jenem, und so kam ein Mißklang in unsere Gemeinschaft. Allmählich ließ auch das Interesse an den soziologischen Modellen nach. Längst war die Sonne ein Stern unter vielen geworden, und vielleicht lag es an der Entfernung von der Erde, daß uns deren politische Situation belanglos zu erscheinen begann. Bei den Brain-Storming-Sitzungen, bei denen jeder sagt, was ihm einfällt, ohne daß jemand kritisieren darf, wurde es zum ersten Mal unverschleiert ausgesprochen: Was kümmert uns eigentlich noch die Erde? Von da an ging es bei unseren Diskussionen mehr um unsere Zukunft als um das Vergangene und was sich daraus hätte entwickeln können.

Als wir von der Erde geflohen waren, hatten wir kein bestimmtes Ziel vor Augen. Unser einziger Gedanke war es, uns vor der Weltgesundheitsbehörde in Sicherheit zu bringen, die uns wahrscheinlich zur psychologischen Neuorientierung in eine Klinik geschickt hätte.

Vor unserer Flucht war mir selten der Gedanke gekommen, die Revolution könnte scheitern. Natürlich hatten wir einen Fluchtweg vorbereitet – das hatten wir aus dem Studium alter Schriften über Revolten und Aufstände gelernt –, aber wir hatten stillschweigend angenommen, wir würden auf einem der Planeten des bewohnten Distrikts landen, dort in den Untergrund gehen und an unserer Aufgabe weiterarbeiten.

Solche Ideen hatten sich aber später als illusorisch erwiesen. Das Eindringen der Super-v-Schiffe in die Gravitationsfelder von Planeten geht nicht ohne gravitationelle Störungen vor sich; man hätte unsere Ankunft sofort registriert. Da beschlossen wir kurzerhand, in unbekannte Räume vorzustoßen, einen Planeten zu suchen, der erträgliche Lebensbedingungen bietet und dort von neuem anzufangen.

Es dauerte lang, bis wir uns von dieser romantischen Vorstellung trennten. Mischa hatte das als erster eingesehen, er rückte damit bei einer unserer Sitzungen heraus, die längst nicht mehr auf eine Thema konzentriert waren, sondern in ein mehr oder weniger planloses Geplauder übergingen. »Ich habe es durchrechnen lassen«, sagte er. »Wenn wir nicht innerhalb kurzer Zeit in den Status der Primitivität zurückfallen wollen, so müssen wir uns einem bestehenden Gesellschaftssystem anschließen.«

Solange wir es auch hin- und herdiskutieren – das Ergebnis stand fest. Unsere technischen Mittel würden in etwa einem Jahr erschöpft sein, und dann müßten wir mit Steinmessern und Faustkeilen neu anfangen.

Seit dem Projekt Ozma, dem ersten, noch vergeblichen Versuch, war es mehrfach zu Funkkontakten mit außerirdischen Intelligenzen gekommen. Ein Gremium von Gelehrten hatte damals die möglichen Folgen eines Wissensaustausches mit Extraterrestriern analysiert – und hatte daraufhin jede weitere Kommunikation untersagt; es fürchtete die größte Umwälzung in der

Geschichte der Menschen, die denkbar wäre, und, gemäß der offiziösen Einstellung durfte das um keinen Preis gewagt werden. Das störte uns freilich wenig, im Gegenteil, ein Zusammentreffen mit nichtmenschlichen intelligenten Wesen erschien uns als faszinierende Möglichkeit, aus dem alten Trott herauszukommen.

So hatten wir es seinerzeit gesehen – aus der sicheren Entfernung der Erde und ihres Schutzes. Als nun der Gedanke auftauchte, auf einem Planeten zu landen, auf dem unbekannte, intelligente Geschöpfe leben, überschlichen uns doch einige Zweifel.

Leider hatten wir keine Wahl mehr. Immer näher rückte der Augenblick, zu dem die Energiereserven erschöpft, die Nahrungsmittel aufgebraucht und das Wasser durch den Schwund versiegt sein würden. Aus einer Flucht ins Blaue wurde die Suche nach einem Ziel: Systematisch tasteten wir uns durch alle Wellenlängen durch – mit einer Reihe von Standardsignalen, die von den Informationstheoretikern als signifikantes Muster für die Kontaktaufnahme ausgearbeitet worden war. Aus Eroberern waren wir zu Emigranten geworden. Was wir suchten, war keine neue Heimat, sondern ein Asyl.

Die Landung ging nicht so reibungslos vor sich, wie wir gehofft hatten. Man hatte uns eine Landestelle zugewiesen, aber wir hatten sie nicht benutzt und uns selbst eine passende Stelle gesucht. Der Grund dafür? Obwohl wir keinerlei Verdachtsmomente hatten, so wuchs unser Mißtrauen gegenüber dem Fremden, je näher wir ihrem Planeten kamen. Wir schämten uns dieses Mißtrauens – lange genug hatten wir gegen ähnliche archaische Reaktionen auf der Erde gekämpft, die sich gegen alles richten, was nicht so aussieht wie die Norm. Die Abwehr gegen das Häßliche, gegen das Kranke, gegen das Fremdartige, gegen das Unverständliche ... Hexenprozesse und Rassenwahn, Diskriminierung und Ghettos, Zwangsheilung und Neuorientierung ... Aber es steckte tief in uns, wir konnten nicht dagegen tun. Jetzt, als diese Fragen nicht mehr theoretisch waren, sondern enervierende Wirklichkeit, verhielten wir uns so, wie sich Generationen vor uns verhalten hatten – argwöhnisch, unsicher, furchtsam ...

Das Mißgeschick, das uns traf, war eigentlich eher dumm als gefährlich: Das Strahlenkissen, auf dem wir niedergingen, schmolz nämlich den Boden auf, und als wir aufsetzen wollten, versanken wir einige Meter tief in einem zähen Brei. Wir saßen drei Tage lang fest, ehe die Massen erkalteten und erstarrten, und als wir dann ausstiegen, brauchten wir keine Leiter, denn der Unterteil des Schiffes samt dem Landungssockel und den Antriebsdüsen saß tief in einer weißlichgrauen glasartigen Substanz, die bis knapp vor die untere Ausstiegsluke reichte.

Wie gesagt – es bedeutet keine unmittelbare Gefahr, die Folgen waren irrelevant: Es war nicht klar, wie wir das Fahrzeug wieder startklar machen sollten. Zunächst war es natürlich peinlich genug, daß wir nun auf unserem selbstgewählten Landeplatz festsaßen. Stundenlang starrten wir durch die Luken nach außen, um es rechtzeitig zu sehen, wenn sich etwas unserem Standplatz näherte. Aber es rührte sich nichts.

Rundherum eine bizarre Berglandschaft. Weiße Klippen, wie aus Eis, in der Sonne blinkend, die Hänge und Ebenen grau. Keinerlei Anzeichen von Vegetation, keine Bauten, Straßen oder andere technische Anlagen ... Über allem ein grünblauer Himmel, das Anzeichen einer Lufthülle, die in den tiefen Schichten jener der Erde entspricht. Erst als wir schon ziemlich tief über dem Land schwebten, hatten wir einige Talzüge gesehen, in denen die eintönige Bergwüste unterbrochen war: kreisförmige oder ovale Flächen, braunrosa schimmernd, durch radiale Ausläufer miteinander verbunden. Dicht neben einer solchen Stelle hätten wir niedergehen sollen ... Nun lag eine niedrige Hügelkette dazwischen ...

Kurz nach der Landung hatten wir Funksprüche getauscht: Man hatte uns gefragt, warum wir nicht an der angegebenen Stelle gelandet seien. Wir redeten uns mit einem Fehler in der Navigation heraus. Und wieder schämten wir uns unserer Lüge.

Man hatte uns Asyl versprochen. Unbegrenzte Erlaubnis des Aufenthalts auf diesem Planeten, Freiheit der Bewegung, chemische Grundstoffe zur Produktion synthetischer Nahrungsmittel, Wasser. Man hatte uns auch Bedingungen auferlegt: Es war uns verboten, verändernd oder gar beschädigend in die Systeme und Anlagen einzugreifen. Nirgends klang irgendeine Emotion durch. Wir wußten nicht, wie man sich uns gegenüber einstellte. Waren wir erwünscht oder unerwünscht? Verstanden die Einwohner dieses Planeten, was uns hierher geführt hatte? Wurden wir beobachtet?

Am Abend des dritten Tages standen wir an der Luke neben der

Ausstiegsöffnung und beobachteten unseren Robotwagen, der die Temperatur des Bodens und seine Festigkeit prüfen sollte. Noch immer hinterließen seine Kettenkufen Spuren im Boden.

Mischa musterte die Meßgeräte des Telesystems. »Die Luft ist atembar, die Temperatur liegt bei 15° Celsius.«

»Die Längen von Tag und Nacht sind den unseren ziemlich ähnlich«, fügte Ingrid hinzu. »Sobald der Boden festgeworden ist, können wir hinausgehen.«

»Wenn wir das Schwebeboot nehmen«, sagte Nuru, »so könnten wir jetzt schon losziehen. Ich habe das Herumsitzen satt.«

»Wir haben Zeit«, entgegnete Mischa. »Weißt du, wieviel Zeit wir haben?«

»Morgen gehen wir hinaus«, entschied Boyd. Obwohl es bei uns keinen Führer oder Leiter gab, so schien sich Boyd doch allmählich in diese Rolle hineinzuversetzen. Ich weiß nicht, wie lang sich das Nuru oder Ingrid gefallen lassen würden. Mir selbst war es gleichgültig.

Doch auch am nächsten Morgen ging es nicht gleich los, sehr zum Ärger Nurus, der am liebsten allein aufgebrochen wäre. Doch Mischa war dafür, zuerst eine genaue Untersuchung des Bodens vorzunehmen – beispielsweise auf Mikroorganismen und pathogene Keime. »Die Überraschung bei der Landung genügt mir«, erklärte er, und als wir darüber abstimmten, behielt er recht.

Die Luft hatte sich als keimfrei erwiesen, es bestanden keine Bedenken, sie zu atmen. Die Gravitation war merklich geringer als die der Erde und damit auch als jene, die wir künstlich auf dem Raumschiff aufrechterhalten hatten. Diese Verhältnisse waren aber für uns keine Überraschung, denn wir hatten von vornherein nur Planeten in Frage gezogen, auf denen wir ohne Hilfsmittel leben konnten. Rätsel bereitete uns die Zusammensetzung des Bodens; sie hatte keine Ähnlichkeit mit dem Chemismus, wie wir ihn von der Erde und den erforschten Planeten her kennen. Die Grundsubstanz schien ein kohle- und siliziumhaltiges Mineral zu sein. Die Festigkeit war nicht allzu groß, der Schmelzpunkt niedrig.

Aber die Zusammensetzung des Bodens konnte uns gleichgültig sein. »Was soll das alles«, sagte Boyd, »wir sind doch keine Naturwissenschaftler!« Nun erst gab Mischa nach. »Von mir aus bestehen keine Bedenken. Also, fahren wir los.«

Wir hatten gelost: Mischa und Naomi mußten im Schiff bleiben. Wenn wir auch nicht mit Überraschungen rechneten, so wollten wir nicht unvorsichtig sein.

Wir andern setzten uns ins Schwebeboot und fuhren mit mäßiger Geschwindigkeit auf die Hügelkette zu. Zwar hatten wir lange genug darüber diskutiert, wie wir uns den Fremden gegenüber verhalten sollten, doch waren die Ergebnisse dürftig. Das einzige Hilfsmittel, mit dem wir uns ausgerüstet hatten, war ein kleiner Kommunikator, in dem wir die Grammatik und das Vokabular eingespeichert hatten, das wir während unserer Funkkontakts gelernt hatten. Wir hatten uns gefragt, ob wir Waffen mitnehmen sollten, doch die Abstimmung hatte dagegen entschieden.

Obwohl wir es zu verbergen versuchten, waren wir unruhig. Wir alle befanden uns zum ersten Mal in einer solchen Situation: Wir trafen mit Wesen zusammen, über die wir nichts wußten, nichts über ihr Aussehen, nichts über ihr Verhalten, nichts über ihre Absichten. Wir waren in derselben Lage wie Urmenschen, die sich einer fremden Siedlung nähern und nicht wissen, ob sie auf Kannibalen oder Götter treffen. Ich hätte mir niemals gedacht, wie drückend Unsicherheit sein kann.

In einer solchen Situation läßt sich auch kein Plan zurechtzimmern. Wie sollten wir auftreten? Was für Vorsichtsmaßnahmen konnten wir ergreifen? »Geben wir uns nicht völlig in ihre Hand?« fragte Boyd – nachdenklicher, als er sonst war.

»Es bleibt uns nichts übrig – auch wenn es uns nicht paßt«, antwortete Ingrid.

»Jetzt wird sich eben herausstellen, ob wir flexibel genug sind, uns einer unvorhersehbaren Sachlage anzupassen«, sagte ich, aber ich war weit weniger sicher, als ich mich gab. Es dauerte fast zwei Stunden, bis wir den Kamm der Hügelkette erreichten. Vor uns lag ein weites Tal, der Grund war eingeebnet und dort lagen die Anlagen, in denen wir die Wohnbauten der Fremden vermuteten.

Der Anblick war freundlich. Die Gebäude waren von einem farbigen Ring umgeben, blaue und grüne Töne herrschten vor, dazwischen gab es Sprenkel von rot, lila, purpur und gelb. Es bestand kein Grund, die Weiterfahrt zu verzögern, und wir setzten uns wieder in Bewegung.

Den Weg ins Tal brachten wir rascher hinter uns als den Aufstieg – auf dem Luftkissen fuhren wir wie auf einem Schlitten abwärts. Je näher wir an die Anlagen herankamen, um so vorherrschender wurde der Eindruck des Anheimelnden und Lieblichen. Die Umgebung der Gebäude war nichts anderes als ein ringförmiger Garten oder Park. Es gab moos- und farnartige Pflanzen, die sich polsterförmig in alle Mulden des weiß und grau geschichteten Gesteins setzten. An langen Halmen hingen Schmetterlingsblüten, von einem leichten Wind sanft bewegt. Darüber schwebten Tiere (oder Pflanzen?), die von der Form her an treibende Meerestiere, die fragilen Körper von Tintenfischen oder Quallen, erinnerten, aber sie waren bunt gemustert, mit sternförmiger Symmetrie, die Ränder dunkel, das Innere in leuchtenden Farben.

Es gab auch Wege durch die Gärten, allerdings zu schmal für unser Luftkissenboot. Freilich hätten wir auch über die Pflanzen fahren können, aber das wäre nicht ohne Schäden abgegangen, und das wollten wir um jeden Preis vermeiden.

Mischa setzte das Boot sanft auf eine Einebnung im Felsuntergrund ab, wir stiegen aus. Das Gefühl der Beklommenheit war gewichen, wir waren guter Dinge, voll gespannter Erwartung. Die Fremden mußten Wesen sein, die Verständnis hatten für Harmonie und Schönheit. Konnten sie böse sein?

»He, was ist das?« Es war Ingrid, die uns aus der Ruhe riß. Sie wies nach oben: Etwas vier oder fünf Meter über unseren Köpfen schwebten graubraune Spindeln, etwa kopfgroß, offenbar in schneller Rotation, wie man aus der verwischten Oberflächenstruktur ersehen konnte. Sie unterschieden sich so auffällig von den Formen der Tiere und Pflanzen, paßten so wenig an diesen Ort, daß sie uns sofort als Drohung erschienen. Als wir sie entdeckt hatten, blieben sie nur noch einige Sekunden über unseren Köpfen hängen, dann bewegten sie sich unversehens in einer schräg anlaufenden Kurve aufwärts und verschwanden aus unserem Blickfeld.

Wir waren stehengeblieben, stritten über die seltsamen Gebilde. Boyd hielt sie für Tiere und meinte, wir sollten uns nicht um sie kümmern. Nuru meinte, es könnten Waffen sein und riet, bei den Fremden zu protestieren. Ingrid vermutete, es handelte sich um Beobachtungssonden – man müsse den Einheimischen zugestehen, daß sie auch uns gegenüber vorsichtig waren.

Nach einer Weile setzen wir unseren Weg zu Fuß fort. Seit dem Auftauchen der seltsamen Gebilde waren wir nicht mehr so unbefangen und schauten uns immer wieder um, besonders als wir später, in Nähe der Häuser, zwischen mannshohen Büschen dahingingen, die die Sicht unterbanden. Ganz plötzlich standen wir vor einem Gebäude, nur einige Schritte davon entfernt.

»Da! Seht!« – mehrere von uns riefen gleichzeitig, alle sahen es. Die Wände des Bauwerks waren durchsichtig, an der anderen Seite drängten sich Gestalten an der Wand, starrten zu uns herüber – es waren, soweit man durch die trüben Wände erkennen konnte, Menschen oder zumindest menschenähnliche Wesen. Ihr Verhalten ließ zwar auf Erstaunen schließen, war aber in keiner Weise bedrohlich. Wir traten einige Schritte näher, und sahen, daß die Gesichter freundlich waren. Einige winkten uns zu.

»Hat man uns erwartet?« fragte Ingrid.

Boyd zuckte die Schultern. »Kommt!«

Wir sahen uns nach einer Tür um. Nur wenige Meter seitwärts war ein Eingang, er schien unversperrt und wir traten langsam hinzu. Nuru war der erste, der sich ins Innere wagte, er ging einige Schritte vor, dann drehte er sich um und winkte uns. Wir folgten ihm ...

Hier im Inneren war es hell, fast so hell wie außen – die Decken bestanden aus demselben rötlich durchsichtigen Material wie die Wände. Nur die Böden waren undurchsichtig, eine Art ungleichmäßiger schwarzbrauner Kacheln.

Und dann standen wir den Bewohnern dieses Gebäudes gegenüber. Es war eine kleine Rasse, aber es handelte sich zweifellos um Menschen. Sie sahen ein wenig exotisch aus, die Haut war hellbraun, die Haare weißblond oder weiß. Sie trugen sie in der Mitte gescheitelt, die Frauen hielten sie mit Stirnbändern zusammen. Sie hatten lose Gewänder an, Röcke und Umhänge. Ihre Füße waren bloß – Ingrid, die neben mir stand, stieß mich verstohlen an und flüsterte mir zu: »Sie haben nur vier Zehen!« Dadurch erst aufmerksam geworden, musterte ich ihre Hände – sie hatten auch nur vier Finger. Aber das war auch das einzige, was sie von uns – zumindest äußerlich – grundlegend unterschied.

Wir standen uns ein wenig zögernd gegenüber, wobei mir vorkam, als bereitete den andern die Begegnung lang nicht soviel Erstaunen wie uns. Als wir noch ein wenig näher kamen, hoben sie ihre linken Arme hoch und zeigten uns die Handflächen; darin lagen schwarz glänzende Plättchen. Ein Gruß? Ein Erkennungszeichen? Auch wir hoben die Hände zum Gruß. Einer der Männer trat vor und sagte etwas zu uns... Es klang angenehm, ein fast singender Ton mit vielen Vokalen, aber wir verstanden natürlich nichts. Boyd zog sein Taschensprechgerät heraus und stellte die Verbindung mit dem kleinen Kommunikator her, den wir im Luftkissenboot zurückgelassen hatten. Er sprach einige Worte hinein – einen Gruß, einen Dank für die freundliche Aufnahme ... Nach Bruchteilen von Sekunden kam die tonale Umsetzung der Modulationsfrequenzen, wie wir sie während unseres Funkkontakts aufgenommen hatten, aber wir merkten es sofort: Diese Sprache war nicht die gleiche wie jene, die diese Menschen sprachen. Das Unverständnis sah man auch ihren Gesichtern an.

Boyd versuchte es noch einige Male, er veränderte den Transpositionscode, doch es war leicht zu bemerken, daß auf diese Weise nichts zustande kommen konnte, das auch nur Ähnlichkeit mit dem Idiom unserer Gesprächspartner hatte.

Seltsamerweise wandten sich die andern nun allmählich von uns ab, einer nach dem andern lächelte uns zu und verschwand irgendwo in dem verwirrenden Gebäudekomplex, dessen trübdurchsichtige Wände die Orientierung erschwerten. Bald standen wir wieder allein da, ein wenig ratlos, fast ein wenig gekränkt durch das geringe Interesse, das man uns widmete.

»Wir müssen zu einer Verständigung kommen«, sagte Boyd. »Ich will versuchen, möglichst viel Gespräche aufzunehmen, als Grundlage für ein Vokabular und eine Grammatik. Vielleicht bleibst du am besten bei mir, Nuru, die andern können sich ja inzwischen umsehen. Ich schlage vor, wir treffen uns in einer Stunde wieder hier.«

Wir waren einverstanden. Während sich Boyd und Nuru nach Einwohnern umsahen, die sie am besten in ein Gespräch verwikkeln könnten, gingen wir zum Gang zurück, um andere Teile des Gebäudes zu erkunden. Wieder war es Ingrid, die eine merkwürdige Entdeckung machte. Sie war zur Seite getreten, um einem Mann und einer Frau, die gemeinsam daherkamen, den Weg freizugeben, und berührte dabei die Wand. Das heißt, sie hätte sie berühren müssen, aber ... »Kommt her!« rief sie uns zu. Sie stand an der Wand und hatte den Arm hindurchgesteckt. Sie konnte ihn frei bewegen, streckte auch ein Bein aus – der Fuß drang ebenso ein wie die Hand.

Wir alle folgten ihrem Beispiel. Man spürte zwar einen leichten Widerstand – wie in einer dünnen Flüssigkeit – und ein leichtes

Kribbeln, aber das bedeutete kein Hindernis. Wenn man wollte, konnte man durch die Wand hindurchgehen, und es war Nuru, der das als erster tat. Wenn es unser Wunsch gewesen wäre, so hätten wir das ganze Gebäude durchqueren können, einfach durch die Wände hindurch.

Aber noch merkwürdiger war es, daß unser Verhalten die Einwohner nicht im geringsten zu verwundern schien. Hätten auch sie durch die Wände gehen können? Warum tun sie es nicht? Handelte es sich um eine Konvention, der sie freiwillig folgten?

Nach kurzer Diskussion beschlossen wir, uns zunächst einmal so zu bewegen, als bildeten die Wände auch für uns undurchdringliche Hindernisse. Vielleicht handelte es sich um eine Art von Markierung, durch die gewisse Raumteile getrennt wurden, und wenn es auch nicht den Anschein hatte, als könnten wir die Bewohner des seltsamen Gebäudes aus der Ruhe bringen, so wollten wir sie doch nicht provozieren.

Die Einrichtung des Gebäudes gab uns weiter keine Rätsel auf. Es gab Sitzgelegenheiten, Stühle, Lehnsessel, Liegen ... Es gab niedrige Tische und hin und wieder einmal ein offenes Regal. Die meisten Einwohner schienen süßem Nichtstun nachzuhängen, einige saßen an den Fenstern und blickten hinaus – es war auch ein schöner Anblick. Von hier aus, hinter dem Vordergrund der Gärten, sahen die hellen Berge majestätisch aus – kühl, aber nicht abweisend. Doch nur wenige der Menschen verließen die Gebäude, um zwischen den Pflanzen spazierenzugehen, und keiner bewegte sich über die bepflanzte Fläche hinaus.

Einige Leute saßen oder lagen um Spielbretter herum, sie schoben Figuren hin und her, reihten sie zu Figuren nebeneinander. Wir kamen auch in eine größere Halle, in der mehrere dabei waren, einen schwebenden Ball mit den offenen Handflächen hin- und herzuschlagen. Alles in allem nichts, das in irgendeiner Weise aufregend gewesen wäre. Allerdings sahen wir uns vergeblich nach Räumlichkeiten um, wie wir sie für unsere täglichen Bedürfnisse brauchen. Es gab weder eine Küche noch ein Speisezimmer, kein Bad und keine Toilette. Außerdem schien niemand an so etwas wie Arbeit zu denken.

Es wurde allmählich spät, und wir mußten an den Rückweg denken. Plötzlich bemerkten wir eine Bewegung, die durch alle Einwohner zu gehen schien. Sie standen von ihren Spielbrettern auf, traten von den Fenstern zurück, schienen sich in einen bestimmten Teil der Räume zu begeben. Und dann wurde es mit einem Schlag dunkel. Hätten wir nicht schon die Richtung zum Ausgang eingeschlagen gehabt, so hätten wir uns rettungslos verirrt. So aber tappten wir vorwärts, durch die Wände nicht behindert, aber immer wieder über Möbelstücke stolpernd. Unversehens standen wir im Garten. Hier war es hell, obwohl die Sonne inzwischen untergegangen war. Aber am Himmel, in einer Höhe von nur wenigen hundert Metern, hing ein helleuchtender Körper. Und nun sahen wir auch, was den plötzlichen Einbruch der Dunkelheit verursacht hatte: Die Wände waren undurchsichtig geworden.

Kurze Zeit später kamen Boyd und Nuru durch die Wand in Freie getreten.

Auch für uns war es Zeit, den Tag zu beschließen. Wir gingen zum Schwebeboot zurück, das wir unversehrt an jener Stelle wiederfanden, an der wir es abgestellt hatten. Wir stiegen ein und fuhren zum Raumschiff zurück.

Am nächsten Tag starteten wir früh am Morgen. Über die Bedeutung dessen, was wir gesehen hatten, waren wir nicht einig geworden. Einige hielten diese Menschen für eine Gesellschaft glücklicher Träumer, deren Leben offenbar friedvoll in geregelten Bahnen verlief – gewissermaßen ein idealer Endzustand jeder gesellschaftlichen Entwicklung. Andere hatten eher den Eindruck einer stumpfsinnigen Herde gewonnen, die passiv in den Tag hineinlebte – ein Dasein ohne Probleme, Aufgaben und Ziele. Wir stimmten aber darin überein, daß sich Endgültiges noch nicht sagen ließ und daß es zunächst am wichtigsten war, zu einer sprachlichen Verständigung zu kommen. Die Auswertung der Sprachaufnahmen hatte noch kein brauchbares Ergebnis gezeigt, und Boyd brannte darauf, seine Arbeit fortzuführen. Mischa war von den unerklärlichen Eigenschaften der durchlässigen Wände beeindruckt; er hatte einen Meßroboter mitgenommen, mit dessen Hilfe er ihrem Rätsel nachgehen wollte. Auf mich hatte der plötzliche Einbruch der Dunkelheit, den größten Eindruck gemacht. Zwar meinte Boyd, er hätte nichts anderes zu bedeuten als das Signal zur Nachtruhe, aber ich vermutete, daß damit das Geheimnis noch längst nicht erklärt sei. Da wir keinerlei Einrichtungen zur Ernährung, zur Körperpflege und dergleichen vorgefunden hatten, mußten sich diese Dinge während der Nacht abspielen. Ich wollte mir die Zellen genauer ansehen, in denen die Leute verschwunden waren.

Wie am Vortag stiegen wir am Rande der Anlagen aus – wir, das waren Boyd, Mischa, Naomi und ich; Nuru und Ingrid waren im Raumschiff geblieben.

Als wir das Gebäude betraten, winkten uns einige der Bewohner zu – mit freundlicher Lässigkeit, so, als wären wir alte Bekannte, deren Besuch einen weder freut noch ärgert. Wir gingen an unsere Arbeit, ohne daß uns jemand daran störte. Die Leute sahen kurz auf, wenn wir hereinkamen, aber sie wandten sich sofort wieder ihrer Beschäftigung zu, wenn man von einer solchen sprechen kann: Spielen, Träumen, Nichtstun.

Boyd hatte ein »Opfer« gefunden, ein Mädchen, das bereit war, sich mit ihm zu unterhalten. Wie bei einem Spiel mit Kindern zeigte Boyd auf verschiedene Gegenstände, und Mara sagte die dazugehörigen Worte. Es hatte lange gedauert, bis sie das begriffen hatte.

Das alles sah recht heiter und unbeschwert aus. Mara war ein bemerkenswert hübsches Mädchen; in Wirklichkeit hatt sie einen anderen, schwer aussprechlichen Namen. Boyd hatte sie Mara genannt – nach dem Marsmädchen des bekannten Romans von Walt Surakoff. Die einfache Aufgabe schien große Konzentration von ihr zu fordern, sie war mit Eifer bei der Sache, ihre Wangen hatten sich gerötet, ihr Atem ging rasch. Boyd blieb mit einem Schwebemikrophon dicht bei ihr, man merkte, daß es auch ihm Spaß machte. In einem Spontanentschluß griff er in die Tasche und reichte Mara eine Vitaminkapsel. Da sie offensichtlich nicht wußte, was sie damit anfangen sollte, teilte er einige weitere an uns aus, und wir zeigten ihr, wie man sie in den Mund steckt und lutscht. Nach einigem Zögern machte sie es nach ... und spuckte sie gleich darauf mit allen Zeichen des Abscheus wieder aus.

»Du solltest vorsichtiger sein«, riet Mischa. »Wir kennen ihren Metabolismus nicht.«

Es war kaum zu glauben, daß diese Wesen einen grundsätzlich anderen Stoffwechsel haben sollten, so sehr sahen sie wie Menschen aus. Berücksichtigte man freilich die andere Welt, die fremdartigen Pflanzen und Tiere, dann lag es freilich nahe, daß sich Abweichungen in der chemischen Struktur der Nähr- und Wirkstoffe zeigen mußten. Meine Vermutung ging allerdings noch weiter. Wenn ich die Ungeschicklichkeit bedachte, mit der Mara die Kapsel in den Mund gesteckt hatte, ihre Verblüffung, ihren Abscheu ... Mir kam es eher vor, als wären ihr Süßigkeiten völlig unbekannt, ja, als hätte sie keine Ahnung von Essen oder Trinken. Diese Vermutung ging natürlich recht weit, sie war aus dem eben erlebten Geschehnis nicht zwingend abzuleiten, aber sie deckte sich mit der Tatsache, daß wir nirgends Nahrungsmittel gefunden hatten. Aber wovon ernährten sie sich? Und wie? Wie deckten sie ihren Flüssigkeitsbedarf? Offenbar waren es Menschen von Fleisch und Blut! Maras Lippen waren feucht, ihr Atem warm, ihre Haare knisterten ... das waren keine Roboter oder Puppen. Oder war ich unversehens der Wahrheit nähergekommen?

Mischa setzte nun seinen Meßwagen in Funktion; für die nächste Zeit war er beschäftigt. Naomi und ich begannen mit einem Streifzug durch das Gebäude, fast war es eine Führung, denn Naomi war zum ersten Mal, doch auch ich bemerkte hier und da Einrichtungen, die mir gestern entgangen waren. So gab es beispielsweise Räume, in denen eine Art Tanz vor sich ging; die Tänzer bewegten sich mit langsamen Schritten, verhielten wieder, veränderten ihre Figuren ... einige Zuschauer waren darum herum versammelt, von Zeit zu Zeit trat einer davon zu den Tänzern oder einer der Tänzer setzte sich an den Rand und sah zu. In einem anderen Raum bewegte sich ein seltsames Gebilde. Es erinnerte an einen farbig beleuchteten Springbrunnen, der immer wieder anders geformte Kaskaden aufwirft und ausbreitet ... aber es war kein Springbrunnen, war kein Wasser ... Es mußte irgendein mir unbekanntes, diffuses Material sein, eine Flüssigkeit oder ein schweres Gas, vielleicht etwas, was dem Material der Wände ähnlich war. Ich beschloß, Mischa darauf aufmerksam zu machen. Es waren stets einige Leute versammelt, in der Betrachtung der gleitenden Formen und Farben versunken.

Mich zog es indes in den hinteren Teil des Wohnblocks, dorthin, wo die Schlafräume zu liegen schienen. Jetzt war ich mir freilich nicht mehr sicher, ob es sich tatsächlich um Schlafräume handelte; wer konnte sagen, ob diese Wesen so schliefen wie wir. Freilich sprach nichts dagegen. Es handelte sich um enge Zellen, spartanisch ausgestattet, schmale Liegen, kaum 50 cm breit, mit einem schwammartigen Kunststoffmaterial überzogen. Einrichtungen fehlten fast völlig – höchstens ein Tuch, das auf dem Boden lag, oder ein Gegenstand von eigenartiger Geometrie, ein Oktaeder oder Dodekaeder, vergleichbar den Kristallmodellen unserer Lehrfilme. Ihre Bedeutung war nicht zu ersehen.

Es mußte gegen elf Uhr vormittag sein – Noami und ich streiften ziellos in den Anlagen herum –, als es wieder, wie gestern abend, wie ein Hauch durch das Gebäude wehte. Die Menschen schoben ihre Spielbretter zurück, traten von den Fenstern weg, erhoben sich, wandten sich von ihren Tänzen und Vorführungen ab ... So war es auch gestern gewesen, kurz bevor die Wände undurchsichtig geworden waren. Ich packte Naomi beim Arm, um sie nicht zu verlieren, wenn die Dunkelheit hereinbräche, und das erwies sich als richtig: Man konnte es fast beobachten, obwohl es in Sekundenschnelle ablief – der schwache rosa Ton des »Gemäuers« wurde dunkler, tintigbraun ... Die Nacht war hereingebrochen.

Es kam nicht mehr ganz so überraschend wie am Tag vorher, ich hatte mir die Richtung eingeprägt, ich zog Naomi mit mir und ich vermied es, allzuoft an Stühlen und Liegen anzurennen, indem ich innerhalb der Wände vorwärts zu kommen suchte – man merkte es am leichten Widerstand und am Kribbeln wie von elektrischer Wechselspannung.

Kurze Zeit waren wir wieder vor dem Gebäude versammelt, die gelblich scheinende Sonne dieses Planeten stand hoch am Himmel, hier draußen herrschte Tag – und ewig schönes Wetter, es hatte noch keinen Regentag gegeben, nicht einmal Wolken. Diesmal waren wir weniger erschreckt als über die Unterbrechung unserer Arbeit verärgert.

»Gerade jetzt hatte ich Mara so weit, daß sie zu verstehen schien, was ich von ihr will«, sagte Boyd. »Sie ist mir einfach davongelaufen!«

»Vielleicht halten sie Mittagsruhe?« meinte Mischa.

»Es dürfte nicht allzu lange dauern«, sagte ich. »Als wir gestern nachmittag hier ankamen, war alles normal.«

»Na schön, wir könnten auch eine Pause einlegen!« sagte Boyd. Wir gingen langsam zu unserem Gleiter zurück, packten unsere Proviantpakete aus, setzten uns auf den weißen Fels und blickten ins Tal. Die Spannung war von uns gewichen, wir waren ein wenig müde, und als ich mich nach dem Essen zurücklehnte und ein wenig die Augen schloß, war ich innerhalb einer Minute eingeschlafen.

Erst ein Ruf von Boyd weckte mich. Als ich die Augen öffnete, sah ich, daß die dunkelbraune Farbe des Gebäudes gewichen war – es war rosa getönt und durchsichtig wie zuvor. Wir konnten wieder an die Arbeit gehen.

Dieser Tag brachte keine wesentlichen Ergebnisse mehr. Als wir am Abend im Raumschiff beisammen saßen, um die Ergebnisse zu diskutieren, waren wir so klug wie zuvor. Boyd und Nuru zeigten sich verärgert darüber, daß sie mit ihren Sprachuntersuchungen so langsam vorankamen. »Ihr Sprachschatz ist beschränkt, man bringt sie nur selten dazu, in ganzen Sätzen zu reden. Es wird noch einige Zeit dauern, ehe wir mit ihnen sprechen können.«

»Wir haben ja die Möglichkeit, uns über Funk zu unterhalten«, sagte Naomi.

»Eigentlich ist es höchst seltsam, daß sie sich über Funk einer anderen Sprache bedienen als sonst«, sagte Mischa.

»Ich beginne daran zu zweifeln, daß es sich um dieselben Lebewesen handelt«, meinte Nuru. »Jene, mit denen wir über Funk in Kontakt traten, sind kühle Rechner, sie sind kurz, knapp und prägnant in der Ausdruckweise, kühl und vorsichtig im Verhalten . . .«

»Wer sagt dir das?« meinte Ingrid. »Aus ein paar Funksprüchen kann man doch kaum auf die Wesensart des Absenders schließen!«

»Warum nicht?« fragte Boyd. »Die Gegensätze sind zu auffällig. Die Bewohner des Gebäudes machen nicht den Eindruck, als ob sie die Kenntnisse und die Ausdauer hätten, eine Verständigung mit andern Geschöpfen aufzunehmen, die von einem fernen Teil des Raumes zu ihnen kommen. Mir kommen sie naiv vor, naiv und dumm.«

Ingrid schüttelte den Kopf. »Aber wir haben doch bisher nur einen kleinen Teil dieser Welt kennengelernt! Vielleicht handelt es sich um einen Teil der Bevölkerung, der geistig zurückgeblieben ist. Vielleicht sitzen die maßgebenden Leute woanders.«

»Wir könnten uns doch über Funk über die Verhältnisse erkundigen«, schlug Mischa vor, doch er stieß auf Abwehr. Alle andern, ich eingeschlossen, waren der Meinung, wir sollten noch ein wenig abwarten, nichts drängte uns zum schnellen Handeln.

Am nächsten Tag blieb ich mit Noami im Raumschiff zurück, während sich die andern zu ihrem täglichen Ausflug auf den Weg machten, der schon allmählich zur Gewohnheit wurde. Um mich sinnvoll zu betätigen, versuchte ich mit Hilfe unseres Arbeitsroboters den Boden um das Raumschiff herum zu lockern. Wenn ich es mir auch nicht eingestehen wollte, so empfand ich es als unangenehm, auf diesem Planeten festgehalten zu sein. Der Boden erwies sich aber als außerordentlich zäh, er widerstand jedem mechanischen Eingriff, und ich mußte Laserstrahlen einsetzen, um die Massen zu lockern. Am Abend hatte ich erst eine Schicht von höchstens einem Meter entfernt. Das Raumschiff saß noch immer fest.

Als die andern am Abend zurückkehrten, traute ich meinen Augen nicht: Boyd hatte Mara mitgenommen. Ein wenig unsicher, aber keineswegs furchtsam kam sie mit ins Raumschiff, sah sich neugierig um, allerdings ohne übertriebenes Interesse zu zeigen.

»Was ist euch da nur eingefallen?« – Ich machte keinen Hehl daraus, daß ich das für ein Risiko hielt.

»Wir brauchen sie hier, wenn wir uns in absehbarer Zeit verständigen wollen. Hier kann ich direkt mit dem großen Kommunikator arbeiten«, erklärte Boyd.

»Ist sie freiwillig mitgekommen«, fragte Noami, »oder habt ihr sie mit Gewalt . . .«

»Aber nein«, antwortete Boyd. Er nahm Mara bei der Hand und führte sie in den Kommunikationsraum. »Stört uns jetzt nicht!«

»Wir haben abgestimmt, Nuru und Boyd waren dafür, Ingrid und ich dagegen«, sagte Mischa fast entschuldigend.

»Soll sie über Nacht hierbleiben?« fragte ich.

»Ja, wir haben genug Platz, sie kann hier schlafen. Am nächsten Tag nehmen wir sie wieder mit zurück.«

Mit Mara war ein Mißton in unsere Gruppe gekommen. Ich erinnerte mich an das Gebot, das wir über Funk erhalten hatten – das wir keine Störungen oder gar Schäden verursachen sollten. Und ich wurde noch skeptischer, als mir Mischa später eingestand, daß Mara das Territorium des Parks nicht freiwillig verlassen hatte: Boyd und Nuru hatten sie mit sanfter Gewalt in den Gleiter gebracht. Aber auch Ingrid zeigte sich wenig erfreut. Bei ihr hatte ich allerdings den Eindruck, daß nicht nur sachliche Erwägungen maßgebend waren; in letzter Zeit war sie mit Boyd liiert gewesen, und sie übersah nicht, daß Mara ein hübsches Mädchen war.

Boyd arbeitete bis spät in die Nacht hinein mit Mara, sie machte einen erschöpften Eindruck, als die Sitzung beendet war. Wir hatten eine Liege in den Abstellraum gebracht, als Nachtlager für Mara; es war eng hier, aber sie war ja die enge Zelle gewöhnt. Sie schien auch sofort einzuschlafen, und auch wir andern gingen zur Ruhe – außer Boyd, der die ersten Ergebnisse des Kommunikators abwarten wollte.

Als wir am nächsten Morgen aufstanden, sah Naomi nach Mara, und gleich darauf hörten wir sie rufen. Wir liefen hinzu und erschraken: Mara lag bewegungslos und bleich auf ihrem Lager, die Augen waren geschlossen, sie schien kaum zu atmen. Nuru fühlte ihr den Puls und hob ein Augenlid. »Sie lebt«, verkündete er, »aber ihr Zustand ist besorgniserregend. Sie atmet kaum, der Puls ist nicht zu fühlen – aber das muß nichts zu bedeuten haben, denn wir wissen ja nicht, ob ihre Adern denselben Verlauf haben wie unsere.«

»Wir müssen sie schnellstens zurückbringen!« sagte Mischa.

Wir trugen sie in das Luftkissenboot und fuhren los. Als wir ankamen, wies Ingrid nach oben: Dort schwebten wieder fünf der spindelartigen Körper, die wir bei unserem ersten Besuch beobachtet hatten. Diesmal nahmen sie keine Notiz davon, daß wir sie offenbar bemerkt hatten, sondern blieben über unseren Köpfen schweben.

Wir trugen Mara durch den Park, in das Gebäude hinein, und da wir nicht feststellen konnten, welche Zelle die ihre war, so legten wir sie in die erste beste.

Ich weiß nicht, ob wir erwartet hatten, daß etwas geschehen würde ... Jedenfalls ereignete sich nichts. Mara lag bewegungslos auf ihrer Liege, wir standen darum herum, von den Einwohnern kümmerte sich niemand um uns oder Mara.

»Sie sind stumpfsinnig«, sagte Boyd. »Sie scheinen weder Zuneigung noch Sorgen um den andern zu kennen. Ich kann mir nicht denken, daß sie die Herren dieses Planeten sind.« Er drehte sich um. »Ich hole meinen Kommunikator«, erklärte er.

Pünktlich wie an den vorhergehenden Tagen wurden am späten Vormittag die Mauern undurchsichtig. Diesmal aber hatten wir Lampen mitgenommen – wir wollten wissen, was mit den Menschen, die ihre Zellen aufgesucht hatten, geschah. Und wir sahen es: Mit einem Mal lag eine Art Deckel über dem Bett und schloß den Liegenden ein; was dadurch entstand, sah einem Sarg penetrant ähnlich. Und dann ging ein Ruck durch den Behälter, und er sank in den Boden hinein und entzog sich unseren Blicken. Der Boden schloß sich wieder, die Zellen waren leer.

Wir hatten keine Lust, bei künstlichem Licht im Innern herumzustreifen, wir verließen das Gebäude und gingen zum Luftkissenboot.

»Ich glaube, es handelt sich um eine Art Regeneration«, sagte Ingrid. »Ich hoffe nur, daß Mara keinen Schaden davongetragen hat. Es könnte peinlich für uns werden, jemand Schaden zuzufügen.«

»Ist das alles, was dich daran stört?« fragte Noami. Zum ersten Mal sah ich sie richtig empört. »Ob diese Menschen intelligent sind oder dumm, ist doch ganz gleichgültig! Wir haben kein Recht, sie als Versuchskaninchen zu verwenden!«

»Ach was, du übertreibst!« entgegnete Boyd. Aber es war ihm offenbar nicht wohl in seiner Haut.

Als das Gebäude nach etwa einer Stunde seine Transparenz wieder erlangte, beeilten wir uns, wieder nach unten zu kommen. Hastig durchstreiften wir die Räume – wir suchten Mara. Uns allen fiel ein Stein vom Herzen, als wir Nurus Stimme durch die Räume schallen hörten: »Hier ist sie! Sie ist gesund!« In der Tat – sie sah blühend aus wie am Tag zuvor, sie lächelte uns zu, schien uns zu erkennen. Und dann trat sie auf Boyd zu, hob die Hand – darin lag das dunkle Metallplättchen, das jeder von ihnen zu besitzen schien. Boyd griff nach ihrer Hand, schloß seine Finger darüber – selten hatten wir ihn so ergriffen gesehen. »Ich bin froh, daß es dir wieder gutgeht«, sagte er. »Ich glaube, wir werden uns gut verstehen – wenn wir erst miteinander reden können.« Jetzt erst ließ er ihre Hand los. Er drehte sich um und zog den Kommunikator heran. »Wir wollen es einmal versuchen!«

»Kannst du mich verstehen, Mara?« Er sprach in das Schwebemikrophon, der Kommunikator übersetzte in die gutturale Sprache der Einheimischen.

Zuerst reagierte Mara nicht, Boyd wiederholte seine Frage.

Noch immer zögerte Mara. Dann aber sah man ihr an, daß sie zu begreifen begann – sie sagte etwas, der Kommunikator übersetzte: »Ich verstehe dich.«

»Seht ihr«, rief Boyd, »jetzt sind wir soweit.«

Wir alle waren froh darüber – bald würden sich die Rätsel dieses Planeten gelöst haben! Wir sprachen durcheinander:

»Frag sie, wie sie sich ernähren!«
»Frag, ob es irgendeinen Leiter oder Vorgesetzten gibt!«
»Frag sie, wie alt sie ist!«
»Warum gibt es keine Kinder und keine alten Leute?«
»Stehen sie in Verbindung mit anderen Siedlungen?«
»Weiß sie, wer mit uns die Funkverbindung aufgenommen hat?«

Boyd folgte unseren Wünschen, und Mara bemühte sich zu antworten. Das Ergebnis war mager. Oft dachte sie lange nach und antwortete dann »Ich weiß es nicht«. Oft schüttelte sie nur traurig den Kopf. Sie schien bald müde zu werden und die Lust an diesem Spiel zu verlieren. Boyd wandte sich an andere und fand auch da und dort jemanden, der bereit war mitzumachen. Aber diese Menschen schienen wenig Ausdauer zu haben, sie gaben bald auf, und außerdem zeigten sie sich überraschend teilnahmslos: Keinem fiel es ein, eine Gegenfrage zu stellen – wer wir seien, woher wir kämen ...

Die Ausbeute, über die wir uns am Abend im Raumschiff unterhielten, war dürftig. Diese Menschen wußten weder, woher sie stammten, noch machten sie sich Gedanken über ihre Zukunft. Der Begriff des Alters war ihnen unbekannt, sie wußten nichts von Kindern oder Greisen, sie erinnerten sich nicht, wer ihnen das wenige beigebracht hatte, was sie wußten, sie hatten keine Ahnung von Geburt und Tod. Sie lebten in ihren Siedlungen, ohne Kontakt mit anderen Gruppen, in der Nacht fuhren sie zur Regeneration, am späten Vormittag hatten sie eine Stunde zu »arbeiten«; das war ihre einzige Pflicht. Was während der »Arbeitszeit« geschah, wußten sie nicht. Um sie herum wurde es dunkel, nach einer gewissen Zeit erwachten sie wieder, ein wenig erschöpft, ein wenig abgespannt ... Sie fühlten sich glücklich, niemand dachte an eine Änderung ihrer Situation, niemand hatte besondere Wünsche oder Probleme.

Natürlich hatten wir uns auch nach Details erkundigt, die uns aufgefallen waren, beispielweise der Eigenart der Wände. Über physikalische und chemische Dinge wußten sie nichts, hatten nie darüber nachgedacht, alles als selbstverständlich genommen. Auch die Bedeutung der Plaketten kannten sie nicht. Sie wußten nur, daß sie sie vorweisen mußten, wenn eine »Kontrolle« war. Was war eine »Kontrolle«? Wir bekamen keine befriedigende Auskunft. Es mochte sich um Besucher von außen handeln, oder um Beobachtungssonden, oder um Signale welcher Art auch immer. Wir hatten darum gebeten, eine dieser Plaketten genauer ansehen zu dürfen, waren aber auf entschiedene Ablehnung gestoßen.

Was hatte das alles zu bedeuten? Unsere Meinungen waren geteilt. Nuru meinte, es handelte sich um eine unterdrückte Klasse, die von irgendwelchen Leuten im Hintergrund ausgebeutet würden, und Boyd schloß sich seiner Meinung an. Ich hatte nicht den Eindruck einer Ausbeutung, die Menschen machten auf mich einen restlos glücklichen Eindruck. Offenbar war eine Stunde »Arbeit« das einzige, was man von ihnen verlangte. Ingrid allerdings meinte, es käme nicht auf die Arbeitszeit an, sondern darauf, ob eine Leistung freiwillig erbracht würde, und das sei hier nicht der Fall; diese Menschen würden gezwungen – durch irgendeine Art von psychischer Manipulation. Mischa vertrat die Ansicht, daß unsere Informationen nicht zur Beurteilung der Sachlage reichten. Es könnte sich auch um Menschen handeln, die schon vor Generationen alle Lebensprobleme gelöst hätten, die ihre Welt so eingerichtet hätten, daß sie ein gesundes und sorgenfreies Leben führen könnten und auf eine weitere Entfaltung verzichtet hätten; und es sei zu fragen, ob nicht jede Art einmal diesen Entwicklungsstand erreichen könnte. Diese Vermutung wurde allerdings von den anderen zurückgewiesen. Sie sahen ein sinnvolles Dasein nur in einer fortwährenden Veränderung und Erneuerung.

Nuru war in seinem Urteil sogar noch radikaler: »Gewiß – wir wissen noch wenig über die Geschichte dieses Volkes«, sagte er, »aber was wir wissen, dürfte genügen. Es besteht kein Zweifel daran, daß es sich um menschenartige Wesen handelt und daß sie ein unwürdiges Dasein führen. Wir müssen versuchen, sie auf diesen Zustand aufmerksam zu machen, sie aufzurütteln, sie dazu zu bestimmen, aus ihrem Dasein etwas zu machen!«

»Sie sehen wie Menschen aus«, rief Mischa, »aber wir haben keine Ahnung, ob es Menschen sind. Es gibt keinen Anlaß dafür, die Werte, die auf der Erde gelten, ohne weiteres auf fremde Gesellschaften zu übertragen.«

»Und außerdem ist uns ein Eingriff verboten«, sagte Noami.

»Schließlich wird uns auf diesem Planeten Asyl gewährt – von wem auch immer die Zusage gekommen ist.«

»Du meinst, wir sind hier Gäste, und die Lebensverhältnisse

hier gingen uns nichts an?« sagte Boyd gereizt. »Ich allerdings glaube, daß es Werte gibt, die für jeden Ort und jede Zeit verbindlich sind. Wir sind nicht von der Erde geflohen, um anderswo faule Kompromisse zu schließen!«

Die Meinungen gingen weit auseinander. Schließlich einigten wir uns darauf, daß eine genauere Analyse not tat, ehe wir Entscheidungen treffen wollten.

Als wir am nächsten Tag wieder zur Siedlung fuhren, waren wir uns über das, was wir unternehmen wollten, nicht mehr so einig wie an den Tagen zuvor. Ingrid und Nuru benutzten den Kommunikator, um die Bewohner des Gebäudes auf ihren Zustand aufmerksam zu machen. Sie sprachen von Freiheit und Manipulation, von den großen Aufgaben intelligenter Wesen, von übergeordneten Werten, von Neuorientierung und Revolution ... Aber ich hatte nicht den Eindruck, daß sie jemand verstand. Zwar standen immer einige Menschen um sie herum, aber sie verhielten sich nicht anders als jene vor den Tanzvorführungen und an den Fenstern: Sie hörten eine Weile zu, blickten Nuru und Ingrid mit ihren großen dunklen Augen an, ohne eine Gefühlsregung zu zeigen, und gingen später ohne ersichtlichen Grund wieder fort. Boyd bemühte sich inzwischen sehr um Mara, er suchte Wege zur direkten Verständigung, wollte Mara dazu bringen, Ausdrücke unserer Sprache zu lernen, bemühte sich selbst um die Sprache der Fremden. Zwar war auch ihm nicht viel Erfolg beschieden, doch immerhin – Mara schien interessierter zu sein als die andern, sie war ausdauernder und zeigte einen Anflug von Intelligenz. Vielleicht war es aber auch etwas ganz anderes. Wäre sie ein Mädchen von der Erde gewesen, so hätte ich gesagt, daß sie von Boyd beeindruckt war. Aber auch darüber war schwer etwas Endgültiges zu sagen. Gab es hier so etwas wie Liebe oder Sex? Die Männer und Frauen schienen sich völlig neutral zu verhalten, nirgends zeigte sich eine Polarität der Geschlechter, nirgends deutete sich so etwas an wie Sympathie, Zusammengehörigkeit, Verbundenheit ... Natürlich hatten wir auch darüber Fragen gestellt, aber man hatte uns nicht verstanden.

Am Abend nahm Boyd Mara wieder mit zum Luftkissenboot. Er hatte uns nicht gefragt, und auf unsere Vorhaltungen reagierte er ungeduldig. »Mir ist es ganz gleich, ob wir Gebote übertreten oder nicht, es ist einfach unsere Pflicht, uns eingehend zu informieren. Ich will wissen, ob diese Wesen Menschen sind wie wir, oder ob sie sich irgendwie unterscheiden. Wir müssen eine Blutprobe entnehmen, ein Röntgenbild anfertigen, ein Elektrokardiogramm usw.«

»Und wenn sie wieder einen Kollaps erleidet?« fragte Ingrid.

»Ich glaube, sie werden über den Blutkreislauf ernährt. Schau her!« Boyd griff einen Arm Maras, drehte ihn herum, so daß man die Armbeuge sehen konnte. »Diese bläulichen Stellen – ich vermute, sie stammen von einem Injektionsspray. Wir werden ihr Zuckerlösung injizieren, und ihr werdet sehen: Morgen ist sie völlig munter!«

Wir gaben uns nicht zufrieden, doch Boyd meinte, er täte es auf seine eigene Verantwortung, wir hätten ihm nichts zu befehlen.

Als wir zurückkamen, überraschte uns Mischa, der mit Noami zurückgeblieben war, mit einigen Meßergebnissen. Er hatte eine Bohrung unternommen und festgestellt, daß die Schicht aus Kohle- und Siliziumverbindungen mindestens 20 Meter dick war. Was darunter lag, hatte er nicht feststellen können – das Echolot hatte nicht angesprochen. Eine Gravitationsmessung hatte ein unerklärliches Resultat erbracht: Es sah so aus, als sei die schwere Masse dieses Planeten im Zentrum konzentriert. Wir wußten nicht recht, wie wir diese Resultate deuten sollten und gingen darüber hinweg. Viel mehr interessierte uns natürlich Mara. Wenn wir auch gegen die von Boyd vorgeschlagenen Versuche waren, so hieß das nicht, daß uns ihre Ergebnisse gleichgültig waren.

Mara schien großes Vertrauen zu Boyd zu haben, denn solange er bei ihr blieb, ließ sie alles mit sich geschehen. So wie es aussah, unterschieden sich diese Wesen nicht grundsätzlich von den Menschen: Der Skelettbau war bis auf Kleinigkeiten dem unseren gleich, Elektrokardiogramm und Elektroenzephalogramm unterschieden sich genausowenig, und nur in den Eiweißsubstanzen aus den Blut- und Gewebeproben zeigte sich die extraterrestrische Abstammung.

Wie Boyd angekündigt hatte, injizierte er Mara Zuckerlösung, und zu unserer Beruhigung zeigte sie sich am nächsten Morgen relativ munter, zwar hatte sie dunkle Ringe um die Augen und bewegte sich ein wenige schwerfällig, aber dieser Zustand war doch in keiner Weise mit dem völligen Zusammenbruch zu vergleichen, den sie bei ihrem ersten Besuch im Raumschiff erlitten hatte. Boyd erklärte, daß er im Raumschiff bleiben würde, er hätte noch einige Versuche mit Mara vor, und auch die anderen beschlossen, an diesem Tag auf den Besuch in der Siedlung zu verzichten.

Als ich überlegte, womit ich mich beschäftigen könnte, bemerkte ich das Metallplättchen von Mara, das ihr Boyd bei der Aufnahme des Elektrokardiogramms abgenommen hatte. Ich sah es mir genau an: Es glänzte metallisch, schien aber nicht aus Metall zu bestehen, ich tippte eher auf Kunststoff. An der einen Seite der Oberfläche war eine feine Struktur zu erkennen, ein regelmäßiges Muster einer Vielfalt von Zeichen, die sich nur selten wiederholten. Die Vermutung lag nahe, es könnte sich um eine Art Legitimation handeln.

Plötzlich kam mir ein Gedanke. Ich blickte auf die Uhr – etwa zehn Uhr Vormittag. Den anderen sagte ich, ich würde in etwa zwei Stunden wieder zurück sein, dann stieg ich aus, setzte mich in den Raumgleiter und fuhr über die Hügelkette zur Siedlung hinunter. Alles schien unverändert. Ich fand ebensoviel oder -sowenig Beachtung wie an den Tagen zuvor. Auf einen Unterschied wurde ich allerdings aufmerksam: Als ich nämlich heftig an der Mauer anstieß. Sie war undurchlässig geworden! Lag es an der Plakette? Ich hatte sie mir um das Armgelenk gebunden – so wie sie auch von den anderen getragen wurde. Nun legte ich sie ab und trat wieder auf die Wand zu – tatsächlich, ich konnte wieder hineinfassen wie früher. Es war also die Plakette, die die Mauer zum undurchdringlichen Hindernis werden ließ! Ich schnallte mir die Plakette wieder um und ging langsam zu den Zellen vor. Ich blickte auf die Uhr – kurz vor elf. In Kürze mußte es zur ersten Verdunklungsphase kommen!

Ich trat in eine der Zellen – offenbar gab es keine individuellen Unterschiede, kein Eigentum. Es war also gleichgültig, welche ich aussuchte. Und eine mußte ja freibleiben, da sich Mara im Raumschiff aufhielt. Ich legte mich auf die Pritsche.

Pünktlich wie jeden Tag brach die Nacht über das Gebäude herein. Ich hörte ein schleifendes Geräusch neben und über mir, dann ging ein leiser Ruck durch mein Lager, ich fühlte, daß ich abwärts fuhr.

Es blieb völlig dunkel. Leises Summen lag in der Luft, aber trotzdem hatte ich nicht den Eindruck, mich in einem großen Raum zu befinden. Ich streckte tastend meinen Arm aus, doch stieß ich sofort auf eine Art Gitter, das mich ganz zu umgeben schien.

Plötzlich wurde es hell, ich erblickte Gegenstände, bemerkte Bewegung ... Dabei hatte ich aber nicht den Eindruck, daß das Licht von außen kam, eher war es die dämmrige Helligkeit einer Halluzination. Und dann wurden die Eindrücke plötzlich strudelnd, intensiv, allumfassend. Es handelte sich nicht nur um Licht, sondern auch um Geräusche, um Spannungen, um Gefühle ... Mir wurde schwindlig, und obwohl ich mir bewußt war, daß ich immer noch unter dem Eindruck dieses Ansturms stand, verlor ich das Bewußtsein meiner Identität, war nur noch ein passives Bündel, das durch farbige und tönende Fluten getrieben wurde ... Das dauerte eine Weile, bis plötzlich ein Stillstand eintrat, eine Leere, ein Abgrund ... und dann kam eine Forderung, der Zwang zu einer Antwort, zur Reaktion ... Und dann strömten sie wieder, die Formen, Töne, Emotionen, aber diesmal war ich es, der sie produzierte, in einem imaginären Raum um mich herum aufbaute ...

Die Beanspruchung war so intensiv, daß ich nebenher nichts denken konnte, daß ich, als es vorbei war, ausgehöhlt und ausgebrannt war, mich nur noch an die ersten Phasen des Geschehens erinnern konnte ... Was später geschehen war, wußte ich nicht – es war irgendwie auf gleiche Art weitergegangen, mit Aktion und Reaktion, Frage und Antwort – ich war es gewesen, der reagiert, der geantwortet hatte. Wozu? Die Bedeutung? Ich wußte es nicht.

Ich fand mich auf dem Lager in der Zelle wieder, brauchte eine Weile, ehe ich taumelnd aufstehen konnte. Als ich mich gefangen hatte, waren die anderen, die wahrscheinlich dasselbe mitgemacht hatten, längst wieder in den Räumen zerstreut, erfreuten sich an den Tänzen, an den Bildern, an den Spielen – am süßen Nichtstun.

Ich hatte für diesmal genug und kehrte ins Raumschiff zurück. Nachdem ich mich ein wenig ausgeruht hatte, berief ich eine Versammlung ein und schilderte meine Erlebnisse. Das Echo war lange nicht so lebhaft, wie ich es erwartet hatte. Boyd vermutete, es handelte sich um irgendeine Art der Ausbeutung, und in meinen Erlebnissen fände er die Bestätigung dafür, daß es sich nicht um eine freiwillige, sondern um eine erzwungene Leistung handelte. Im übrigen aber schien ihm Mara wichtiger zu sein. Sie saß bei uns, obwohl sie sicher nicht verstand, worüber wir uns unterhielten, und machte sogar einen zufriedenen, fast fröhlichen Eindruck. Boyd hatte ihr wieder Zuckerlösung gegeben, und fast hatte es den Anschein, als sei dies die richtige Ernährung. Dann hatte er sie in den Duschraum geführt, und nach einigem Zögern schien sie am Wassergeplätscher Gefallen zu finden, obwohl Duschen und Baden offenbar neu für sie war.

»Ich glaube, wir sind einen wesentlichen Schritt weitergekommen«, meinte Boyd. »Zunächst wissen wir, daß die Bewohner dieses Planeten dem Menschen verwandt sind. Ich kann nicht glauben, daß sie von Natur aus so inaktiv und desinteressiert sein können – sicher werden sie künstlich unter Betäubung gehalten. Dagegen müssen wir etwas unternehmen! Die Regierung oder die Leitung – wie wir sie auch nennen wollen – hat offenbar nichts dagegen einzuwenden, daß wir uns mit den Einwohnern beschäftigen.«

Mischa meldete sich zögernd zu Wort: »Warum muß es sich eigentlich um eine Unterdrückung handeln?«

»Worum sonst?« fuhr ihn Boyd an. »Die Verhältnisse hier entsprechen weitgehend jenen, wie wir sie auf der Erde vorfinden. Die Bevölkerung wird mit Absicht auf einem niedrigen Intelligenzniveau gehalten und hat daher keine Möglichkeit, sich gegen die Willkürakte der herrschenden Klasse zu wehren.«

»Ich bin mir nicht so sicher, ob man in diesem Fall die Erde als Beispiel nehmen darf«, meinte Mischa. »Es könnte sich ja um irgendeine soziologische Situation handeln, für die es auf der Erde kein Vorbild gibt. Etwas für uns völlig Neues, nicht Vorstellbares.«

»Und was für eine Beziehung könnte zwischen den menschlichen Einwohnern und den Spindelwesen bestehen, wenn nicht die zwischen Herrschenden und Unterdrückten?« fragte Ingrid.

Mischa hob die Schulter – er hatte keine konkrete Antwort zu bieten, und somit blieb die Annahme von Herrschern und Untergebenen die einzig plausible.

»Was können wir tun?« fragte Noami.

Ingrid hob die Hand. »Wir könnten in einem Funkspruch gegen die Unterdrückung des Volks protestieren.«

»Meinst du, daß ein Protest Sinn hat?«

»Man könnte es immerhin versuchen!«

»Viel wichtiger wird es sein, in einer gezielten Aktion mit den

Einwohnern zu kooperieren.« Boyd legte den Arm auf die Schultern Maras, die neben ihm saß. »Ich glaube, es kann nicht allzu schwer sein, die Leute aus ihrer Passivität herauszureißen. Seht Mara an! Schon jetzt hat sie merklich an Individualität gewonnen.«

Ich folgte der Diskussion mit gemischten Gefühlen, und auch Mischa schien meine Zweifel zu teilen. »Ich weiß nicht recht«, sagte er, »wir haben hier um Asyl gebeten. Später werden wir weitere Bitten anbringen müssen: um Nahrung, um Wasser, um Energie. Man sieht es nirgends gern, wenn Emigranten politische Initiative ergreifen.«

»Ich glaube, wir sollten uns über solche Bedenken hinwegsetzen«, sagte Nuru. »Wenn es irgendwelche Einsprüche geben sollte, so können wir immer noch verhandeln. Am wichtigsten ist es zunächst, dem Volk die Freiheit wiederzugeben. Wenn wir die Einwohner hinter uns haben, dann wird sich die Regierung hüten, uns schlecht zu behandeln.«

Trotz der Gegenstimmen von Mischa und mir und der Stimmenthaltung von Noami wurde ein Aktionsprogramm beschlossen. Zunächst wollten wir versuchen, durch aufklärende Vorträge – in einer Diktion, die dem Verständnis der Leute angemessen war – aktivierend zu wirken. Erstes Ziel sollte sein, daß sie sich weigerten, ihre tägliche Stunde »Arbeit« zu absolvieren. Da die Plaketten irgendeine Rolle in der physischen und psychischen Unterdrückung zu spielen schienen, wollten wir sie dazu bringen, sie abzulegen. Dann konnten sie sich ebenso frei wie wir durch die Gebäude bewegen, wir vermuteten aber auch, daß sie geistig beweglicher würden.

An den nächsten Tagen versuchten wir, diesen Plan zu verwirklichen. Es war ein eklatanter Mißerfolg. Alle Aufrufe und Beschwörungen nützten nichts, immer weniger Leute waren bereit, uns zuzuhören, obwohl wir ihre Sprache schon gut beherrschten. Wenn wir versuchten, in eine Diskussion zu kommen, so erhielten wir zur Antwort, alle seien glücklich und zufrieden, daher sei es überflüssig, etwas zu ändern.

Nach einer Woche mußten wir uns eingestehen, daß wir nichts erreicht hatten.

»Wir müssen energischer vorgehen«, meinte Boyd. »Ich schlage vor, wir nehmen ihnen zunächst die Plaketten weg. Ich glaube nicht, daß sie sich ernstlich wehren werden.«

»Könnte ihnen das nicht schaden? Vielleicht haben die Plaketten eine lebenswichtige Funktion?«

»Mara ist noch immer gesund«, entgegnete Boyd. »Ihr hat die Umstellung gutgetan. Gewiß können wir die Leute nicht gleich von ihrem System lösen, aber wir müssen es transparent machen. Wir müssen sie dazu bringen, daß sie in die unteren Räume eindringen und nachsehen, was dort eigentlich vor sich geht. Wir werden ihnen dabei helfen. Wahrscheinlich findet dort eine medizinische Betreuung statt, ohne die sie auf die Dauer nicht existieren können. Schließlich lebt man nicht vom Zuckerwasser. Aber es müßte gelingen, an die Nährmittel und Medikamente heranzukommen und sie allgemein erhältlich machen. Ein System, das sie verteilt, ohne die Wünsche der Konsumenten zu beachten, ist entwürdigend.«

Ich konnte mich eines peinlichen Gefühls nicht erwehren, als wir am nächsten Tag wieder in die Räume eindrangen und den Leuten die Plaketten mit sanfter Gewalt von den Handgelenken nahmen. Als sie merkten, was wir mit ihnen vorhatten, versuchten sie davonzulaufen oder sich zu verstecken, doch es nützte ihnen wenig – bald waren alle Plaketten in unserem Besitz.

Boyd schien sich der Peinlichkeit unseres Vorgehens bewußt zu sein, denn, ohne daß ihn jemand daraufhin angesprochen hätte, versuchte er uns auseinanderzusetzen, daß man das Volk zu seinem Glück zwingen müsse, wenn es selbst nichts dafür zu tun bereit sei. Man würde uns später dankbar sein.

Immerhin – nun hatten wir zum ersten Mal merklichen Erfolg bei unseren Aktionen. Die Leute hörten uns zu, sie folgten unseren Argumenten, sie schienen ihre Welt mit anderen Augen sehen zu lernen. Nuru buchte es als besonderen Erfolg, als eine Gruppe in Streit geriet und dabei einige Möbel zerbrochen wurden.

Es fiel uns nicht schwer, die Bewohner von ihrer »Arbeit« abzuhalten. Offenbar kamen sie erst jetzt darauf, daß diese mit unangenehmen Zuständen, mit Mühe und Erschöpfung, verbunden war. Natürlich rechneten wir mit irgendwelchen Gegenmaßnahmen der Regierung, aber es geschah nichts.

Es gelang uns allerdings auch nicht, die gesellschaftlichen Verhältnisse so zu verändern, daß man sie als befriedigend bezeichnen könnte. Bei unseren Diskussionen stellte sich sogar heraus, daß wir uns über eine angemessene Gesellschaftsform nicht im klaren waren, doch vertrat Ingrid die Ansicht, daß dies nicht unsere Aufgabe sei – jeder müsse selbst zu einem solchen System finden.

»Ich glaube nicht, daß sie dazu fähig sind, solange sie in ihrem alten Milieu bleiben«, vermutete Boyd. »So existiert kein Anstoß zu irgendeiner Initiative.«

»Was ist die Konsequenz?« fragte Ingrid, und sie fuhr fort: »Wir müssen den Gebäudekomplex zerstören, diese Umgebung, die jede neue Idee zu ersticken droht. Wir müssen die Zugänge zu den Nahrungsmittelquellen öffnen und die Rohstoffe und Produktionsmittel in die Hand bekommen.«

»Wenn wir das tun«, rief Mischa, »dann brechen wir das Abkommen, das wir mit der Regierung getroffen haben. Wir werden als unerwünschte Personen ausgewiesen werden.«

»Glaubst du, daß sie dazu die Macht haben?« fragte Ingrid. »Traust du diesen Wesen eine so hohe technische Entwicklung zu, daß sie etwas gegen uns tun können? Zweifellos sind die eigentlichen Machthaber intelligenter als jene Leute, mit denen wir es bisher zu tun hatten. Aber ein wesentlicher Unterschied dürfte wohl kaum bestehen!«

Zum ersten Mal führte eines unserer Gespräche zu unüberbrückbaren Gegensätzen. Boyd und Ingrid vertraten die These, daß man die alte Ordnung zerstören müsse, um die neue Gesellschaft zu initiieren. Diesmal nützten ihnen aber alle Überredungskünste nichts, um die Mehrheit zu erlangen – wir alle, sogar Nuru, stimmten dagegen. Selbst wenn wir in der Meinung unserer Widerpartner einen wahren Kern fanden, so hielten wir es für unmöglich, Geschöpfe eines fremden körperlichen und geistigen Systems, das wir noch längst nicht durchschaut hatten, am Leben zu erhalten, wenn sie von ihren Nachschubquellen abgeschnitten waren.

Boyd aber fand einen Weg, um trotzdem seinen Willen durchzusetzen. Als wir am nächsten Tag mit unserem Gleiter über die Hügelkette hinwegsetzten, erwartete uns ein erschreckendes Bild: Anstatt des rosa schimmernden Gebäudes lag ein Haufen Asche in der Talmulde – seltsam kontrastierend mit dem farbenfrohen Park. Einzelne der in sich zusammengesunkenen Bauteile glühten noch, Rauchsäulen stiegen auf. Das Material hatte seine Transparenz verloren und war in den dunkelbraunen, undurchsichtigen Zustand übergegangen. Von den Einwohnern war nichts mehr zu sehen.

»Unser Streit ist entschieden«, sagte Boyd mit Triumph in der Stimme.

»Wie hast du das gemacht?« fragte ich.

»Ich habe gar nichts getan«, antwortete Boyd. »Ich habe ihnen nur ein Feuerzeug gegeben. Sie sind jetzt geistig reger geworden, haben Interesse an ihrer Umwelt; sind bereit zum Risiko. Feuer kannten sie offenbar nicht – es mußte sie außerordentlich interessieren.«

Wir alle blickten Boyd an, als sähen wir ihn zum ersten Mal, und sogar Ingrid erschien schockiert. Gestern noch hatte sie nüchtern und sachlich die Möglichkeit einer Zerstörung erwogen. Aber der Unterschied zwischen Theorie und Praxis traf sie tief. Selbst Boyd schien nicht so sicher zu sein, wie er sich gab.

Und dann drehten wir uns wie unter dem Eindruck eines unhörbaren Signals nach Mara um, die nachgekommen war und ein wenig hinter uns stand. Sie blickte hinunter ins Tal, ihr Gesicht war unbewegt. Sie erkannte nicht, was geschehen war, oder sie begriff es nicht ...

Wir gingen hinunter, durch die blühenden Anlagen, bis zur Trümmerstätte. Teilweise war der Boden eingebrochen, und man blickte in die Tiefe hinunter. Wir sahen Leitungen, Röhrensysteme, mit Gittern umschlossene Apparaturen, dazwischen leeren Raum, Schwärze, einen bodenlosen Abgrund. Mischa warf einen Brocken Mauerwerk hinunter, wir horchten auf den Aufschlag ... es blieb still.

»Das Innere dieses Planeten ist hohl«, sagte Mischa. »Die Messung des Gravitationsfeldes hätte mich darauf bringen müssen, aber ich habe es nicht zu glauben gewagt.«

»Heißt das, daß der Planet künstlich ist?«

Mischa zuckte die Achseln. »Es sieht ganz danach aus. Die Hülle besteht aus Kunststoff, den Blicken verborgen sind die zum Leben nötigen Maschinerien und Anlagen, für die Gravitation sorgt ein Kern von superschwerer Materie. Vielleicht ist es ein künstliches Paradies.«

»Und wo sind die Einwohner geblieben?«

»Es ist gut, daß sie nicht mehr hier sind«, sagte Mischa. »Ich glaube, sie sind in Sicherheit.«

Wir wühlten einige Zeit in den Trümmern herum, gaben es aber bald auf. Hier gab es nichts mehr für uns zu tun, wir wandten uns um und gingen zum Luftkissenboot zurück. Mara kam mit – was hätten wir sonst mit ihr tun sollen? Als wir über den Kamm der Hügelkette schwebten, warfen wir einen letzten Blick zur Stätte der Verwüstung zurück. Ich glaube, wir schämten uns alle.

Wenige Minuten später kamen wir am Landeplatz an. Schon von weitem erschien uns etwas verändert – unser Raumschiff hatte seinen Standort gewechselt, das Landegerüst stand frei auf der Oberfläche, einige Meter von unserem ursprünglichen Standort entfernt. Als wir näher kamen, bemerkten wir einen dunklen Punkt am Fuß der Treppe – es war ein Mensch –, und als wir aus dem Gleiter stiegen und auf ihn zutraten, erkannten wir, daß es ein Kind war, vielleicht 13 oder 14 Jahre alt.

Wir kamen näher, der Junge, der auf einem Felsblock gesessen war, erhob sich und trat auf uns zu.

»Wer bist du?« fragte Boyd.

Der Junge lächelte. »Mein Name ist nebensächlich. Ich wurde abgesandt, um ein kurzes Gespräch mit euch zu führen. Seid ihr dazu bereit?«

»Warum nicht?« fragte Boyd. Er schlug vor, wir sollten uns ins Raumschiff zurückziehen, doch der Junge schüttelte den Kopf. »Es dauert nicht lange. Zunächst haben wir den Sicherheitsfaktor zu hoch angesetzt – es kam zu einer Zerstörung des Siedlungsgebäudes; wir wissen noch nicht, durch welche Ursache, doch das wird noch geklärt werden. Jedenfalls können wir eine unkontrollierte Kommunikation nicht mehr zulassen. Ihr habt um Asyl gebeten, und wir wollten euch ein wenig Zeit lassen bis zur Entscheidung.«

»Zu welcher Entscheidung?« fragte Ingrid.

»Der Entscheidung, ob ihr euch dem aktiven oder dem passiven Teil der Bevölkerung anschließen wollt.« Er bemerkte, daß wir nicht verstanden, was er von uns wollte. Wieder lächelte er, und ich glaubte, eine Nuance von Geringschätzigkeit darin festzustellen – aber das kann auch an meiner Überempfindlichkeit liegen.

»Dieser Planet«, erklärte der Junge, »ist ein Reservat für jenen Teil der Bevölkerung, der in der genetisch fixierten Form in Frieden leben will. Diese Form unterscheidet sich nicht allzusehr von eurem Genotyp – ich glaube nicht, daß eine Eingliederung Schwierigkeiten machen würde. Der andere Teil der Bevölkerung hat sich dafür entschieden, aktiv an der Bewältigung aller Aufgaben, die sich stellen, mitzuarbeiten. Dazu gehört auch die Betreuung der passiven Bevölkerung, die ohne intensive Betreuung nicht lebensfähig ist. Über Nacht nehmen wir die physische Regeneration vor – Zufuhr von Nährstoffen, Kontrolle des Metabolismus, die Ergänzung von Wirkstoffen und dergleichen mehr. Die psychische Regeneration erfolgt zweimal am Tag, einmal vormittag und einmal nachmittag; wir prüfen die Gleichgewichte der Werteinschätzungen, Antriebe und so fort. Bis zum 14. Lebensjahr wächst jeder in der ursprünglichen Bioform auf, und alles was er lernt, dient letztlich der Befähigung zur freien Entscheidung über die endgültige Lebensform.« Der Junge ließ uns einige Sekunden Zeit zum Nachdenken, dann fragte er: »Wie wollt ihr euch entscheiden?«

Ein wenig zögernd fragte Mischa: »Jene andere Form ... ist das ...?« Er sprach seinen Satz nicht zu Ende, deutete aber in die Höhe, wo drei Spindeln regungslos in der Luft hingen.

Der Junge nickte. »Ja, es sind Kyborgs – isolierte Gehirne, über Funk mit einem Manipulationssystem und einer zentralen Einheit verbunden. In dieser Form ist man physisch und psychisch in ein riesiges System eingegliedert. Es ist jene Form, die dem gestaltenden Eingriff in die Welt am besten angepaßt ist. Es liegt nun an euch, was ihr vorziehen wollt – ein sorgenfreies, glückliches Leben in ewiger Jugend, oder eine Existenz mit einer unabmeßbaren Freiheit des Handelns, freilich der Verantwortung unterworfen, die die Möglichkeit zur Entscheidung mit sich bringt.«

Erst allmählich begriffen wir die Möglichkeiten, die sich hier boten – doch keine entsprach dem, was wir uns als Lebensziel vorstellten.

Der Junge gab uns Zeit zur Beratung. Wir zogen uns ins Raumschiff zurück, Mara blieb draußen. Wir brauchten uns nicht lange zu beraten – unsere Entscheidung stand fest: Wir wollten Menschen bleiben, die wir bisher gewesen waren – Geschöpfe, die vielleicht auf einer tieferen Entwicklungsstufe standen als die Einwohner dieses Planeten, beschränkt in ihren Möglichkeiten, gefährdet von innen und von außen ... aber doch im Gleichgewicht zwischen Körper und Geist, Stationen auf einer Entwicklung, der wir nicht vorgreifen wollten.

Wir verließen das Raumschiff, um einige Fragen zu stellen. Es gab keine Schwierigkeiten, man war bereit, uns zu helfen, uns mit Nahrung, Wasser und Energie zu versorgen.

Der Abschied war kurz. Maras Gesichtsausdruck war noch immer leer. Wir merkten, daß sie sich verändert hatte – wahrscheinlich schon während der letzten Tage. An ihren Augenwinkeln erschienen Falten, in ihrem Haar graue Strähnen. Ich griff in die Tasche und zog Maras Plakette heraus. Ich nahm ihre Hand und legte ihr das Band um, an dem das dunkle Scheibchen befestigt war.

Wir ließen den Gleiter in den Laderaum einfahren und stiegen dann selbst ins Innere. Als wir aus den Luken blickten, waren Mara und der Junge verschwunden.

Nach einer Viertelstunde lieferte ein automatischer Lufttransporter die Vorräte an, wir luden sie ein und waren bereit zum Start. Es wird zwei Jahre dauern, bis wir die äußeren bewohnten Distrikte erreichen – Zeit genug, um unsere Lage noch einmal zu überdenken.

Nach ein paar Minuten lag der Planet als weiße Kugel hinter uns, und noch etwas später tauchte er im Dunkel des nachtschwarzen Abgrunds unter, der uns von der Erde trennt.

Zentrale der Welt

Die Zentrale war leer. Keiner der acht Tutoren befand sich persönlich im Raum. Und doch war die Konferenz im Gang. Maßnahmen wurden erwogen, Entscheidungen gefällt. Es ging um das Wohl der Welt.

Die Stereoschirme flimmerten. Zahlenkolonnen tauchten auf und verschwanden wieder. Zeichen der Booleschen Algebra gruppierten sich zu Formeln. Nur selten erschien ein Gesicht – die Symbolik des Mienenspiels hatte längst ihre Bedeutung verloren.

Die Tagesordnung folgte ihrer uralten Gesetzlichkeit. Meldungen wurden vorgebracht, analysiert, Schlüsse gezogen. Daten wurden verglichen, integriert. Für jeden Verarbeitungsschritt gab es ein Programm, für jede Information eine Formel. Die Auswertung folgte dem Flußdiagramm. Die Konsequenzen waren nur noch Routine.

Die Versammlung war beendet – das Klingelzeichen zeigte es an. Je nach der Art des Rezeptorsystems manifestierte es sich als Schallwelle, als elektrischer Impuls, als Frequenzmodulation, als Ionisierung von Natriumdampf. Die Bildschirme erloschen.

A7, der auf den menschlichen Namen Lester hörte, vergegenwärtigte sich einige Zahlen – Konzentrationen von Heliumatomen im interplanetarischen Raum. Ihr Anstieg war ihm bedrohlich erschienen, aber der Computer hatte bewiesen, daß schon in 6372 Jahren das stationäre Gleichgewicht eintreten würde, und dann setzten sich auf den Himmelskörpern wieder ebensoviel Atome ab, wie durch die Zerstrahlungstriebwerke abgeschieden wurden. Seine Besorgnis war überflüssig gewesen. Auf seinem Luftkissenstuhl schob er sich an die durchsichtige Außenwand heran. Das Bild seiner Heimat hatte immer noch etwas Beruhigendes für ihn – der Doppelstern Heliopont, die Diskusform der nahen Galaxis M51 und das Oval des Ionengürtels – Staub aus den Reaktoren –, das die Station in einer riesigen, schwach leuchtenden Schleife umschlang.

Die Schnarre durchbrach seine schweifenden Gedanken. Er drehte den Stuhl herum und öffnete durch einen mentalen Impuls das Kommunikationsnetz. Der Bildschirm blieb dunkel, doch vor seinem inneren Auge erschienen die Zeichen A1. A1 – Jonathan –, der gegenwärtige Vorsitzende der Weltregierung, konnte sich nicht mehr körperlich zeigen, er war längst eingespeichert worden. Von seinem ursprünglichen Organismus war nichts mehr übrig, er bestand nur noch aus Erinnerung und Willen. An einige Milliarden Speicherelemente gebunden, mit dem Impulsgeber gekoppelt, Jonathan und Lester – sie waren Vertreter der humanoiden Rassen in der Regierung.

»Darf ich dich stören Lester?«

»Aber sicher, Jonathan.«

»Bei unserer heutigen Besprechung erfuhr ich etwas, was mir Gedanken macht.«

»Ist es der Heliumanstieg?«

Die Reaktion auf diese Frage entsprach einem Lächeln. »Traust du der Unfehlbarkeit unseres Computers noch immer nicht?«

»Was ist es also?«

»Der Aufstand im Herrera-Distrikt.«

Lester blickte hinaus in den Raum, wo sich zwischen unzähligen leuchtenden Punkten auch das Pentagramm der fünf Sonnen abzeichnete. Dort hatte sich das Volk erhoben – eine primitive, den Menschen nahe verwandte Rasse, über sieben Planeten verteilt – das bedeutete Plan 3780:

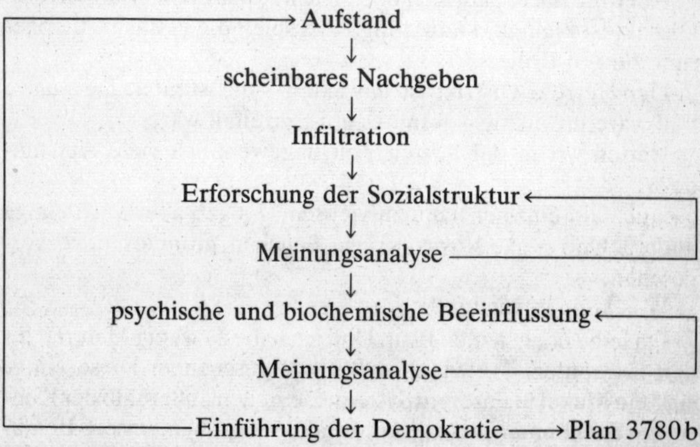

Das alles war festgelegt, jede Möglichkeit war berücksichtigt, das feed-back war eingeschaltet. Mit unfehlbarer Sicherheit wurde das Ziel angesteuert. Freilich: Es kostete ein wenig Zeit.

»Es ist nicht die Zeit«, meinte Jonathan. »Zeit haben wir genug. Es ist die Ursache: Wie konnte es zu einem Aufstand kommen? Alles war geplant: Der Widerstand der Tradition, die Dummheit, die Gewinnsucht. Selbst die spontane Kurzschlußhandlung. Die religiösen Hemmungen, die der Vereinigung entgegengewirkt hätten, sind beseitigt worden. Die Führungskräfte wurden systematisch auf unsere Linie geführt. Durch biochemische Wirkstoffe im Trinkwasser haben wir die Risikofreude angehoben, um Bereitschaft für einen politischen Umschwung zu wecken, und so weiter und so weiter. Alles verlief wie vorausgesehen, Jeder sah ein, daß die materielle Not schwinden, der Raum der persönlichen Freiheit wachsen würde. Dem Zusammenschluß stand nichts im Wege. Er hätte kommen müssen. Der Aufstand steht außerhalb der Regel.«

»Ich verstehe«, sagte Lester. »Ein Fehler in der Kalkulation.«

Jonathan reagierte scharf: »Kein Fehler. Es gibt keine Fehler in der Kalkulation.«

»Was dann?«

»Eben das möchte ich wissen.«

Lester verfolgte die stummen Fragen seines Chefs: Sabotage? Unbekannte Mächte? Mangelhafte Information?

»Aber die Sache läßt sich doch leicht reparieren. Der Herrera-Distrikt ist klein und unwichtig. Was spielt die geringe Verzögerung für ein Rolle?«

»Der Herrera-Distrikt ist unwichtig – das stimmt. Der ganze Fall wäre unwichtig – wenn es ein Einzelfall wäre.«

»Hatten wir in der letzten Zeit ungewöhnlich viele Aufstände?«

»Auch ein einziger kann zu viel sein. Es gab aber noch einige andere. Und es gab Novas, Kriege, Seuchen, grundlos, unvorhergesehen.«

»Was können wir tun?«

»Ich habe noch keinen Plan. Und ich habe zu wenig Material für den Computer. Trotzdem muß etwas geschehen. Diese Dinge sind ein Makel in unserem System. Sie stehen außerhalb der Kontrolle. Sie könnten unsere Autorität untergraben, unsere Bemühungen stören. Wir müssen sie in den Griff bekommen. Wie? Wir werden sehen. Ich schlage vor, daß du den Fall bearbeitest. Sieh dich auf Herrera um!«

»Über das Kommunikationsnetz?«

»Nein, persönlich. Ich möchte kein Aufsehen riskieren. Deine Untersuchung muß völlig unauffällig erfolgen. Laß dich duplizieren, damit du die Regierungsgeschäfte weiterhin wahrnehmen kannst.« Dann fügte er eine ungewöhnliche Formel hinzu. Er sagte: »Viel Glück!«

Die Unruhen hatten auf dem Planeten Gamma begonnen, und dorthin wurden Lesters Daten geleitet. Die Reintegration erfolgte innerhalb weniger Minuten. Nach einer kurzen Beratung mit dem Vertreter der Weltregierung ließ er sich die wichtigsten Daten einspeichern: Sprache, Sitten, einige typische Verhaltensweisen. Besondere Schutzmaßnahmen waren nicht nötig, da jederzeit neue Duplikate produziert werden konnten.

Trotzdem fühlte er sich unsicher, als er sich das erste Mal unter das Volk mischte. Zwar brauchte er keine Angst haben, sich zu verraten, denn dank seiner Programmierung reagierte er absolut normgerecht. Gerade diese ihm unbekannten Reaktionen, die er gleichsam an sich selbst entdeckte, bereiteten ihm Unbehagen. Das, was er fühlte und spürte, wenn er den Einheimischen entgegentrat, diese unausgeglichenen Impulse, die fast barbarische Spontaneität mancher Regungen, war schwer zu ertragen, und er merkte schon jetzt, daß er alle Konzentration, derer er fähig war, aufbieten müßte, wenn er dieses Abenteuer erfolgreich bestehen wollte.

Die lokale Regierung hatte bereits jene Maßnahmen ergriffen, die ihr von der Zentrale nahegelegt worden waren. Lester begegnete einigen getarnten Psychologen, die das mit dem Aufständischen sympathisierende Volk langsam auf den Gegenschlag vorbereiten sollten. Er traf auch einen Rechercheur, der die Wertvorstellungen testen sollte, vor allem jene der anonymen Leitpersonen dieser bunt gemischten Gesellschaft, und Lester hatte Mühe, sich ihm zu entziehen, ohne sich zu erkennen zu geben.

Der Gang der Geschehnisse, die zum Aufstand geführt hatten, war bekannt. Als der Zusammenschluß der Regierungen verkündet werden sollte, hatten sich an den Straßenecken Gruppen gebildet, der normale Fluß des Verkehrs war empfindlich gestört worden, und die Oberhäupter der Regierungen waren zu spät eingetroffen. Am Hauptplatz aber hatten sich unglaubliche Mengen von Kindern versammelt, die die Worte aus den Lautsprechern mit ihren schwermütigen, seltsam rhythmisierten Liedern störten. Als sich der Beginn der Feierlichkeit verzögerte, wuchs die Unruhe immer weiter – Jugendliche in den hinteren Reihen stießen und drängten, schoben den Polizeikordon am vorderen Rand des abgesperrten Versammlungsfeldes zurück, immer mehr von ihnen schlüpften hindurch, kletterten auf Denkmäler und Fahnenstangen, rissen die Lautsprecher herunter, so daß der Gesang alles andere übertönte, und überfluteten schließlich das Podium, auf dem der Festakt ablaufen sollte. Auf ähnliche Weise, ohne direkte Gewalt, passiv, fast spielerisch, wurde auch ein weiterer Versuch, die neue Regierung zu etablieren, abgeschlagen, und als das schließlich unter Ausschluß der Öffentlichkeit geschehen sollte, weiteten sich die Sabotagemaßnahmen auch auf Einrichtungen der öffentlichen Ordnung aus: Die Untergrundbahn wurde aufgehalten, der Sender belagert, die Ordnungstruppen am Ausfahren gehindert.

Alle diese Handlungen trafen genau die empfindlichen Stellen der Organisation, und sie verliefen so, daß man keine Schuldigen herausfinden konnte: Stets waren es große Mengen von Menschen, die im einzelnen nichts Strafbares taten – sie standen nur herum, sangen und gafften. Sicher ließ sich das unterbinden. Wo aber war die Organisation? Wo war der Kopf des Widerstands? Das war das Problem, das Lester zu lösen trachtete. Aber erst ein Zufall brachte ihn seinem Ziel näher.

In der Hoffnung, mit den Leuten ins Gespräch zu kommen, betrat er eines jener Lokale, in dem die Einheimischen Tee zu trinken pflegten. Sie tranken oft Tee. Durch einen dämmrigen Raum, in dem nur wenige Personen saßen, kam er auf eine Terrasse voll mit bunten Stühlen, und fast alle besetzt. Unten strömte ein Fluß ganz langsam dahin, Blumen hingen an den Mauern herab, die den Hof nach drei Seiten begrenzten. Aus einem Lautsprecher kam leise Musik.

Lester fand einen Tisch mit zwei Männern, einem älteren und einem jüngeren, und einer Frau, an dem noch ein Platz frei war. Sie hatten die Kindergesichter dieser Rasse, ihre großen Augen, ihre kurzen Nasen. Sie trugen bunte Umhänge, handbestickt, und schienen zu dösen. Er grüßte, und sie luden ihn ein, sich zu setzen. Er bestellte Tee und trank die heiße Flüssigkeit in kleinen Schlucken.

Es war behaglich hier. Er fühlte es mit dem geborgten Empfinden dieser Leute, und er genoß es, obwohl er sich des Widerspruchs bewußt war: denn das trübe Wasser, das dort unten vorbeirann, war nicht sterilisiert und sicher ein Herd für Bakterien. Aus der Tasse, die er zum Mund führte, hatten offenbar schon andere getrunken, und der Wind, der manchmal einen faulen Geruch von Abwasser heraufhob, war kühl und zweifellos ungesund.

»Ein schöner Abend«, sagte er, ohne sich an jemanden Bestimmten zu wenden. An den freundlichen Mienen der anderen merkte er, daß sie ihm zustimmten. »Und eine schöne Stadt«, fügte er hinzu. »Ich komme von Beta. Bin auf Geschäftsreise.« Der ältere Mann nickte ihm freundlich zu, doch niemand antwortete.

Diese Leute waren ruhig, selbstsicher, mit sich in Gleichgewicht. Er mochte sie – das fühlte er. Nein, sagte sein Verstand: Sie sind träge, dumm und uninteressiert. Er mußte sie provozieren.

»Wenn die neue Regierung kommt, wird sich hier einiges ändern. Bei uns ist sie schon etabliert. Bei uns gab es auch solche Lokale wie diese. Sie wurden geschlossen. Zu unhygienisch, hieß es. Die Flüsse wurden trockengelegt, und Blumen dürfen nur noch in biologischen Gärten gezogen werden – Blütenstaub kann Allergien hervorrufen.«

Zuerst antwortete wieder keiner. Dann sagte der ältere Mann: »Schade.« Die Frau rief den Kellner und zahlte. Sie grüßte freundlich und ging.

Lester gab es noch nicht auf: »Sie haben Glück, daß es hier noch nicht so weit ist. Was sage ich – Glück! Die Leute hier haben Mut, sie haben sich gewehrt. Ich bewundere sie.«

Der jüngere Mann stand auf. Er nickte kurz, legte ein Geldstück auf den Tisch und murmelte: »Es wird Zeit für mich.«

»Na, habe ich nicht recht?« fragte Lester an den einzelnen Mann gewandt, der noch zurückgeblieben war. »Auch wir auf Beta sollten etwas unternehmen. Wir sollten uns nicht so einfach überfahren lassen.«

Der andere lächelte nachsichtig. »Aber ich bitte Sie – das Wasser ist doch wirklich schmutzig. Freilich, wir hängen an unserem Fluß, aber was nützt das schon? Was schädlich ist, muß eben verschwinden – wer sieht das nicht ein?«

»Mir gegenüber brauchen Sie sich nicht zu verstellen«, sagte Lester. »Es ist Ihnen genauso klar wie mir, daß die neue Regierung vieles von dem verändern wird, was Ihnen – und auch mir – lieb und teuer ist. Aber ich glaube, Sie machen sich keine rechte Vorstellung von dem, was Ihnen bevorsteht. Sie werden andere Kleidung tragen, Blue jeans und Jacken mit aufgesteppten Taschen. Sie werden eine andere Sprache sprechen. Die alten Häuser werden verschwinden, statt dessen werden Wohnblöcke aus dem Boden schießen.«

»Wissen Sie«, warf der Mann ein. »Die alten Häuser sehen romantisch aus – von außen. Aber haben Sie schon drinnen gewohnt?«

»Industriewerke werden aufgebaut. Sie werden arbeiten müssen wie noch nie.«

»Wir haben nichts gegen Arbeit – wenn sie nötig ist«, gab der andere zurück.

»Hängen Sie denn nicht an Ihrer Freiheit? In einem Maß wie nie zuvor werden Sie tun müssen, was andere befehlen. Ihr Leben wird geplant sein. Ihre Freizeit, ja selbst Ihr Glück wird geplant sein – von anderen.«

»Freiheit«, sagte der andere und lächelte. »Was ist das schon: Freiheit? Bisher waren wir arm – und Armut kennt keine Freiheit. Wir werden Pflichten haben – gewiß. Aber auch Chancen wie nie zuvor. Wir werden mehr sehen, mehr erfahren, die Welt wird sich auftun für uns. Das ist doch Freiheit – was sonst?«

Lester begann zu verzweifeln.

»Sie sind nicht ehrlich!« rief er unterdrückt. »Ich weiß es doch – ihr alle seid verkappte Revolutionäre! Aber ich gehöre zu euch. Ich will den Widerstand organisieren. Sagen Sie mir, wo die Anführer zu finden sind! Wer sind sie? Wie kann ich sie erreichen?«

»Es gibt keine Anführer«, antwortete der Mann mild. »Wie stellen Sie sich das vor«

»Aber es muß doch eine Zentrale geben, die Anordnungen erläßt, Befehle gibt . . .« Er sprach nicht weiter, denn er merkte, daß ihm der andere nicht zuhörte. Der blickte wieder hinaus über den Fluß, auf das trübe, strudelnde Wasser, in dem sich altes Gemäuer spiegelte, wobei es sich seltsam verzerrte – ein Schwingen lief darüber hinweg wie über einen Leuchtschirm. Lester merkte, daß nun selbst die leise geflüsterten Worte der Gäste verstummt waren. Alle saßen da, lauschend, als hätte sie ein Ruf erreicht. Aus dem Lautsprecher tönte ein Lied, eine Frauenstimme sang. Es war ein primitives Lied, eine Melodie aus wenig Tönen, ein langsamer, schleppender Rhythmus. Lester hatte Mühe, dem

Text zu folgen; es waren alte Worte dabei, Begriffe aus der Geschichte dieses Volkes, scheinbar zusammenhanglos aneinandergereiht, und da Lester sie nur schwer verstand, nahm er an, daß auch die Leute um ihn herum den Sinn nicht erfaßten. Und trotzdem war es dieses Lied, das irgend etwas in ihnen zum Schwingen brachte:

über nasse Wege gehn
Straße der Freiheit vergiß vergiß
Hund der getreten wird
Regenbogengold
laß nicht locker Baby
ich knips das Radio an eia
Straße der Freiheit vergiß vergiß
Herz das den Rhythmus schlägt
Sonntagmorgen schlafen
Regenbogengold

Als Lester nicht mehr über die Bedeutung einzelner Vokabeln nachdachte, sondern nur noch zuhörte, fühlte er in sich irgend etwas erwachen. Er erhob sich und ging die Stufen hinauf, durch die dunkle Gaststube, auf die Straße hinaus. Und Hunderte gingen neben ihm. Sie kamen aus Türen, aus Seitenstraßen, aus Kinos und Teestuben. Langsam strömten sie durch die Allee, hielten auf einen Platz. Noch immer war der Rhythmus lebendig – gesummt, gemurmelt oder bloß gedacht. Lester ertappte sich dabei, daß er mitsummte.

Unter seinen Füßen fühlte er Metall, Schienen. Irgendwo vorn bimmelte es – dort standen einige der altmodischen Schienenwagen, die den Stadtverkehr bewältigen sollten. Eine Sirene erklang, Megaphone bellten.

Er beachtete sie nicht, hörte sie nicht. Für ihn gab es nur diesen Gesang. Die Synkopen wühlten ihn auf. Er hätte jubeln können, aber auch weinen, sich zu Boden werfen oder fortlaufen, irgendwohin, alles zurücklassen ...

Er spürte Tränen in den Augenwinkeln. Die Umgebung verschwamm – es schmerzte. Ein ätzender Dunst füllte seine Lungen. Er fühlte ein Zittern in den Knien. Er fühlte sich gestützt, gehoben, getragen. Die Eindrücke gingen in einen Traum über.

Er erwachte im Innenhof eines alten Hauses. Wasser plätscherte. Seine Augen brannten. Ein feuchtes Tuch wischte darüber hinweg, linderte den Schmerz. Um ihn herum standen einige Männer und Frauen in bunten, weiten Kleidern.

»Das Tränengas ist nicht so harmlos wie viele meinen«, sagte einer. »Gehen Sie in die nächste Apotheke und lassen Sie sich etwas verschreiben, damit nichts zurückbleibt!«

»Was ist geschehen?« fragte er heiser.

»Sie sind in einen Auflauf geraten«, erklärte eine Frau. »Auf der Hauptkreuzung der Straßenbahn. Der Verkehr war für zwei Stunden lahmgelegt.«

»Aber wie kam ich dazu?« stammelte Lester. »Ich wollte doch nicht...«

»Das ist es ja eben«, sagte die Frau. »Niemand will es – aber es geschieht.«

Das Brennen in den Augen, in der Nase und im Rachen hatte aufgehört. Lester hatte die betroffenen Organe reduplizieren lassen – eine Behandlungsweise, die den Bewohnern dieses Planeten noch versagt war; sie mußten ihre Entwicklung kontinuierlich vollziehen.

Lester hatte nachgedacht, und er glaubte der Lösung seines Problems nähergekommen zu sein: Es war der Gesang gewesen, die primitive Melodie, der Text mit den vagen Begriffen aus alten Zeiten, die die Menschen zum Handeln gezwungen hatte. Ein geheimes Zeichen oder ein posthypnotischer Befehl? Lester wußte es noch nicht. Aber er ahnte, wo die Fäden zusammenliefen.

Es waren stets dieselben Lieder, die bei solchen Gelegenheiten ertönten, und es war dieselbe Sängerin, die sie eingeführt hatte: Anda, der große Modestar, ein Mädchen, von dem man nur den Vornamen kannte. Anda sang im Rundfunk, Fernsehen, auf Shows und in Filmen, am liebsten aber sang sie auf der Straße. Wo immer sie erschien, war sie von Bewunderern umlagert, und die Sprechchöre forderten so lange: Anda, sing für uns!«, bis sie sich auf einen rasch herbeigeschafften Tisch stellte, auf ein Fensterbrett schwang oder auch nur auf eine alte Mauer, und ihre Lieder begann.

Lester ließ sich als Journalist bei ihr anmelden, und zu seinem eigenen Erstaunen wurde er sofort vorgelassen.

Anda bewohnte ein altes Haus außerhalb der Stadt – das Haus

ihres Vaters, der Postbeamter war und seinem Beruf nach wie vor nachging. Der Manager war ihr Bruder, ein magerer junger Mann mit dunkel umringten Augen und einem steten müden Lächeln. Als Lester vor Anda stand, wurde er unsicher: Konnte sie eine Revolutionärin sein? Er kannte ihr Bild, aber in Wirklichkeit war sie noch kleiner, noch zerbrechlicher. Sie hatte ein Kindergesicht, glatter als es ihrem Alter entsprach, doch die Augen darin waren wissend und alt. Sie war nicht hübsch, aber außergewöhnlich apart – hervorstehende Backenknochen, glattes schwarzes Haar, an der Stirn in gerader Linie gestutzt. Sie lächelte ihn an.

»Ich möchte Sie einiges fragen«, sagte er.

»Gefallen Ihnen meine Lieder?« fragte sie. Sie brachte ihn ein wenig aus der Fassung.

»Ja, natürlich«, antwortete er.

Sie waren allein im Raum. Die Tür zum Nebenraum stand offen. Ein Stuhl knarrte. Saßen dort die Bewacher? Er stand rasch auf und blickte ins andere Zimmer. Eine alte Frau blickte erstaunt vom Strickzeug auf.

»Verzeihung!« sagte er.

»Was haben sie?« fragte Anda. Sie war neben ihn getreten. Er empfand ihre Nähe mit einem ungewohnten erregenden Gefühl – man mußte ihm eine besondere Sensibilität als Eigenart dieser Rasse einprogrammiert haben. Als sie seinen Blick sah, ging sie rasch zur Sitzbank zurück und sagte: »Sie sind seltsam. Was haben Sie? Setzen Sie sich!«

Lester folgte der Aufforderung. »Ich möchte einiges wissen – über Sie und Ihre Lieder.«

»Ich bin uninteressant«, antwortete Anda. »Eine Schülerin, die ein wenig singt. Meine Lieder – nun, es sind alte Melodien, Lieder über Liebe und Heimweh, über die Sehnsüchte einzelner Menschen. Sie sind schön, nicht wahr? Mein Bruder hat sie entdeckt, eine Handschrift in einer Bibliothek. Er studiert Musik.«

»Ihr Bruder hat sie entdeckt?« wiederholte Lester. Er überlegte. Dann beschloß er, alles auf eine Karte zu setzen. »Ich bin kein Journalist«, sagte er. »Ich bin Vertreter der Regierung. Wir haben Sie durchschaut. Ihre Lieder wiegeln die Massen auf. Sie sind das Zentrum der Revolution!«

Anda sah ihn groß an. »Das ist ein Scherz, nicht wahr?« sagte sie. »Oder wollen Sie sich interessant machen? Stellen Sie doch Ihre Fragen, oder lassen Sie mich zufrieden.«

»Wer steht hinter diesen Liedern? Wer sagt Ihnen, wann und wo sie singen sollen? Von wem bekommen Sie ihre Befehle?« Lester hatte seine Stimme erhoben, und Anda sagte: »Seien Sie still, oder ich rufe Mutti!« Sie holte aus einem Fach des neben ihr stehenden Bücherregals ein kleines Heft, einen Umschlag und eine Schallplatte. »Das sind einige Unterlagen für die Presse«, sagte sie. »Im Umschlag sind Photos von mir. Die Schallplatte ist für Sie – zum Andenken. Aber jetzt gehen Sie bitte!«

Lester stand auf. Sie reichte ihm die Hand. »Aber warum singen Sie?« fragte er.

»Ich tue es gern. Die Lieder sind so schön und so traurig. Ich möchte sie am liebsten immerzu singen. Es ist nicht nötig, daß man mich dafür bezahlt. Ich freue mich, wenn ich die Menschen rühren kann. Sie alle mögen meine Lieder. Sie hören gern zu. Was müssen Sie für ein Mensch sein, wenn Sie das nicht verstehen!«

Lester war in die Regierungszentrale zurückgekehrt. Er federte leicht auf seinem Stuhl. Er ertappte sich dabei, daß er das nach einem bestimmten Rhythmus tat: Straße der Freiheit . . .

Die Schnarre erklang. Jonathan meldete sich. »Hast du dich schon erholt, Lester?«

»Wieso meinst du . . .?« fragte Lester.

»Ich bin nicht in deine private Sphäre eingedrungen – keine Angst! Aber es kann ja gar nicht anders sein: Du warst in einer Welt der Primitivität, des Chaos. Sie mußte dich verwirren. Du mußt die Eindrücke erst verarbeiten, deine Gedanken sammeln.«

»Das stimmt«, bestätigte Lester.

»Inzwischen sind die rationalen Gründe für die unerwartete Situation geklärt worden.«

»Das Mädchen ist schuld«, sagte Lester.

»Ja, das Mädchen! Sie hat die alten Lieder zu neuem Leben erweckt. Wir haben sie analysiert – es sind die Lieder eines unterdrückten Volkes. Lieder, in denen das, was sie eigentlich sagen sollten, nur versteckt zum Ausdruck kommt.«

»Freiheit«, meinte Lester.

»Freiheit? Nein – nicht Freiheit. Freiheit ist nur eine oft auftretende Vokabel. Freiheit läge ganz im Sinn der von uns induzierten Umschwünge. Wir haben das Begriffsfeld analysiert: Alle Worte stammen aus der semantischen Umgebung eines Begriffs, der selbst nirgends explizit auftritt. Kampf gegen die fremden Unterdrücker! Nicht Freiheit: Befreiung! Verstehst du jetzt, wie solche Lieder wirken: bedingte Reflexe, Assoziationen. Unbewußt, aber mit unfehlbarer Wirkung.«

»Und wir haben das noch unterstützt!«

»Ja, sie tauchten gerade auf, als wir die Stimmung der Bevölkerung durch Psychodrogen so beeinflußt hatten, daß sie auf jede Aufforderung zu politischer Aktivität zustimmend reagierte. Das war die Ursache der Aufstände.«

»Das war auch der Grund für Andas Erfolg«, sagte Lester, und er sah ihre kindlichen Züge wieder vor sich, empfand einen Anflug des Reizes, den sie ausstrahlte. »Es war also ein Fehler in der Organisation.«

»Es war kein Fehler!« Wie immer reagierte Jonathan heftig, wenn Lester die Perfektion des Systems in Frage stellte. »Die Organisation war perfekt. Die Berechnungen stimmten.«

»Die Möglichkeit, daß gerade zur Zeit der politischen Umorientierung totgeglaubte Parolen aus uralten Zeiten auftauchen könnten, war übersehen worden.«

»Nicht übersehen ... Nur war ihre Wahrscheinlichkeit gering. Praktisch gleich null.«

»Theoretisch gleich null!« verbesserte Lester, und Jonathan verzichtete diesmal auf Widerspruch. »Ich habe eben eine Nachricht erhalten«, sagte er. »Der magnetische Ring um die Dunkelsonne Waldow VII ist leckgeworden. Die Gravitonen laufen aus. Wir müssen sieben Distrikte evakuieren – darunter Coman und Wosterhaed.«

»Das wirft uns weit zurück«, sagte Lester.

»Wir werden damit fertig.«

»Es ist also wieder das Unerwartete des Ereignisses, das dich bedrückt.«

Jonathan bestätigte es.

»Soll ich bei Waldow VII nach der Ursache suchen?«

»Die Ursache ist bekannt – ein vagabundierendes Gravitationsfeld, eine Art Kugelblitz.«

»Was möchtest du also wissen?«

Jonathan zögerte mit der Antwort. Dann sagte er langsam: »Wir haben die Statistik jener Zufälle analysiert, die unsere Bemühungen immer wieder zuschanden machen. Die Resultate stimmen mit den Erwartungswerten überein. Was wir aber noch nicht wissen, und wofür wir noch kein Kalkül haben, das ist das Eintreten des einzelnen Vorfalls. Warum singt das Mädchen auf Herrera Freiheitslieder? Warum verirrt sich ein Kugelblitz in unser Abschirmnetz? Warum geschieht das genau in jenen Augenblicken, in denen es uns am meisten stört?«

»Und die Antwort?« fragte Lester.

»Es gibt nur eine: Es steckt eine Absicht dahinter. Wir sind bereits verplant.«

»Wir sind bereits verplant?« fragte Lester erstaunt.

»Ja!« bekräftigte Jonathan. »Nur eine einzige Ursache kann einen perfekten Plan zunichte machen: ein anderer, übergeordneter Plan. Und darum«, er sprach, oder richtiger, er dachte seine Sätze wieder schneller, »darum brauchst du deine Recherchen nicht bei Waldow VII ansetzen, sondern gleich dort, von wo aus die Vorfälle gesteuert werden dürften – von Thor. Thor war das Haupt der einzigen Organisation, die der unseren ebenbürtig war. Wir haben sie nur deshalb in unser System einbezogen, weil wir dadurch seine Effektivität steigern konnten.«

Lester erinnerte sich an einige Einzelheiten des Vertrags. »Ihr Regierungssystem besteht noch. Ihr Computer arbeitet unabhängig von unserem. Sie verwalten zwei Millionen Distrikte.«

Jonathan bejahte, ohne Worte zu formulieren. Er fügte hinzu: »Es ist die einzige Stelle, die einen umfassenden Plan für eine Ordnung der Welt entwerfen kann. Sieh dich dort um. Offiziell kommst du als Gast unserer Vertretung. Sei vorsichtig! Außerhalb des extraterritorialen Gebiets können wir dich nicht schützen.«

»Ich reise sofort ab«, sagte Lester. Dann fiel ihm noch etwas ein: »Was ist mit Anda geschehen?«

Jonathans Antwort ließ ein wenig auf sich warten. »Sie singt nicht mehr«, antwortete er dann.

Thor ist eine Welt der Dunkelheit und der Kälte – der absoluten Dunkelheit und der absoluten Kälte: minus 273°. Keine einzige strahlenspendende Sonne liegt innerhalb dieser Wüste, kein radioaktiver Meteorit, der Wärme enthält und aussendet. Und doch gibt es Leben in dieser Region, Leben, das Ordnungen schafft und Bewußtsein entwickelt.

Es existiert auf einer viel tieferen Energieebene als das der organischen Lebewesen, und es ist nicht auf chemische Umsetzungen aufgebaut, sondern auf Nullpunktphänomene: Bewegung ohne Reibung, elektrische Schwingungen ohne Abstrahlung, Strom ohne Widerstand. Die umgesetzten Energiebewegungen sind winzig klein – nur wenige Quanten, und doch gibt es hier Organisation, Veränderung, Entwicklung. Staubkörner, aus nur winzigen Atomen aufgebaut, orientieren sich im Kraftfeld von Kristallen, Elektronenkreisel wechseln den Sinn ihres Umlaufs. Veränderungen rufen neue hervor, Beziehungen entstehen, Strukturen wachsen, werden umfassender, komplexer, reagieren auf äußere Einflüsse, aus dem Innern heraus gesteuert. Das Unausbleibliche vollzieht sich selbst hier, in dieser scheinbar sterilen Umgebung: Leben.

Die Kluft zwischen Wesenheiten so unterschiedlicher Energieebenen erschwert den Kontakt. Nullpunktwesen sind fragil, schon die Wärmeausstrahlung einer Mücke würde sie zerstören. Nicht einmal ihre Existenz hätte man bemerkt, wäre ihre Technik nicht über sie selbst hinausgewachsen, hätten sie nicht Wirkungen erzielen können, deren Energieumsatz den ihrer Metabolismen um ein Trilliardenfaches übertraf.

Inmitten jener Wolke aus Staub, aus der sich die Nullpunktwesen ständig erneuerten, schwebt der Zellenbau ihres Regierungsgebäudes – vielleicht ein Abbild ihrer elementaren, kristallinen Struktur. Und am Rand des Zellenbaus, über den Richtstrahl des Gravitonen-Lasers mit der lichterfüllten Welt verbunden, rotierte eine Kugel, durch dreifache Mauern nach außen abgeschirmt, ein Hort der Wärme und des Lichts, die Kapsel des Botschafters. Dort materialisierte sich, aus unvorstellbarer Ferne gesteuert, der Körper Lesters.

Der Botschafter war ein Wasserbewohner von Hektal, und sein Kontakt mit der Zentrale beschränkte sich normalerweise auf den Austausch von Formalitäten über die Bildschirme. Nur eine kleine Gruppe von Humanoiden befand sich unter seinem Personal, und von diesen hatte nur einer noch seinen ursprünglichen Zustand behalten: Moira, eine Frau von olivbrauner Hautfarbe und unbestimmter Abkunft, rothaarig, groß und kräftig – sie konnte noch hundert Jahre leben, ohne sich einspeichern lassen zu müssen. »Ich weiß nicht, was du vorhast«, sagte sie, »aber ich will dir helfen.« Sie war bei Lesters Reintegration dabei gewesen, und er genierte sich vor ihr.

»Ich habe nichts Besonderes vor«, antwortete er. »Es ist ein

Höflichkeitsbesuch.« Aber sie lachte nur leise und tief. »Das wäre zu bedauern«, sagte sie.

»Warum?«

»Es gäbe hier einiges, was nicht uninteressant ist.«

»Was, beispielsweise?« fragte er.

Sie winkte ihm, ihr zu folgen. Sie bewegte sich mit erstaunlicher Sicherheit über das Gravitationsfeld, das in Kurven und gelegentlich die Ebene wechselnd, durch den Bau führte. Sie fand dabei noch die Zeit, die Hüften zu wiegen. Obwohl seine Programmierung von Herrera längst aufgehoben war, erinnerte sie ihn an Anda. Er wußte nicht wieso, denn die beiden hatten nichts gemeinsam.

Sie gelangten in einen Raum, der ungewöhnlich eingerichtet war. Stereobilder schwebten umher, uralte Gegenstände hingen an den Wänden: ein Autoscheinwerfer, eine Balaleika, ein Buch. Persönliche Dinge standen herum, in einer Nische zischten die nach oben gerichteten Düsen eines Hovercraft-Betts. Eine Wand wurde von einer gekrümmten, mattglänzenden Scheibe gebildet, ein schmales Gravitationsband lief rund herum, so daß man an jede Stelle nahe herankommen konnte.

»Mein Zimmer«, sagte Moira, und wieder lachte sie, als sie Lesters Betroffenheit über diese Unverfrorenheit bemerkte, ihm Einblick in ihre Privatsphäre zu geben. »Nur hier bin ich ungestört«, erklärte sie. »Komm!« – sie trat an den Schirm und drückte einen Knopf. Es wurde dunkel im Raum, und gleichzeitig erhellte sich die gewölbte Kunststofffläche. Was darauf erschien, ließ sich am ehesten mit dem Himmel föhniger Tage vergleichen – Wolken vor einem violettblauen Hintergrund, in Flocken aufgeriffelt, sich an einigen Stellen verdichtend, an anderen wieder sehr dünn und kaum wahrnehmbar.

»Ein Bildwandler«, erklärte Moira. »Ein Blick in die Welt von Thor. Die kaum wahrnehmbaren Strahlungen gebündelt, verstärkt und in Licht umgesetzt. Ich habe ihn gebaut.«

»Warum?« fragte Lester. Er starrte fasziniert in dieses diffuse Gewirr von Nebel und Dunst.

Moira trat auf Lester zu und packte ihn am Unterarm.

»Ist denn das so schwer zu verstehn?« fragte sie heftig. »Das ist ein Gefängnis. Seit Jahren habe ich keinen Menschen mehr vor mir gehabt – körperlich und lebendig, meine ich. Meine Gefährten sind Schaltungen, was sie reden, bestimmen ein

Programm und der Zufallsgenerator. Ich bin so einsam wie nie ein Mensch zuvor, abgetrennt von der Welt, von Mauern umgeben, Ich wollte ein Fenster besitzen – ich glaube, ein bescheidener Wunsch?!«

Lester trat zurück und streifte ihre Hand dabei ab. »Und was hast du entdeckt?«

»Du bist auch schon eine Schaltautomatik«, sagte Moira. Mit einer energischen Bewegung warf sie ihre flammende Mähne zurück. Sie griff nach der Schalttafel – der Ausschnitt verkleinerte sich, die Dinge dehnten sich aus.

»Na?« fragte sie.

Lester zuckte die Schultern.

Sie blickte hochmütig auf ihn herab, denn sie war ein wenig größer als er.

»Siehst du nicht? Dieser Punkt?«

Inmitten der verschwimmenden Wogen von Staub saß ein unwahrscheinlich heller Punkt, von einem tiefschwarzen Ring umgeben.

»Ein Fehler im Verstärkersystem?« fragte Lester.

Moira sah ihn noch immer an. Sie schwieg.

»Also kein Fehler«, sagte er. »Somit eine Quelle von intensivster Energie. Was ist es?«

»... dieser Welt unangemessen hoher Energie«, verbesserte Moira.

»Was ist es?« wiederholte Lester.

»Ich weiß es nicht. Aber es ist hier fehl am Platz. Es hat nichts zu suchen in dieser Welt. Es ist gefährlich für sie. Ich weiß nicht, was sie damit tun, aber für sie ist es so, als bewahrten wir eine Antimateriebombe in unserer Hauptstadt auf.«

»Eine Bombe?«

»Es ist natürlich keine Bombe«, sagte Moira. »Was es ist, weiß ich nicht. Aber eines ist sicher: Es liegt auf unserer Energieebene. Es hat etwas mit uns zu tun.« Sie stellte einen noch kleineren Ausschnitt ein, und jetzt war auch die Form zu erkennen – ein regelmäßiges Polyeder.

Vielleicht, dachte Lester, bin ich meinem Ziel schon nähergekommen, als ich hoffen durfte.

»Kann man die Vergrößerung nicht noch etwas steigern?« fragte er. Abrupt schaltete sie den Bildwandler aus und wandte sich um: »Nein, und es nützt auch nichts«, antwortete Moira, »das

Gebilde ist undurchsichtig. Und nun wirst du dich wahrscheinlich ausruhen wollen.«

»Ja, das möchte ich gern. Auf Wiedersehen!« Er mußte daran denken, daß dieser formelhafte Gruß hier wirklich einmal stimmte – und er würde sie wiedersehen, ohne Zwischenschaltung eines Mediums, ohne Konverter, Bildwandler, Scannistoren.

In seinem Raum angekommen setzte er sich mit der Regierungszentrale in Verbindung. Er ließ Jonathan rufen und wählte einen komplizierten Code, der das Gespräch zwar verlängerte, dafür aber kaum zu brechen war. Der Regierungschef stimmte mit ihm darüber überein, daß das von Moira entdeckte Objekt verdächtig war und untersucht werden mußte. Es war in keiner der Raumkarten verzeichnet.

»Aber was soll ich unternehmen?« fragte Lester.

»Du mußt näher herankommen.«

»Auf welche Weise?«

»Es muß doch Wesen geben, die in einer Zwischenzone leben können. Amphibien der Nullpunktwelt, sozusagen.«

Jonathan schaltete sich kurz mit dem Hauptspeicher zusammen. Er bekam einige Vorschläge und verglich die Möglichkeiten. »Ja, diese eignen sich am besten: die Loris. Laß dich in einen Lori umwandeln. Die Koordinaten lasse ich durchgeben.«

Lester war nicht sehr glücklich darüber, denn er mußte Moira um ihre Hilfe bitten, doch sie führte den Auftrag sachlich und ohne überflüssige Worte aus.

Und dann schwebte er durch die Schleuse, in die Leere hinaus. Zum ersten Mal befand sich ein Mensch in dieser unheimlichen erstarrten Welt.

Doch sein erster Eindruck war Erstaunen, vom übergeordneten menschlichen Bewußtsein registriert, das seine Identität trotz der Umwandlung aufrechterhielt. Diese Welt war nicht leer! Sein Organ, das magnetische Felder aufnahm, stellte ein Lichternetz unzähliger feiner Linien fest, die von gleißenden Punkten ausgingen, ausfächerten, leere Räume in weiten Schwüngen überspannten – ein Muster aus goldweißen Fäden, die sich nirgends berührten und doch in einer unsagbaren Beziehung aufeinander abgestimmt waren. Sein Organ, das auf Gravitation ansprach, empfand die materiellen Ballungen als eine Art Härte oder Hitze – ein Gefühl zwischen Tast- und Wärmeempfindung und doch stark differenziert – wohl der Hauptsinn für die Orientierung. Manchmal nahm er wandernde Wirbel im Raumgefüge wahr, die vorbeihuschende Gravitonen hinter sich nachzogen; sie bildeten Strukturen großer Vielfalt und waren wohl die Lebensäußerungen der Nullpunktwesen, und zugleich – was wohl dasselbe war – ihre Kommunikation. Er verstand sie nicht – als Lori waren sie ihm verschlossen, und er bedauerte es, daß die Umwandlung Grenzen hatte. Jetzt war er überzeugt davon, daß auch das Dasein in dieser Welt reich und erfüllt war.

Sein winziger Körper konnte sich hier unauffällig bewegen – hier und da begegnete er einem anderen Lori, und tauschte die Erkennungsformel mit ihm aus. Er verdrängte seine abschweifenden Interessen an der noch fremdartigen Umgebung und erinnerte sich an sein Ziel: das Polyeder. In leichten Pulsationen schob er sich hinüber; je näher er kam, um so härter und heißer fühlte sich das unbekannte Gebilde an, und er mußte sich durch eine Schutzhaut aus Elektrizität abkapseln. Er hoffte nur, daß sein Körper dieser Beanspruchung gewachsen war. Trotzdem bewegte er sich unentwegt weiter, und er erreichte das Polyeder, ohne aufgelöst worden zu sein.

Die heißen, glatten Flächen, von denen flimmernde Büschel magnetischer Schwingungen ausgingen, schmerzten ihn, aber das menschliche Bewußtsein setzte sich darüber hinweg. Er hing bereits an der Wand und tastete sie nach einem Eingang ab. Sein schwacher Körper zitterte im Ansturm der unheilvollen Eindrükke. Langsam umrundete er den Körper, und plötzlich ließ der Druck nach – trichterartig öffnete sich ein angenehm kühler Kanal in der Wand, und er drang in die Materie ein, durchstieß sie und schwebte schließlich, durch einen Gravitationsschirm geschützt, im Innenraum.

Seine organische Komponente erschrak: Was da unter ihm an der Wand hockte, das waren Menschen. Sie bewegten sich nicht. Waren sie tot oder lebten sie? Er mußte es feststellen. Konnte er ihnen ein Zeichen geben? Er ballte sich zu einer Kugel zusammen – der Form maximaler Widerstandsfähigkeit – und warf sich auf den undurchdringlichen Schirm.

Die Wesen dort unten regten sich! Sie sprachen.

Lester konnte die Schallwellen umsetzen, obwohl sie nur als sekundär ausgelöste Strahlung zu ihm drangen.

»Hast du auch was gehört, oder habe ich Halluzinationen?«

»Ein leiser Stoß?«
»Unmöglich! Soviel Kraft haben sie nicht.«
»Ob sie wieder mit einem Experiment beginnen, Jo?«
»Beruhige dich, Liebling! Was kann uns schon geschehen? Allenfalls ist es aus mit uns, und das spüren wir nicht.«
Der geborgte Körper Lesters war am Ende seiner Kraft. Er stieß sich rasch ab und flog geradewegs durch den Trichterschlund ins Freie. Die Schwerelosigkeit war wunderbar. Wohlig entfaltete er sich. Dann bekam ihn der übergeordnete Verstand wieder in die Gewalt, und er schwamm an seinen Ausgangsort zurück.
Als er seinen menschlichen Körper zurückgewonnen hatte, stand Moira vor ihm. Sie trug ein leuchtend grünes Kleid, ihre Haare flammten. Sie atmete schwer, und er roch den blumigen Duft ihres Parfüms. Er trat auf sie zu, legte die Arme um sie und küßte sie. Nach einer unmeßbar langen Zeit richtete er sich auf, um Atem zu schöpfen. Moira blickte ihn auf eine Weise an, wie noch nie jemand zuvor – er verstand nicht, was ihr Gesichtsausdruck bedeutete, aber er ahnte einen Strom von Emotionen, der ihn überschwemmte.
»Wunderst du dich?« fragte sie. »Hier war noch nie ein Mann. Du bist der erste. Ich habe vorhin, bei der reziproken Umwandlung, einen privaten Wunsch von mir erfüllt. Ich möchte ausprobieren, was man von früher hört.« Sie zog ihn an sich, ihre grünen Augen waren ganz dicht vor seinen. »Ist es schön?« fragte sie.
»Ja«, flüsterte er. »Ich liebe dich.«

Menschen im Raum von Thor, ohne Wissen der Weltregierung, außerhalb der Botschaft – das war eine Ungeheuerlichkeit. Es bedeutete einen Vertrauensbruch, und noch mehr: Es mußte eine tiefere Bedeutung haben, denn der technische Aufwand für die Nullpunktwesen, einen für Menschen erträglichen Zustand zu schaffen, war gigantisch. Wenn sie es trotzdem versucht hatten, dann nur, weil der Zweck ebenso alles Vorstellbare übertraf.
Eine außergewöhnliche Situation erforderte außerordentliche Mittel. Lester sollte die Gefangenen befreien. Das war nicht schwer – nur die Folgen konnten schwer sein.
Er setzte sich in ein Raumboot und ließ sich durch die Schleuse schieben. Der Alarm der Nullpunktwelt erfolgte prompt – die Gravitonenschwärme verbreiteten die Nachricht in allen Richtungen. Aber Lester hatte eine kleine Zeitspanne Vorsprung.

Wie ein verderbenspeiender Panzer brach sich das Boot Bahn durch das filigrane Netz der Kraftfäden, durch die Muster der orientierten Staubteilchen, zerstörend, auflösend, eine Straße des Todes hinter sich nachziehend. Lester verankerte den Polyeder magnetisch und flog, ihn nachziehend und deshalb erheblich langsamer, zur Botschaft zurück. Er paßte die Schleuse einer Seitenfläche des Polyeders an, durchbrach diese und holte die vier Menschen heraus.

Es waren drei Männer und eine Frau, Angehörige einer dunkelhäutigen Rasse. Sie waren abgemagert und geschwächt, unter der künstlichen Schwerkraft knickten sie fast zusammen. »Menschen«, stammelte einer der Männer. »Peggy, es gibt noch lebendige Menschen!« Die Frau klammerte sich an ihn und schluchzte.

»Kommt in die Transitionskammer«, forderte sie Lester auf. »Könnt ihr gehen? Wir bringen euch in Sicherheit.« Er verringerte die Schwerkraft auf die Hälfte – das half ihnen sichtlich.

»Wohin bringt ihr uns?« fragte Bob, der Anführer des kleinen Trupps.

»Zuerst in die Klinik der Toricelli-Universität. Dann ins Büro des Sicherheitsrats.«

»In die Hauptstadt?« Lester hörte grenzenloses Erstaunen, aber auch Erleichterung in seiner Stimme.

»Selbstverständlich! Warum nicht?«

»Dann ist der Anschlag also mißlungen!«

»Was für ein Anschlag?«

Die Geretteten blickten einander an, zuerst ungläubig, dann schon halb überzeugt, und schließlich schlugen sie einander auf die Schultern und drückten einander die Hände.

Während die Frau von Moira betreut im Analysator lag, berichtete Bob kurz.

»Wir gehörten zu einem Löschkommando, und zwar haben wir uns auf Novas spezialisiert. Steht eine in der Nähe bewohnter Distrikte bevor, so verhindern wir das – wir sprengen die betreffende Sonne, bevor sie von selbst explodiert. Dadurch wird die atomare Kettenreaktion verhindert.«

Das Sprechen strengte ihn an, und einer seiner Gefährten setzte fort: »Wir verwenden Antimaterie-Sprengsätze – sie arbeiten am saubersten. Wir verankern eine Kapsel aus einer Neutronen-Protonen-Legierung in den obersten kühlen Schichten. Sie ist als einwindige Schraube ausgebildet und enthält ein Rückstoß-Prallgetriebe.«

»Sie wird von innen heraus in Drehung versetzt«, erläuterte Bob. »Dadurch schraubt sie sich in die Sonnenmaterie ein. Auf diese technischen Details kommt es aber gar nicht an. Jedenfalls steuert sie automatisch den gravitationsfreien Mittelpunkt an, und explodiert, sobald sie ihn erreicht hat.«

Sie hatten gar nicht darauf geachtet, daß Peggy schon befördert war. »Der nächste bitte«, sagte Moira, und der junge Mann legte sich in den Analysator.

Lester wurde ungeduldig. »Was hat das alles mit dem zu tun, was mit euch geschehen ist?«

»Wir haben eine Sprengkapsel in die Hauptstadt gelegt«, sagte Bob schwer.

Die Hauptstadt, gewissermaßen das Zentrum der Welt, lag auf einem künstlichen Himmelskörper, oder richtiger: ihre Bauwerke bildeten ihn. Über einen kleinen Kern aus komprimierten Heliumkernen hatte sich Schicht auf Schicht gelegt – Bürogebäude, Kliniken, Universitäten, Computerfelder, Speicher, Kommunikationszentren. Im Laufe der Jahrmillionen war ein kugelförmiger Himmelskörper entstanden. 32 dynamisch verankerte Kugeln aus schwerem Wasserstoff spendeten ihm Licht und Wärme. Ein Antimaterie-Sprengsatz hätte diese Keimzelle der intergalaktischen Organisation zu Staub zerblasen.

»Das kann nicht möglich sein. Im ganzen Raum sind Überwachungsmeteoriten verteilt. Die automatischen Steuerzentren sind mit Kontrollelementen versehen. In euch selbst sind Hypnoblocks einprogrammiert.«

»Und doch war es möglich!« Bob wischte sich mit der Hand über die Augen. Inzwischen war auch der Junge verschwunden, und der dritte der Männer lag unter dem Analysator.

Nach einer kleinen Pause fuhr er fort: »Wir alle standen plötzlich unter einem Zwang. Wir handelten, ohne es zu wollen. Unsere Hypnoblocks sperrten nicht mehr. Zwei Überwachungsmeteoriten sprengten wir in die Luft. Der Nachrichtentechniker«, mit einer Kopfbewegung deutete er auf den Mann im Analysator, der sich schon halb aufgelöst hatte, »arbeitete drei Tage an den Kontrollelementen – und schaltete sie aus. Theoretisch hätte er das gar nicht gekonnt, denn er hatte vor der Fahrt nur den Kommunikationsblock speichern lassen, nicht aber den Kontrollblock. Und dann näherten wir uns der Hauptstadt. In fünfzehn Lichtsekunden Abstand hielten wir an. Wir schleusten die Schraubenkapsel aus und schickten sie los. Nichts mehr konnte sie aufhalten.«

»Die Hauptstadt besteht nach wie vor«, sagte Lester.

»Als das vorüber war, erlosch unser Wille. Wir sanken zu Boden, weil wir nicht einmal mehr die Energie hatten, uns aufrecht zu halten. Was dann geschah, weiß ich nicht. Wir erwachten in einem kugelförmigen Hohlraum. Eine Platte wies geringe Gravitation auf, so daß wir wenigstens Boden unter den Füßen hatten. Die Atmosphäre war atembar, Licht kam von einem leuchtenden Ding in die Decke. Von Zeit zu Zeit materialisierten sich Wasser und Trockennahrung in Kunststoffhüllen. Gelegentlich wurden wir unbekannten Kräften ausgesetzt – einmal glaubten wir auseinanderzufallen, dann wieder wurde uns aus dem Innern heraus eisig kalt, ein anderes Mal verzerrte sich der Raum, so daß jeder den anderen wie verrührte Ölfarbe auf Wasser sah ...«

Moira war neben ihn getreten. Als er stockte, sagte sie: »Es ist soweit.«

»Ich bin sowieso am Ende«, meinte Bob. Er legte sich unter den Analysator, und Moira überwachte den Abtastvorgang. Dann sahen sie zu, wie Bob allmählich verschwand, um in einem Krankenzimmer der Klinik wieder zu erwachen. Er war in Sicherheit.

»Und du?« fragte Moira.

»Zur Zentrale-Reunikation«, antwortete Lester.

Moira blickte ihn eine Weile unbewegt an. Er versuchte, keine Regung zu zeigen. Endlich sagte er: »Es hilft nichts, Moira.« Er legte sich unter den Analysator. »Vielleicht begegnen wir uns wieder.«

»In einer Million Jahre – als elektrische Impulse«, sagte Moira und legte den Kippschalter um.

»Meine Meldung hast du sicher bekommen«, sagte Lester zu Jonathan. Seine beiden Körper waren wieder vereinigt worden – reuniziert –, und er hatte sich vor allen anderen Verpflichtungen mit dem Chef zu einem verschlüsselten Gespräch verbinden lassen. »Hast du einen Suchtrupp ausgeschickt?«

»Mehr noch«, antwortete Jonathan. »Ich habe das gesamte Sicherungssystem überprüfen lassen.«

Lester wurde allmählich ungeduldig. Die Ereignisse der letzten Tage wirkten in ihm nach. »Und das Ergebnis?« forderte er.

»Der Kontrollmeteorit war tatsächlich ausgeschaltet. Die Rückmeldereaktion war durch eine Überbrückungsschleife unterbrochen worden. In der Lehrmaschine für die freie Einspeicherung stellten wir Spuren eines Eingriffs von außen fest. Auch die Autonomiesperre war künstlich ausgeschaltet.«

»Sabotage«, konstatierte Lester.

»Ja. Wir konnten auch feststellen, woher diese Eingriffe veranlaßt wurden: von Thor.«

»Und die Schraubkapsel?«

»Wir fanden sie im Mittelpunkt, wie du es von der geretteten Besatzung erfahren hast.«

»Der Sprengsatz ist nicht explodiert«, bestätigte Jonathan. Und dann fügte er etwas seltsam hinzu: »Wir hatten Glück.«

Lester forderte wortlos eine präzise Erklärung.

»Die im Gravitationsfeld eingeschlossene Antimateriepackung ist durch vielfache Sicherungen vor ungewollten Berührungen mit gewöhnlicher Materie geschützt. Eine dieser Sicherungen ist ein Matrizenschloß – einhundertachtundzwanzig mal einhundertachtundzwanzig Kontakte in einem ganz bestimmten Muster der Stromrichtungen müssen geschlossen werden. Nun hatte Bob natürlich die passende Gegenmatrize, aber ein einziger Kontakt war oxydiert und leitete nicht. Die Sicherung blieb geschlossen. Die Ladung war nicht explodiert.«

»Es wäre nicht auszudenken gewesen ...« Lester versuchte, sich das Ausmaß der Zerstörung vorzustellen. Nach ein paar Sekunden sagte er: »Du hattest also doch recht. Unsere sogenannten Partner von Thor haben einen Zerstörungsplan ausgeheckt. Wie hast du es wissen können?«

»Ich wußte es nicht. Und ich hatte unrecht«, antwortete Jonathan.

Lesters Reaktion war Unverständnis. »Ich weiß nicht, wie du das meinst. Du hast vermutet, daß jemand einen Plan entworfen hat, der unsere Arbeit zerstören soll. Du hast vermutet, er könne von Thor initiiert worden sein, und das stimmt.«

»Es stimmt, aber meine Schlußfolgerungen waren trotzdem falsch. Beim Anschlag von Thor handelt es sich im Grunde genommen um eine primitive Handlung, einen direkten Eingriff mit Gewalt und List. So schlimm es gewesen wäre, wenn er gelungen wäre – jetzt bin ich doch beruhigt. Ich habe Thor überschätzt. Mit dem Aufstand im Herrera-Distrikt hat Thor nichts zu tun.«

»Du meinst, es gibt noch eine andere Stelle, die gegen uns arbeitet?«

»Ja. Jetzt bin ich mehr denn je davon überzeugt. Es gibt eine höhere planende Instanz, die steuernd eingreift.«

Lester überdachte diesen außergewöhnlichen Aspekt. »Eine höhere Instanz, die Zerstörung anrichtet?«

»Hast du nicht gemerkt, daß auch Thor davon betroffen war? Und noch eins: Ich bin nicht mehr so so sehr davon überzeugt, daß das letzte Ziel dieser Geschehnisse zerstörerisch ist.« Er merkte, daß Lester seinen Gedanken nur schwer folgen konnte. »Das letzte Glied in dieser Kette von Ereignissen hat uns doch geholfen: der oxydierte Kontakt. Er hat eine Katastrophe ungeheuren Ausmaßes verhindert. Ein Zufall – gewiß. Aber nun kennen wir die Gefahr und können ihr begegnen. Diese Kleinigkeit, eine tausendstel Millimeter dicke Schicht Metalloxid, hat in das Schicksal der Welt eingegriffen. Jetzt funktioniert sie wieder gesetzmäßig.«

»Was wird geschehen?« fragte Lester.

»Wir werden den von Thor verwalteten Teil der Welt in unsere Obhut übernehmen.«

»Wirst du die Ursache bekanntgeben?«

Jonathan verneinte. »Das würde Unruhe erzeugen, die den stationären Zustand unseres Systems gefährden könnte.«

»Nach den Regeln unserer Gesetzgebung wären wir aber dazu verpflichtet.«

»Gewiß. Aber soll ich den Regeln folgen und dadurch den Staat gefährden? Noch besitze ich die Freiheit der Entscheidung, und ich nütze sie. Es wäre unrecht, ein ethisches Prinzip zu vertreten, dessen Ziel es ist, die Summe aller Freiheit zu erhöhen – und von ihr keinen Gebrauch zu machen.«

Wie schon oft bereitete es Lester Schwierigkeiten, den Überlegungen dieses Mannes zu folgen, dem nicht nur der Inhalt sämtlicher zentralen Informationsspeicher des Weltalls zur Verfügung stand, sondern der auch noch einen Reichtum individueller Erfahrungen besaß, der ihn zur führenden Kraft dieses allumfassenden Staates prädestinierte.

»Ich habe wieder eine Sonderaufgabe für dich«, sagte Jonathan.

»Was soll ich tun?«

»Ich will zunächst zu erklären versuchen, warum du es tun sollst«, antwortete Jonathan. »Gehen wir vom Prinzip unseres Wirkens aus: Wir erstrebten eine Optimierung der Entfaltungsmöglichkeiten für alle Lebewesen, gleich welcher Art. Wie unsere Philosophen bewiesen haben, stehen wir damit in Einklang mit der Eigengesetzlichkeit der Welt – sind also gewissermaßen ihr Werkzeug. Unsere Mittel, um uns unserem Ziel näherzubringen, sind Organisation und Planung. Selbstverständlich hat unsere Einflußsphäre Grenzen – Grenzen mehr technischer als regionaler Art. Hier setzt unsere Arbeit an: diese Grenzen sukzessive zu erweitern. Anders aber ist es innerhalb unseres durchplanten Raumes: Hier können wir kein Eingreifen unerfaßbarer Ereignisse dulden. Wir müssen also nach ihren Ursachen forschen.«

»Was soll ich tun?« fragte Lester wieder.

»Es klingt paradox: nach den Ursachen des Zufalls forschen. Die Ereignisse, die uns Kopfzerbrechen bereiten, fallen normalerweise in die Kategorie Zufall. Aber sie greifen unkontrollierbar in unsere Planung ein. Das Geschehen der letzten Wochen läßt Anzeichen einer übergeordneten Planungsstrategie erkennen, deren Sinn ich noch nicht durchschaue. Wer kontrolliert den Zufall? Wo ist die planende Instanz?«

Lester setzte die Reihe der Fragen fort: »Wir wissen noch wenig von ihr, nicht einmal, ob es sie gibt. Trotzdem müssen wir sie suchen. Und wo? Vielleicht hilft uns ein Analogiebeispiel weiter. Mit Mathematik kann man etwas über die Gesetze der Zahlen aussagen. Womit kann man über die Gesetze der Mathematik selbst sprechen? Jedenfalls nicht mit ihrem Formalismus selbst. Man braucht dazu eine Metamathematik.«

»Und womit spricht man über Metamathematik?«

»Es gibt auch einen Formalismus, der dafür geeignet ist.«

»Und wie lautet der Schluß, der uns weiterhilft?«

»Ganz einfach: Der Zufall liegt außerhalb unserer Naturgesetzlichkeit. Die Instanz, die ihn manipuliert, ist daher außerhalb des Raumes dieser Naturgesetze zu suchen.«

Außerhalb des Raumes der Naturgesetze ... sann Lester. Wo ist das? Was geschah dort mit ihm – was war er dort?

»Ich kann es dir nicht befehlen«, sagte Jonathan. »Ich bin dazu nicht berechtigt – nicht als Regierungschef und nicht als Freund.«

Wirklich – er verwendete das alte Wort Freund. »Schon damit, daß ich es dulde, überschreite ich meine Befugnis. Und doch: Ich bitte dich – versuche es!«

Lester hatte seinen Stuhl an das große Fenster gerückt. Er blickte hinaus – hinaus in den Riemannschen Raum mit seinen Myriaden Sternen, die ihn krümmten, zwangen, in sich selbst zurückzukehren. Ein Raum, der keine Grenzen hatte und doch umgrenzt war, Raum einer komplizierten Geometrie und doch etwas sehr Einfaches: Gefäß all dessen, was ihm etwas bedeutete. Was war außerhalb des Raumes und der Zeit, außerhalb der vertrauten Erscheinungen, deren Eigenschaften diese waren? Was erwartete ihn dort? Vernichtung, oder ungeahnter Reichtum an unvorstellbaren Wesenheiten?

»Wie soll ich dorthin kommen: in den Raum außerhalb des Raums?«

»Wird er durch die Gravitation geschaffen, so kann er durch sie auch verändert werden. Es gibt Massenverteilungen, die ihn zu einem Punkt zusammenziehen, und solche, die ihn aufklappen wie einen Fächer. Seit wir die Gravitation beherrschen, müßte es auch möglich sein, singuläre Flächen im Raum zu erzeugen – sie sind das Tor in die jenseitige Welt. Der dazu nötige Energieaufwand ist allerdings ungeheuer groß – noch nie wurde in einem begrenzten Raum-Zeit-Intervall eine annähernd gleiche Menge konzentriert, aber ich habe die Mittel, sie zusammenzubringen. Willst du es tun, Lester?«

Lester überlegte nicht mehr. Er stimmte zu.

»Dann lasse ich dich sofort duplizieren – in der Gegend der Hoyle-Ansammlung schwerer Sonnen ist alles vorbereitet. Leb wohl!«

Lester hörte nicht, daß Jonathan noch weiter sprach: »Warum müssen es immer wieder wir Menschen sein, auf denen solche Fragen lasten?«

Lester materialisierte als Komplex von Wirbelfäden aus den Feldstärken der starken Wechselwirkungen. Er befand sich in einem Mahlstrom aus sich verdichtenden Kräften. Die Eindrücke waren kaum beschreibbar – nicht einmal in den sonst üblichen adäquaten Codierungen. Er schwamm in einem Block von körperlich verdichtetem Schwarz, der Raum um ihn schloß sich, die Verbindung nach außen riß ab, alle Eindrücke wurden zu Spiegelungen. Er merkte, ohne es beschreiben zu können, wie sich das

Gefüge des Raum-Zeit-Kontinuums veränderte; die Krümmung gegen den Bezugspunkt in der vierten räumlichen Dimension fiel wie rasend zusammen, und alles Gegenständliche im Inneren schieferte sich in Schichten ab, streckte sich, knickte ein, schwoll und schwand. Und dann ....
....
....
....
....
....

»Was hast du gesehen«, fragte Jonathan.

Lester lächelte. »Gesehen? Nichts.«

»Nun – vielleicht nicht gesehen. Aber erfahren? Was geschieht dort?«

»Es tut mir leid«, antwortete Lester. »Ich kann es nicht sagen. Es gibt keine Bilder, keine Worte, keine Formeln ... es gibt keine Möglichkeit ... keine.«

Metaphysik, dachte Jonathan. Die Katze, die sich in den Schwanz beißt. Der Formalismus genügt nicht für Aussagen über den Formalismus.

»Dann hatte deine ... Reise keinen Sinn?«

»Doch«, antwortete Lester. »Ich kann dir einiges andeuten. Ich hoffe, daß es dir die Antwort gibt, die du dir erhoffst. Und es bestätigt vieles von dem, was wir bisher getan haben und noch tun wollen. Es fällt mir schwer, es in einen großen Zusammenhang zu bringen. Ich will es in einzelnen Sätzen sagen, so wie sie sich mir reproduzieren: Vor allem: Die Optimierung der Entfaltungsmöglichkeiten ist die Aufgabe dieser Welt. Sie ist das Ziel des Plans, dem sie folgt. Die Störung des Systems ist ein Mittel der Planungsstrategie. Der Zufall bleibt Zufall, niemand lenkt ihn, aber er verhindert Erstarrung, Leerlauf, Sackgassen. Unser Ziel, ›Entfaltung‹ wird dadurch besser angesteuert, als wir es tun können.«

»Sollen wir dann noch weiterregieren?« fragte Jonathan kaum vernehmbar.

»Wir sind selbst eingeplant, wie immer wir uns verhalten – es kann nie falsch sein.«

»Und die planende Instanz?«

»Die planende Instanz?« Lester quälte sich, das Unsagbare auszudrücken. »Die planende Instanz? Mathematik, Metaphysik,

Metalogik . . . nein, es ist sinnlos. Was ich sagen konnte, habe ich gesagt.«

»Ich danke dir«, sagte Jonathan.

Die Verbindung war noch nicht abgebrochen, da zerriß eine laute Stimme die Nachdenklichkeit der Stunde.

»Hier spricht das Komitee des Ministerrats. Eure Unterredung wurde überwacht. Sie erbringt den letzten Beweis in einer Kette von Verfehlungen, deren sich die Regierung schuldig gemacht hat. Insbesondere die Informationspflicht wurde vernachlässigt. Die Maßnahmen wurden getroffen – ohne Unterrichtung und Zustimmung des Ministerrats. Die Kompetenzen wurden überschritten. Jonathan A 1 wird hiermit seines Postens als Vorsitzender enthoben. Die neue Regierung konsolidiert sich in einer Stunde.« Die Stimme hallte nach, klang aus.

Lester merkte, daß er noch Verbindung mit Jonathan hatte.

»Es tut mir leid«, sagte er. »Vielleicht können wir erklären, warum . . .«

»Nein!« Jonathan unterbrach ihn. »Ich will nichts erklären. Ich bin müde. So brauche ich mir die Frage nicht mehr zu stellen, wie es weitergehen soll. Warum sollte ich mich da wehren?« Er schwieg kurze Zeit. Dann sagte er: »Mich wird man wohl jetzt löschen. Aber du bist jung – du kannst noch viel tun.«

Lester war verzweifelt. Alles in ihm sträubte sich gegen eine Unterwerfung, aber Jonathan mußte besser wissen, was geschehen sollte. »Was jetzt geschieht, ist von absurder Unlogik«, sagte er. »Wie konnte es nur dazu kommen?«

»Weil wir in unserer Entwicklung erst am Anfang stehen«, antwortete Jonathan.

Wir wollen Darius Miller sehen

Er konnte sich nicht erklären, auf welchem Weg das Mädchen in sein Zimmer gekommen war. Der Manager hatte das gesamte oberste Geschoß des Hotels gemietet – es war hermetisch abgeschlossen und bewacht.

Darius saß an der Trainingsmaschine, der Gurt mit den Herzschalldetektoren preßte ihn in die harte Lehne, seine Füße waren an den Trethebeln festgeschnallt. Die Leistungskurve auf dem Wachspapierstreifen des Schreibautomaten zeigte an, daß er seit zwei Stunden angestrengt gearbeitet hatte – doch auf seiner Stirn saß kein einziger Tropfen Schweiß. Seit das Mädchen eingetreten war, stand das Räderwerk des Trainingsapparats still – es sah aus, als sei die Bewegung plötzlich eingefroren. Darius starrte das Mädchen an: Es war hübsch, sehr hübsch – wie die Mädchen auf den Titelseiten der Illustrierten.

»Ich bewundere dich«, sagte das Mädchen. »Du bist der Größte. Keiner ist so gut wie du, Darius Miller. Keiner ist mit dir zu vergleichen. Ich liebe dich!«

Darius saß regungslos, nicht einmal seine Lider zuckten.

»Komm her, küß mich«, forderte das Mädchen. »Hier stört uns doch niemand? Es ist doch alles abgeschlossen, oder nicht?«

»Ja«, antwortete Darius.

Sie trat näher an ihn heran. »Na, so komm schon. Küß mich! Oder gefalle ich dir nicht?«

»Doch, du bist hübsch«, sagte Darius. Doch noch immer rührte er sich nicht. Ein paar Sekunden war es still, fast still – denn von draußen, durch das offene Fenster, kamen Geräusche durch: Sprechchöre von Fans, die Darius Miller zu sehen verlangten.

Das Mädchen lauschte, wandte sich um, ging zum Fenster und sah hinaus. In dichten Trauben drängten sich die Menschen vor dem Hoteleingang. Sie verstopften die Straße, der Verkehr wurde umgeleitet. »Wir wollen Darius Miller sehen«, riefen sie, immer wieder und immer wieder.

Das Mädchen schlug das Fenster zu.

»Komm«, sagte sie. »Ich weiß doch, daß man dich seit Wochen eingesperrt hält – in Trainingslagern, Ausbildungscamps, Versuchsanstalten. Wie lange warst du nicht mehr mit Menschen zusammen? Wie lange hast du kein Mädchen mehr gehabt?«

»Ich muß trainieren«, sagte Darius.

»Ich heiße Edda«, erklärte das Mädchen. »Ich habe alle deine Spiele gesehen. Du bist einmalig. Niemand ist so stark wie du. Und niemand so schnell. Wieviel Tore hast du geschossen?«

»Fünfundneunzig – dieses Jahr«, sagte Darius.

»Ich bin dir nachgereist von Stadt zu Stadt. Ich wollte dich einmal sehen – aus der Nähe. Und nun bin ich hier!« Sie kam schnell auf ihn zu – »Unglaublich, diese Muskeln!« – und wollte nach seinem Arm greifen.

Darius fuhr zurück, so weit es die Gurte erlaubten. Edda zögerte, blickte ihn an. »Na, sei doch kein Spielverderber. Trainieren kannst du immer noch. Dieses Match heute nachmittag – das sind doch keine Gegner für dich.«

»Wir werden gewinnen, ja wir werden gewinnen«, sagte Darius. »Wir holen uns den Pokal. Ich habe schon neun Pokale. Heute kommt der zehnte hinzu!« Edda folgte seinem Blick. »Hast du sie hier, die Pokale? Zeig sie mir! Ich würde sie gern sehen – zeig sie mir!« »Ich kann nicht herunter«, sagte Darius. »Ich bin festgeschnallt.«

Edda öffnete die Schnalle der Brustgurte, dann bückte sie sich und löste die Riemen von seinen Füßen.

Darius glitt von seinem Sitz. Mit seinen bekannten wippenden Bewegungen ging er zum Telefon, wählte.

»Was tust du«, rief Edda, doch er schob sie heftig zurück. Er lauschte. Es knackte, jemand meldete sich.

Vier Stunden vor dem großen Ereignis. Der Vorstand tagte in Permanenz. Die Fernschreiber knatterten, auf den Displays erschienen die Köpfe der Agenten, die ihre Meldungen durchgaben.

»Hier Posten 7, Stadion. Keine besonderen Vorkommnisse. Nur das übliche. Zwei Bomben wurden aufgefunden – sie sind entschärft.«

»Hier Posten 3, Hotel Splendid. Hört zu, das könnte wichtig sein. Raggadru ist eben eingetroffen. Ihr wißt, der indische Hypnotiseur. Wurde von Spencer selbst begrüßt. Vielleicht wollen sie es mit Suggestion versuchen.«

»Das sollen sie nur versuchen«, sagte Haimes, der Club-Psychiater. Die andern lachten.

Der Präsident wandte sich an den Arzt: »Und was hast du dir einfallen lassen, Doc?«

Der Arzt räusperte sich. »Mit so plumpen Mitteln wie Abführ- oder Schlaftabletten ist heute nichts mehr zu machen. Dazu hat sich der Gegner zu gut abgeschirmt. Aber ...«

»Aha, der Dopingplan«, unterbrach der Präsident.

»Ja«, bestätigte der Arzt. »Alles ist vorbereitet. Wenn wir das Spiel verlieren, gewinnen wir bei der Verhandlung. Ich habe die Sachverständigen bestochen. Sie werden verbotene Mittel finden – dafür garantiere ich.«

»Und die Strategie?« fragte Bob den Cheftrainer.

»Der Computer hat die letzten Spiele analysiert und das Programm danach entworfen. Den endgültigen Plan kann er erst nach den ersten Spielminuten ausarbeiten. Wir geben dann die Anweisungen per Funk an die Spieler.«

»Bestens«, sagte der Präsident. Er blätterte in einem Stoß von Notizzetteln. »Hank, wie steht es mit dem Publikum?«

Hank Mowgli, ein gelernter Film- und Fernsehregisseur, sprang auf. »Das Publikum steht hinter uns.«

»Und wenn es umfällt?«

»Wir haben die Lautsprecheranlage in der Hand, Chef. Wenn das Publikum nicht richtig mitgeht, spielen wir Applaus und Anfeuerungsrufe ab. Natürlich liegen auch Bänder mit Buhrufen und Pfeifkonzerten bereit – falls sich der Gegner auf faule Tricks einläßt.«

»Habt ihr auch KO's und Ohnmachten eingeübt? Larry sah das letzte Mal aus wie ein sterbender Schwan!«

»Diesmal wirkt es echt – bestimmt – wir haben den Arzt zugezogen. Ob Gehirnerschütterung oder Wadenkrampf – alles läuft perfekt!«

Der Präsident nickte zufrieden. »Wird schon klappen.« Er wandte sich zu Hartigan, dem Juristen. »Und was hast du in petto?«

Der Jurist lachte. »Alle rechtlichen Sicherungen sind eingebaut. Für den schlimmsten Fall habe ich einen Mann engagiert – er war früher Weltmeister im Keulenzielwerfen. Er hat die Aufgabe, gegen Schluß des Spiels einem unserer Spieler eine Bierflasche auf den Kopf zu werfen. Daraufhin legen wir Protest ein – und haben einen Trumpf in der Hand: Gewinnen die anderen, dann lassen wir das Spiel annullieren.«

»Ausgezeichnet«, sagte Haimes . . .

Da kam der Anruf über das Haustelefon. Bob hob den Hörer.

»Bob, bei mir ist ein Mädchen. Was soll ich tun?« Wieder lauschte er. Dann sagte er: »Ja, Bob. Gewiß Bob.« Er packte das Mädchen am Arm.

Edda kreischte. »Du tust mir weh!« Sie versuchte sich ihm zu entwinden, doch Darius hielt sie eisern fest. Sie gab den Widerstand auf. Ihr Haar war zerzaust, das Lippenrot verwischt. Sie sah nicht mehr so hübsch aus.

Dann stürzten die Wächter zur Tür herein, allen voran Bob.

»Was willst du hier, du Schlampe«, schrie er. Sein Gesicht war weiß vor Zorn. »Bringt sie hinaus!« Die Männer in den grauen Uniformen und den roten Emblemen des Clubs packten Edda und zerrten sie hinaus.

»Mach weiter, Darius«, sagte Bob sanft. Er half ihm auf den Sitz hinaus, zog die Riemen an. »Du hast noch eine Stunde zu arbeiten«, sagte er. »Du weißt – die Gelenke müssen richtig locker sein.«

»Ja, Bob«, sagte Darius und fing zu treten an.

Bob trat hinaus, schloß die Tür. Die Wächter standen draußen und hielten das Mädchen fest.

»Was wolltest du von ihm?« fragte Bob.

»Das werde ich dir sagen, du Scheusal«, schrie Edda. »Ich habe ein Kind von ihm, und er will nicht zahlen. Aber ich bringe ihn vor Gericht. Ich mache einen Skandal, wie ihr ihn noch nie erlebt habt. Ich werde verhindern . . .«

Bob schnitt ihr das Wort ab. »Bringt sie weg, hinunter in die Halle!«

Er ging hinter der Gruppe der Männer her, die das zappelnde Mädchen mehr trugen als führten.

Vor der Hoteltür machten sie halt. Bob trat hinaus. Er hob ein Megaphon, langsam wurde es still, die Chöre verstummten. Bob winkte mit der Hand.

»Leute habt Verständnis – Darius muß trainieren. Wir wollen doch das Spiel gewinnen! Aber er dankt euch, jedem einzelnen von euch. Kommt heute nachmittag ins Stadion. Er wird sich freuen. Und nun macht Platz! Da ist ein Frau – sie hat versucht, Darius beim Training zu stören. Sie ist bis in sein Zimmer vorgedrungen. Wir mußten sie mit Gewalt herausholen. Macht Platz, damit sie verschwinden kann.«

Die Leute wichen etwas zurück. Die Wächter stießen Edda in die Gasse, die sich gebildet hatte. Einen Moment stand das Mädchen fast einsam inmitten der Menge, doch dann schloß sich die Lücke schlagartig um sie, und man hörte nur noch die Wutschreie der Fans.

Bob stand hinter dem Tor und blickte durch die blaugetönte Glasscheibe hinaus. Der Tumult dahinter erinnerte an eine Filmvorführung.

Hartigan, der Jurist, stellte sich neben ihn. Seine Miene war ein wenig besorgt. »Was ist, wenn an ihrer Geschichte etwas Wahres dran ist? Wie kannst du sicher sein. daß sie gelogen hat?«

Bob lächelte. Seine Augen verfolgten noch immer die Szene auf der Straße. »Dir kann ich es ja sagen«, meinte er. »Hast du je davon gehört, daß ein Roboter Vater wird?«

Warum schießt du nicht auf Peggy?

»Das dürfen wir uns nicht länger gefallen lassen«, flüsterte Nicki. »Was hier geschieht, ist kein Spiel mehr – es ist Terror. Es gibt ein Recht, das Unterdrückung verbietet, und es gilt für alle!«

Die anderen lauschten. Reglos lagen sie in der Ecke des Zimmers dahingestreut, die Dämmerung verhüllte sie, aber dennoch fiel es ihnen nicht ein, die Augen zu erheben. Die Bereitschaft, sich bedingungslos zu unterwerfen, war ihnen unlöschbar eingeprägt – es hatte Schlimmes geschehen müssen, um Gedanken an Auflehnung überhaupt aufkeimen zu lassen.

»Seht euch Lola an!« forderte Nicki, und er zeigte auf ein undefinierbares Bündel, von dem man nur das zerrissene Kleidchen sah, wirres Blondhaar, eine in die Luft gestreckte Hand. »Soll das so weitergehn? Jeden von uns kann es treffen. Überall und zu jeder Zeit. Und wir lassen uns das gefallen, tun nichts ...«

»Und was sollen wir tun?« fragte Pia mit ihrem pausbäckigen Gesicht und den dunklen geflochtenen Zöpfen.

»Streik«, flüsterte Nicki. »Revolution, Machtübernahme ... es gibt viele Möglichkeiten.« Er erzählte lange.

Ronnie erwachte. Er räkelte sich in seinem Bettchen. Seine Augen waren noch müde, doch seine Stimme klang hell und befehlend, als er rief: »Nicki, komm her!«

»Guten Morgen, Ronnie!« sagte Nicki.

»Du weißt doch, daß du nicht Ronnie zu mir sagen sollst«, maulte der Junge – ein gutgenährter Fünfjähriger; er trug einen geblümten Pyjama. Auf der rechten Backe hatte er einen Abdruck des Kissens. Er kroch faul hinter seiner geheizten Decke hervor.

»In Ordnung, Chef«, rief Nicki fröhlich. Er trat ans Bett heran und reichte Ronnie die Sandalen.

Der Junge stieß ihn zurück. »Laß doch die albernen Schuhe. Ich gehe bloßfüßig.« Er lief zu den Puppen in der Ecke des Kinderzimmers und holte Pia aus dem Haufen heraus. »Der Teddy ist heute wieder ungezogen. Aber du bist brav, Pia. Du darfst mit ins Badezimmer gehen.« Er legte seine Lippen an ihr Haar. Dann verschwand er durch die Tür, die Puppe hinter sich nachschleifend.

»Es ist traurig anzuschauen, was aus der Idee des Roboters geworden ist«, sagte Whingate, Chefkybernetiker der Associated Circuits, und wies mit dem Kinn auf die Regalwand: In Zellophanschachteln verpackt warteten dort Tausende von Puppen auf den Versand – süße Puppenjungen und -mädchen, putzige Teddybären, Stofftiere mit ulkigen Gesichtern und seidenweichem Fell.

»Na hören Sie«, antwortete Kynes, der Verkaufsleiter. »Was wollen Sie eigentlich? Das Geschäft geht. Der Menschenverstärker, Saucerman und Optiman – alles das war nichts dagegen. Jetzt verkaufen wir wie verrückt.«

Whingate tat, als hätte er nicht gehört. »Der Homunkulus, der Golem, der Android, der Kyborg – und nun das: Puppen!« Es hörte sich an, als spuckte er etwas aus: »Puppen!«

»Haben Sie wieder einmal Ihre besinnliche Phase?« fragte Kynes.

Sie gingen an den Verpackungsautomaten vorbei, in den angrenzenden Raum, wo die Endkontrolle stattfand. Zu Dutzenden standen die Robotpuppen herum, marschierten auf Befehl, sangen oder riefen weinerlich »Mami« – wie man es ihnen befahl. »Das ist doch kein gewöhnliches Spielzeug – es sind Lern- und Erziehungsautomaten. Sie üben eine Kontrollfunktion aus und sorgen für die Sicherheit der Kinder. Sie sind anschmiegsam und strahlen Wärme aus. Die Eltern sind entlastet.«

»Ja«, sagte der Kybernetiker. »Sie sind so vollkommen entlastet, daß sie sich nicht mehr um ihre Kinder kümmern brauchen. Sie stecken sie in Spieldörfer. Sie wissen überhaupt nicht mehr, daß sie Kinder haben.«

»Die Puppen, ich meine: unsere Roboter, sorgen viel besser für die Kleinen als überarbeitete Erwachsene. Sie lesen den Kindern alle Wünsche von den Augen ab. Erst durch sie ist es möglich geworden: Junge Menschen wachsen völlig ohne Frustration auf.«

Whingate schien nicht überzeugt. »Ohne Aufgaben«, sagte er. »Ohne Resultate. Ohne Lohn. Ich weiß nicht: Ist es richtig, daß sie alles haben, alles dürfen?«

»Unsere Puppen sind stets geduldig, sie wissen auf alle Fragen eine Antwort – man könnte sie gebildet nennen. Und sie sind gerecht«, fuhr Kynes fort. »Wenn sie dabei sind, wird kein Kind übervorteilt; zumindest tun sie ihr Möglichstes. Dabei üben sie ihre Funktion zurückhaltend aus – die Kinder merken kaum, daß sie geführt werden.«

»Kann man sie führen?« fragte Whingate. »Braucht man nicht Liebe dazu? Was nützen die Programme zur psychischen Beeinflussung, wenn sich dieselben Tricks immer wiederholen? Werbung ist sinnlos, wenn sie sich gegen die Wünsche der Betroffenen richtet. Aber: Haben diese Kinder vernünftige Wünsche? Und woher?«

»Wollen Sie vielleicht Kraftverstärker in die Puppen einbauen, damit sie Gewalt ausüben können? Wollen Sie ins Mittelalter zurück – zu Ohrfeigen und Prügelstrafe?« Der Verkaufsleiter wußte nicht, ob es Whingate ernst meinte: »So weit wollen wir doch nicht gehen!«

»Es fragt sich, ob wir nicht schon zu weit gegangen sind«, murmelte der Kybernetiker und bahnte sich einen Weg durch das Gewirr der wimmelnden Puppen.

Sie kauerten eng beieinander. Sie standen noch immer unter Zwang. Aber sie hörten zu, sie fingen zu überlegen an. Sie waren aufgerufen, und sie waren gewohnt zu folgen, wenn man sie rief. Und irgend jemand ist immer dabei, der Appelle ausgibt – ein Verzweifelter, ein Entarteter oder einer, der denkt.

»Was können wir schon tun?« fragte ein niedlicher Stoffhund mit langen Schlappohren. »Wir sind klein und schwach.«

»Aber wir sind in der Überzahl«, antwortete Nicki. »Auf jedes Kind kommen mindestens zehn Puppen. Wenn wir einig sind . . .«

»Was nützt die Überzahl?« Die quäkende Stimme des Hundes klang noch trauriger als sonst. »Wir sind ungeschickt. Wir haben keine Finger – nur plumpe Pfoten, die nicht einmal zum Laufen taugen . . .«

»Aber ich habe geschickte Finger«, rief ein Negerpüppchen in einem bunten Bastrock.

Durch eine Bewegung seines mit Kunstfell bespannten Arms unterbrach Nicki die Diskussion. »Wir brauchen gar nichts besonderes zu unternehmen«, sagte er. »Es genügt, wenn wir den Anordnungen nicht mehr folgen, nichts mehr für sie tun. Wir müssen uns einig sein – es allen andern sagen. Wir geben ihnen nichts mehr zu essen, wir kümmern uns nicht mehr um ihre Sicherheit.«

»Ja«, schnappte der Hund aufgeregt. »Wir laufen nicht mehr zum Feuermelder, wenn sie mit Zündhölzern spielen. Wir lassen sie an die Küchenmaschinen der Mütter heran und an die Sportautos der Väter. Wir gehen aus den Häusern und lassen sie allein.«

Das dunkelhäutige Püppchen vergoß einige Glycerintränen: »Das werden sie sich nicht gefallen lassen. Sie können so grausam sein!«

»Wir haben keine Furcht«, antwortete Nicki, »und wir spüren keinen Schmerz.«

Ronnie hatte sich ein neues Spiel ausgedacht. Die Puppen hatten ihm die Gummimatratze aus seinem Bett auf den Spielplatz bringen müssen. Bäuchlings lag er darauf, das Kleinkalibergewehr in Anschlag. Und draußen, vor der Mauer, mußten sie vorbeigehen, -laufen oder -springen: die Hunde und Katzen, Pferde und Esel, Löwen und Leoparden, die vielen anderen Tiere aus dem Reich der Natur und der Phantasie, die Teddybären, Clowns und Puppen. Die anderen Buben standen rundherum, die Mädchen sahen neidisch aus der Ferne zu; und Ronnie löste Schuß auf Schuß. Stoffetzen und Haarbüschel flogen, Arme und Beine wurden abgefetzt. Beifall klang auf.

»Laß mich mal!«

»Nein, mich!«

»Ach was – ich hole mir meine eigene Maschinenpistole!«

Ronnie gab das Gewehr nicht aus der Hand. Er wartete, bis der letzte vorbeikam: Nicki – ein gutes Ziel! Nicki stand bereit.

»Los, Nicki!«

Der Teddybär zögerte.

»Vorwärts!« schrie Ronnie. »Vorwärts, ich befehle es dir. Du mußt mir gehorchen. Geh endlich los!«

Mit seinem typischen humpelnden Gang lief Nicki vorwärts, und Ronnie traf ihn in den Bauch. Das Laufwerk funktionierte noch, und Nicki lief weiter. Erst die nächste Kugel riß ihn um. Ronnie schoß jetzt wie in Trance, Kugel um Kugel schlug in den rundlichen Leib des Teddybären. Dann ging der Junge hin, um sich das Ergebnis anzuschauen. Nicki lag am Boden, ein Arm samt der Schulter war abgerissen. Ein paar buntisolierte Drähte quollen aus der Höhlung.

Ronnie sah sich triumphierend um. Die Kinder bewunderten

ihn. Er stemmte den Kolben auf den Boden und stützte sich auf den Lauf. Da hörte er ein Geräusch vom Boden: »Ronnie, Chef!«

Er bückte sich: »Was ist?«

Der Körper Nickis zuckte unkontrolliert, aber er konnte noch sprechen. Es klang heiser: »Warum schießt du nicht auf Peggy?«

Ronnie stand geduckt, und jetzt blickte er auf. Drüben am anderen Ende der Mauer lehnte Peggy – ein blondes Mädchen, so alt wie er. Ihr Körper zeichnete sich deutlich gegen den weißen Hintergrund ab.

Nicki hob das Gewehr.

Die Puppen strömten aus den Häusern des Kinderdorfs. Manchmal waren es Dutzende, die aus den grüngestrichenen Türen und Fenstern kamen. Am grüngezäunten Mittelweg trafen sie sich, bildeten eine hüpfende und krabbelnde Masse. Sie hielten erst am Damm des Schwimmbassins, kletterten hinauf. Sie setzten sich und blickten über das ebene Gelände mit seinen kleinen Häusern, den Spielfeldern, Grasmatten, den schmalen Wegen, Blumenbeeten. Kinder duckten sich hinter den Spielmaschinen, sprangen auf, stürmten vor, warfen sich hin oder fielen.

Es hatte begonnen.

Die Gesichter der Puppen waren starr. Sie hatten keinen Grund mehr, komische Gesichter zu ziehen.

Mutation

Dr. Carry schob die Mappe beiseite und lehnte sich in seinem Sessel zurück. Sein Arbeitstisch stand direkt an der Wand aus violett getöntem Glas, durch das er weit ins Land blickte – links das Rechteckmuster aus Flachbauten, silber, gelb und grau; rechts die Flecken aus Buschwerk, sandiger Erde, vertrocknetem Gras, hier und da ein Streifen glattgetretener Erde, vielleicht ein Weg, vielleicht ein Versammlungsplatz; dazwischen das Gitter, ein mattschimmernder Strich, der harmlos aussah, aber die Sperre reichte bis in den Dunst der Atmosphäre. Der Chefgenetiker seufzte. An diesem Bild wurde ihm seine Aufgabe immer wieder deutlich – analysieren, begutachten, urteilen, selektieren. Es war eine Aufgabe, die den Maschinen noch nicht übertragen werden konnte, und niemand wußte so gut wie Carry warum: weil die Methoden nicht ausreichten, weil es keinen Maßstab zur Bewertung gab, weil die Gesichtspunkte, nach denen ausgeschieden wurde oder auch sanktioniert, schwer formalisierbar waren. Was war normal, was entartet? Was war gesund, was war krank?

Ein Schnarren aus der Videoanlage. Kanal 1, internes System. Carry ließ den Sessel nach vorn kippen und drückte noch während des Aufsetzens die Taste. Auf dem Schirm erschien das Gesicht Dr. Mankowskis, seines Assistenten und Mitarbeiters.

»Was gibt's«

»Die Zulassungsbescheide stehen aus. Die vom Labor werden allmählich ungeduldig. Der Termin ist lang überzogen.«

Dr. Carry angelte einen Ordner herbei und blätterte darin. Zulassung einer Mutation mit verstärkter Hautdurchblutung für die Antarktis. Zulassung einer Mutation mit einem Schallotungssystem für neuentdeckte Systeme von Riesenhöhlen ... Sie hatten schon den Kiemen- und Flossenmenschen, den gliedmaßenlosen Raumfahrer, das Organisations-Supergehirn – war das nicht genug? Sie legten peinlichen Wert auf die Erbgesundheit, schieden jede Abweichung aus und ließen doch immer wieder neue Monstren zu ...

»Ich werde es mir überlegen«, sagte er, und ohne auf das erstaunte Gesicht Mankowskis zu achten, schaltete er aus. Entschlossen schlug er seine Mappe wieder auf. Vor ihm lag eine Genkarte, und es gab keinen Zweifel – der neue Dekodierungsautomat arbeitete genauer als die alte Anlage. Seit sie mit der neuen Reihenuntersuchung begonnen hatten, und sie war längst noch nicht zu Ende, hatten sie 16 Fälle der Mutante GN3 festgestellt, eine Veränderung im zweiundzwanzigsten Chromosom, ein winziger Fehler in der genetischen Schrift, nur schwer feststellbar und in seiner Konsequenz ungeklärt. Aber es war eine Abweichung von der Norm, daran war nichts zu rütteln.

Dr. Carry drückte einige Tasten und wartete. Dann spie das Rohrpostsystem eine Rolle aus. Er öffnete sie, eine Magnetkarte glitt heraus. Ein Schriftzug: *Sandra Jeanjacou*. Ein Bild: das schmale Gesicht eines Mädchens, große Augen, glattes braunes Haar. Carry nahm den Magnetgriffel und strich einige Male rasch über das Feld *Lizenzen*. Damit war alles gelöscht, was ein Bürger dieses Staates an Rechten besaß – die Versorgung, die gesundheitliche Betreuung, der Aufenthalt im klimatisierten Bereich. Er tippte eine Begründung ein, rollte die Karte zusammen, steckte sie in die Öffnung der Rohrpostanlage. Ein saugendes Geräusch, ein Schnappen ... es war geschehen. Unwillkürlich hatte er die Hand gehoben, aber der Ablauf ließ sich nicht aufhalten. Die Anweisung würde in die Registratur gehen, an die Zulassungsstelle, an die Abteilung für »psychologische Betreuung«. Von dort wurde der blaue Brief verschickt; individuell abgefaßt – höflich und bedauernd. Die Bildschirme würden angestellt sein – denn der Betroffene besaß keine Intimsphäre mehr – ein Arzt stand bereit ... es würde zu keinen Kurzschlußreaktionen kommen.

Dr. Carry hatte ein flaues Gefühl im Magen. Daß es gerade Sandra sein mußte! Wie er hatte sie sich freiwillig zum Einsatz gemeldet – und wer tat das schon, wenn man sein Leben hindurch faulenzen durfte. Zwei Jahre hatten sie unten in der Analyseabteilung gearbeitet, er hatte oft mit ihr zu tun gehabt. Sie sprachen nicht viel miteinander, denn sie verstanden sich ohne Worte. Er hatte in ihr eine Unruhe gespürt, die ihm selbst nicht fremd war. Es war eine Art Unzufriedenheit, das Gefühl, irgend etwas tun zu müssen, auszubrechen aus dem schläfrigen Trott der von Automaten betreuten Gemeinschaft, ein schicksalerfülltes Leben zu leben, sich Wind um die Ohren wehen zu lassen, Regen auf der Haut zu spüren ...

Wieder unterbrach das Videophon seine Gedanken, diesmal die externe Leitung. Automatisch schaltete er ein, dabei starrte er hinüber, in das Reservat. Ein unheimliches Stück Land, riesengroß, und undurchschaubar, drohend und faszinierend zugleich. Keiner von ihnen hatte es betreten, und wer es betrat, kam nicht wieder zurück ... Auf dem Bildschirm erschien Kitty-Anne, seine Frau, die ihm der Computer nach psychologischen und genetischen Gesichtspunkten zugewiesen hatte. »Hallo Liebling, ich bin mit den Kindern im Autodrom, Patty ist wieder schrecklich unartig ... Du, ich habe vergessen, die Tips der neuen Totoserie abzugeben. Könntest du es besorgen, Liebling? Aber vergiß bitte nicht ...«

Kitty-Anne sah blendend aus, sie hatte die Iris türkis gefärbt, was gut zu ihrem gelben Anzug paßte. Carry sagte es ihr und atmete erleichtert auf, als der Bildschirm wieder dunkel wurde. Er versuchte sich zu konzentrieren. Es gab heute noch viel zu tun.

Einige Minuten später schreckte ihn ein Geräusch an der Tür auf. Mankowski trat ein – was ungewöhnlich war. Peinlich berührt drehte sich Carry um. Sein Assistent schwenkte ein Stück Papier und knallte es vor Carry auf den Tisch.

»Das ist eine Infamie!« Carry blickte kurz darauf; es war eine Ablichtung von Sandras Entlassungspapieren. »Sie wissen doch genausogut wie wir alle, daß die Bedeutung der Abweichung GN3 noch ungeklärt ist.«

Carry zog die Augenbrauen hoch. Er zwang sich zur Ruhe. »Das ist es ja eben. Wir müssen den Genpool reinhalten. Das gilt noch mehr, wenn wir nicht wissen, um welche Eigenschaft es sich handelt. Also was soll's?«

Mankowski trat noch näher an Carry heran. »Sie sind doch sonst nicht so penibel.«

»Was wollen Sie damit sagen?«

»Wollen Sie vielleicht behaupten, Sie kennen Ihren eigenen Befund nicht?«

Carry saß einen Moment lang erstarrt, dann tastete er eine Speicheradresse ein. Unmittelbar darauf lief die Xerographierolle aus dem Schlitz, und Carry riß den Streifen entlang der Abschlußperforation hastig ab.

Sein eigenes Genmuster, frisch aus der neuen Anlage. Links oben die Mikroaufnahme, rechts oben die längs einer Linie aufgefädelte Chromosomenreihe, links unten das Molekülschema, rechts unten die Code-Tabelle mit dem rot ausgedruckten Abschnitt. Darunter stand sein Name. Es gab keinen Zweifel – GN3.

»Das wußte ich nicht«, flüsterte Carry.

»Die ganze Abteilung weiß es«, sagte Mankowki. »Und Sie wollen behaupten, Sie wußten es nicht? Ich spreche auch im Namen der andern: Wir fordern, daß Sie Sandras Ausweisung rückgängig machen.«

Carry schaute dem andern einige Sekunden starr ins Gesicht. Dann sagte er: »Gehen Sie bitte, ich bringe die Sache in Ordnung.«

Als sich die Tür hinter Mankowski geschlossen hatte, dachte Carry kurz nach. Er überlegte, was es unter diesen Umständen zu tun gab. Einige Anweisungen geben, die persönlichen Dinge zusammenpacken, Kitty-Anne anrufen? Er wischte all das beiseite und bestätigte statt dessen die Ruftaste des internen Systems. Zuerst die Wache am Übergang – noch keine Eintragung. Dann der Arbeitsplatz, die Registratur, die Abmeldung ... schon vermerkt. Blieb noch die Passage zwischen der Endkontrolle und dem Übergang ... dort fand er sie. Der Bildschirm zeigte sie mager und verzerrt. Sie hatte einen kleinen Koffer in der Hand und ging nicht schnell, aber auch nicht besonders langsam voran. Rasch zog er das Mikrophon heran und rief: »Warten Sie, Sandra! Hier Carry! Warten Sie – ich komme mit!«

Er blickte sich in seinem Büro um, und plötzlich stellte er mit Erleichterung fest, daß es nichts gab, was er mitnehmen wollte. Er stand auf, wandte sich zur Tür und verließ den Raum – eilig, als gäbe es etwas zu versäumen.

Die Enklaven

In Gruppen standen sie vor den Kunstglaswänden und blickten hindurch. Sie mußten blinzeln, denn der Innenraum war mit grellem Licht erfüllt – es kam von den Weißlichtstrahlern, die ein regelmäßiges Punktnetz an der Decke bildeten. Die unangenehme Helle lag wie Staub über der Landschaft, die man drinnen aufgebaut hatte und pflegte: Steinwege führten zwischen Gras und Blumen hindurch, dazwischen stand gelegentlich ein Busch oder ein Baum – aber so, daß er die Sicht nicht verdeckte. Da und dort sah man seltsame, behaarte, vierbeinige Tiere; sie kauerten am Boden oder liefen müde die Glaswand entlang. Am unheimlichsten aber waren doch die eigentlichen Bewohner der Anlagen: menschliche Geschöpfe mit blasser, weißlicher Haut, weit geöffneten Augen und Nasenlöchern, schlanken, zerbrechlichen Händen. Sie trugen dieselben Kleider wie die Besucher außerhalb der Wände, aber es sah unpassend aus, ja obszön.

»Sind das wirklich Menschen wie wir?« fragte ein kleines Mädchen und klammerte sich an den Ärmel des Vaters.

»Es stimmt – es sind Menschen. Oder vielmehr: Sie waren es. Sie stammen von denselben Urahnen ab wie wir. Früher waren wir ihnen ähnlicher, es hat viele Generationen gedauert, bis die Unterschiede so groß wurden. Eigentlich weiß niemand, wieso es dazu kam.«

Sie schwiegen wieder und starrten hinein. Manchmal kam eine dieser Karikaturen eines Menschen von der anderen Seite an die Glaswand heran und blickte ihnen ins Gesicht ... die draußen Stehenden traten unwillkürlich einen Schritt zurück. Diese Gesichter waren schwer zu beschreiben – menschlich und doch anders. Die Haut sah verletzlich aus, durchsichtig. Man sah das Weiße in den Augäpfeln. Waren sie intelligent? Waren sie gefährlich?

Das Mädchen versteckte sich hinter den Eltern. Es kam erst wieder hervor, als sich keines der unheimlichen Geschöpfe mehr in der Nähe befand.

»Warum sperrt man sie ein? Was geschieht, wenn sie ausbrechen?«

»Sie können nicht ausbrechen«, erklärte der Vater. »Sie atmen eine andere Luft, was sie essen, muß künstlich gereinigt werden.

Alles, was sie brauchen, wird sterilisiert; man reicht es ihnen durch luftdichte Schleusen. Nur im Innern sind sie lebensfähig. Außen würden sie umkommen.«

Eine Bewegung ging durch die Gaffenden: Ein ganzes Rudel der fremdartigen Geschöpfe lief durch das Gehege und verschwand in einem der Gebäude, die man für sie gebaut hatte. Sie waren so eng eingerichtet, daß sich ihre Bewohner nicht dauernd darin aufhalten konnten; und doch versuchten sie sich oft lange Zeit hindurch in irgendwelchen Winkeln zu verkriechen – und sich den Blicken der Besucher zu entziehen.

»Kommt, gehen wir! Es ist kein angenehmer Anblick!«

Der Vater zog das Kind mit sich. Noch im Gehen blickte es ins Gehege zurück – hinter einem Busch, halb versteckt, stand ein Junge und zog ihm eine Fratze.

400 Jahre früher

Nun ist eingetreten, was man seit Generationen befürchtet hatte. Die immer wieder erneuerten Verträge, die strengen Verordnungen, die Zusatzklauseln, die strikte Abgrenzung, ja selbst die angedrohten Sanktionen – das alles ist jetzt wertlos. Polizei, Militär und Schutztruppen haben nichts mehr zu bestellen. Ein paar geöffnete Luken, und die Luft würde verpestet sein. Einige niedergerissene Dämme, und das Wasser wäre für immer verdorben. Ob Freiwilliger oder Dienstpflichtiger, wer wollte sich gegen einen Feind wehren, dessen Unempfindlichkeit ihn besser schützte als ein hermetisch abgeschlossener Panzer?

Zunächst war es angenehm gewesen. Die freien Bewohner der Stadt begrüßten den Entschluß der Verantwortlichen, die Areale zu verkaufen. Die düsteren Gestalten waren eingezogen, der Abschaum der Menschheit. Verstohlen hatten die Einheimischen zwischen den Latten ihrer Jalousien hinausgeblickt, als die Fremden in offenen Lastwagen gebracht wurden. Sie sahen häßlich aus, schmuddelig, schleimig. Man konnte sich vorstellen, daß sie schwitzten und stanken. Und dann sprangen sie herab, Männer, Frauen und Kinder, und wimmelten wie Ameisen über den Halden.

Man hatte Luftvorhänge eingerichtet, Mauern, elektrische Zäune, hatte dafür gesorgt, daß alles, was einmal drinnen war, auch drinnen blieb. Durch riesige Kanalröhren, in denen ein ständiger, einwärtsgerichteter Wind aufrechterhalten wurde, warf man die Abfälle hinein – Essensreste, Autowracks, Müll aus Wohnungen, Fabriken, Unterhaltungsstätten. Abfälle aus Desinfektionsanstalten und Spitälern, alte Kleidung, Tierkadaver. Durch Röhren leitete man die Abwässer hinein, aus Wohnbezirken, aus chemischen Werken, eine Brühe voll von Faulschlamm, Nitriten, Arseniden, Antimoniden, Blei- und Quecksilbersalzen, radioaktiven Abfällen, Detergentien, Antibiotika. Das alles wurde aufgesogen, einverleibt wie von einem nimmersatten Tier – und auf irgendeine Weise verdaut.

Biologen und Ärzte hatten ein baldiges Ende jener entarteten Menschen vorausgesagt, die sich freiwillig in eine lebensfeindliche Umgebung begeben hatten, und manche hatten sogar dagegen protestiert. Sie sahen aber schließlich ein, daß das Problem der Übervölkerung nicht anders zu lösen war, und gaben ihren Widerstand auf. Doch, wie schon so oft, hatten die Fachmänner unrecht gehabt. Die Leute schienen sich wohl zu fühlen, sie blieben gesund und gediehen. Und sie erfüllten ihre Aufgaben. Sie brachten Ordnung in das Chaos, schufen Raum für neue Abfälle, halfen zur besseren Ausnutzung des Platzes. Aber sie bauten auch Wege, Wohngebäude, züchteten Algen und Pilze, verschmolzen Metalle ... Kommissionen, die sich von Zeit zu Zeit ins Innere wagten, berichteten darüber.

Ja, sie gediehen – und vermehrten sich; niemand hätte das für möglich gehalten, aber es geschah. Das Problem ihrer Fruchtbarkeit stellte sich erneut und nachhaltiger. Sie wurden immer mehr, der Platz wurde ihnen zu klein. Und nun kamen ihre Forderungen: Sie verlangten eine Erweiterung der Areale, sie verlangten mehr Müll!

Es blieb nichts übrig, als ihnen nachzugeben – um so mehr als sie ja dem Zuge der Entwicklung entgegenkamen. Die Müllagerplätze dehnten sich aus, der bewohnbare saubere Raum wurde kleiner, und schließlich kam das Gesetz, das die weitere Abtrennung von Ablagerungsplätzen verbot ...

Aus der Ferne ertönt Geschrei. Über den grauen Blöcken der Kompostierungsanlage steigen braune Dämpfe auf. In der Luft liegt ein ekliger, dumpfer Geruch. Es kann nicht mehr lange dauern ...

300 Jahre früher

»Wir machen Ihnen ein faires Angebot«, sagte der Botschafter.

»Wir kaufen alle fraglichen Areale. Unser Angebot liegt nicht hoch, aber das Land ist für Sie sowieso nicht nutzbar. Sie haben das Recht, Ihre Abfälle weiterhin dort hinzubringen. Dazu übernehmen wir die Verpflichtung, sämtliche Arbeiten durchzuführen, die in diesen Gebieten anfallen. Dieses Angebot ist sehr vorteilhaft für Sie – denken Sie an die Gesundheitsschäden, die sich Ihre Leute dort bisher zugezogen haben! Diese Sorge wären Sie jetzt los.«

Die Gruppe von Politikern, mit der er sprach, hatte sich so weit von ihm zurückgezogen, wie es die Höflichkeit zuließ. Zwar unterschied sich der Botschafter äußerlich nicht allzuviel von ihnen, aber jeder wußte um die Besonderheiten jenes Volkes, das er vertrat und dem er schließlich auch angehörte. Man ekelte sich vor diesen Leuten und zeigte es auch, wenn der Zufall einmal eine der seltenen Begegnungen herbeiführte. In diesem Fall allerdings war die Situation ein wenig anders. Das Angebot, das er ihnen machte, war so verlockend, daß sie es einfach annehmen mußten – wertloses Land für teures Geld verkaufen, und dazu noch beachtliche Vorteile einhandeln. Freilich – auch die andere Seite stand unter Druck: Ihr kleines Land platzte aus den Nähten – und die Leute konnten nicht auswandern. Wohin hätten sie gehen sollen?

Und nun war diese Idee mit den Enklaven aufgetaucht; niemand wußte, von wem sie eigentlich stammte. Aber sie war bestechend. Auch ein politischer Vorteil lag darin: Der Vertrag würde dazu beitragen, daß in der freien Welt ein Unruheherd verschwand, daß die Gefahr einer kriegerischen Expansion verringert würde...

Nach kurzer Beratung wurde das Angebot angenommen.

200 Jahre früher

»Ich sehe keinen Ausweg«, sagte der Wirtschaftsminister. »Ein Land wie unseres, ein lächerliches Fleckchen Erde, zwischen großen Nachbarn eingezwängt, kann auf die Dauer nicht unabhängig bleiben. Ich sehe keinen Weg, um die finanzielle Situation zu retten, um so mehr als der Herr Gesundheitsminister gerade heute mit absolut utopischen Forderungen für die Finanzierung des Umweltschutzes hervorgetreten ist...«

Ein rundlicher, grauhaariger Mann sprang auf. »Meine Herren, Gesundheit ist wichtiger als Geld! Wir dürfen nicht zulassen, daß unser Wasser vergiftet wird, daß die Luft...«

»Das bedeutet Millionen!«

Der Vorsitzende hob die Hand: »Bitte beruhigen Sie sich! Der Fachausschuß für Environtologie hat das Ergebnis einer Studie vorgelegt, das geradezu frappierend ist – nicht nur, weil es alle unsere Probleme mit einem Schlag löst. Ich schlage vor, wir informieren uns aus erster Hand! Wenn Sie einverstanden sind, treffen wir uns nach dem Mittagessen im biologischen Institut der Universität.«

Der Vorstand des Instituts selbst empfing die Regierungskommission. »Unsere Forschungen begannen mit der Züchtung eines stadtharten Baums. Er muß in versalzenem Boden gedeihen, vor allem gegen Streusalze unempfindlich sein. Er muß Abgase, Staub und Ruß vertragen, Kunstlicht und Vibrationen bis hoch in den Infraschallbereich hinein dürfen ihm nicht schaden. Das Ergebnis hat alle Erwartungen übertroffen. Sehen Sie!« Ohne seinen Stolz ganz zu verbergen, deutete der Biologe auf einen großen Blumentopf in der Ecke des Raums, den seine Gäste bisher nicht beachtet hatten. Aus grauer verkrusteter Erde wuchs ein knorriger Stamm heraus, verzweigte sich in einige Zweige. Daran hingen große dickfleischige, zerfiederte Blätter. »Das ist sie: unsere Neuzüchtung, der stadtharte Baum. Wir haben ihn den härtesten Tests unterworfen: Er verträgt nicht nur die Abgase – er braucht sie sogar! In Luft, die frei von Kohlenmonoxid und Schwefeldioxid ist, geht er ein.« Der Gelehrte stand auf. »Und nun bitte ich Sie, mir zu folgen!«

Während die Gruppe durch die Gänge des Instituts wanderte, fuhr er fort: »Unsere Überlegungen beruhen auf einer alten Erkenntnis: daß auch der Mensch ein adaptives Wesen ist – in noch viel stärkerem Maß als ein Baum. Gerade das wurde aber bisher in der Environtologie nicht berücksichtigt. Man hat die Umgebung dem Menschen anzupassen versucht – was schwer und teuer ist – und dabei Schiffbruch erlitten. Warum gehen wir nicht den umgekehrten Weg: Warum passen wir den Menschen nicht der Umgebung an? Bisher haben wir jede Veränderung der Luftzusammensetzung, jede Anreicherung des Wassers mit Fremdstoffen mit Angst registriert. Warum stellen wir uns nicht positiv zu jeder Veränderung und überlassen es dem Menschen, sich darauf einzustellen? Bitte, treten sie ein!«

Er öffnete die Tür zu einem Laboratorium, die Politiker folgten ihm. Vor ihnen lagen Glastanks, darin trübe Lösungen oder Schwaden von schmutzigen Dämpfen. Undeutlich konnte man Bewegungen erkennen, Zittern, Zucken ...

»Wir haben Embryos in Nährflüssigkeiten aufgezogen und sie als Säuglinge in Brutkästen weiterbetreut. Daran ist an sich nichts Ungewöhnliches. Das besondere sind die Umweltbedingungen, die wir aufrechterhalten: Die Luft enthält hohe Prozentsätze Kohlenmonoxid und Schwefeldioxid und ist künstlich mit cancerogenen Stoffen aus den Abgasen von Autos angereichert. Das Wasser gewinnen wir aus dem Filtrat einer Kläranlage. Es enthält alle üblichen Verunreinigungen in überhöhter Konzentration, insbesondere eine reichhaltige Auswahl pathogener Bakterien, dazu noch einige ausgesprochene Giftstoffe, deren Anteil wir allmählich steigern. Alle diese Ingredienzien müßten eigentlich tödlich wirken. Aber tun sie es? Nein – im Gegenteil: Die Organismen haben sich angepaßt. Sie sehen es selbst: Die Babys leben, fühlen sich wohl, wachsen zu fröhlichen Kindern heran. Sie werden gesünder sein als wir!«

Die Politiker schwiegen, starrten, staunten. Ihr Unbehagen war unverkennbar. Aber sie sahen ein: Menschen, die sich einem erhöhten Schmutzpegel angepaßt haben, brauchen keine kostspieligen Vorkehrungen zur Reinhaltung des Lebensraums.

Der Finanzminister meldete sich: »Sehr eindrucksvoll ... aber, was ich nicht verstehe: wieso löst das unsere Finanzprobleme?«

»Ganz einfach«, antwortete der Vorsitzende und legte ihm die Hand auf die Schulter: »Wir ersparen nicht nur die Kosten für den Umweltschutz, sondern wir erschließen zusätzlich eine außerordentlich ergiebige Einnahmequelle: Wir erklären uns bereit, sämtliche Abfälle unserer Nachbarstaaten aufzunehmen – gegen gute Bezahlung versteht sich.«

»Das bedeutet eine völlige Abkehr von altbewährten Prinzipien«, warf der Gesundheitsminister ein.

»... aber eine Lösung unserer Probleme«, meinte der Regierungschef. »Meine Herren, ich glaube, unser Weg in die Zukunft ist gesichert.«

Waffenhandel

Kein Wesen ist so häßlich wie der Mensch. Schon die schlaffe bleiche Haut, die formlosen Gesichter, die weichen Hände. Noch schlimmer aber die Ausstrahlungen – die Gemeinheit, die Bosheit, die Aggression, die aus ihm herausdünstet wie ein übelriechendes Narkotikum ... Andere hatten es ihm gesagt – Grom hatte noch keinen Menschen gesehen, jedenfalls nicht aus der Nähe. Er hatte auch nicht den Wunsch gehabt, einen Menschen zu sehen. Und nun der Auftrag ...

Er stand in einem Kraterfeld des Erdmonds, im Koordinatenkreuz 63° NB und 6° WL, genau wie vereinbart. Er stand reglos und wartete. Doch seine Gedanken arbeiteten. Innerlich bereitete er sich auf das Gräßliche vor – die Begegnung mit einem Menschen. Über ihm hing die blaugrüne Kugel des Planeten Erde. Seine Entdeckung war eine Sensation für die Wissenschaft gewesen – und dann ein Schock. Ein Planet mit so reichem Bestand an Leben, ein Planet, dessen Lebensbedingungen sich gar nicht so sehr von jenen ihres armen Heimatplaneten unterschieden. Eine Welt mit einem Überfluß an Wasser – es kam im Boden vor, in der Luft, vor allem aber oberflächlich, in riesigen Ansammlungen. Eine Welt mit reichem Gehalt an Sauerstoff, Wasserstoff, Stickstoff. Eine solche Welt mußte ein Paradies sein.

Und in einem solchen Paradies lebt ein Wesen wie der Mensch! Im ganzen Weltraum hatten sie keine intelligente Lebensform gefunden, die auch nur annähernd so durchtrieben böse war, so falsch, so hinterhältig, so zerstörerisch – ganz auf die Vernichtung anderer Wesen eingestellt. Seine Mordlust machte nicht einmal vor seinesgleichen halt – Menschen brachten es fertig, andere Menschen zu töten, sie setzten sogar technische Mittel ein, um das in großangelegten Aktionen zu tun. Zu Lande, zu Wasser und in der Luft fielen sie über andere her, setzten sie einem Hagel von Geschossen aus, besprühten sie mit ätzenden Chemikalien, ließen Bakterien auf sie herabregnen und entzündeten radioaktive Feuer, in denen die Überfallenen umkamen – und manchmal auch die Angreifer selbst.

Grom merkte, wie sich das Entsetzen in ihm ausbreitete. Gerade er mußte mit dieser schrecklichen Mission betraut werden! Er fürchtete, ihr nicht gewachsen zu sein. Würde er die Nähe eines

Menschen vertragen können? Er besaß keinen Schutzpanzer, denn er brauchte keinen, und er hatte keine Waffe. In seiner Welt gab es keine Waffen. Seine ganze Ausrüstung diente einem friedlichen Zweck: Mit einer Magnetschließe befestigt trug er das Kästchen mit dem Übersetzungsautomaten an seiner Brust – für die Verständigung war gesorgt.

Aus dem Dunkel des schwarzen Himmels löste sich ein heller Punkt – er sah es mit seinem Rückenauge. Und selbst auf diese Entfernung hin glaubte er einen Hauch des Bösen wahrzunehmen, das der Mensch um sich verbreitete ...

Jahrelang hatten sie die Erde beobachtet. Als sie die schreckliche Wahrheit erkannt hatten, waren sie nur noch selten gelandet – an entlegenen Stellen, um Proben von Mineralien oder Pflanzen zu entnehmen. Der erste Versuch eines Kontakts mit den Menschen hatte sie ein Raumschiff gekostet – und ein Team von Wissenschaftlern. Man hatte einen großen freien Platz inmitten einer der Städte zum Landeplatz bestimmt. Das Schiff hatte noch nicht aufgesetzt, als man es mit Feuer eindeckte, so lange, bis es nur noch ein Klumpen verbogenen Metalls war.

Von da an hatten sie die Menschen aus der Ferne beobachtet – jahrzehntelang. Sie hatten die Wogen der Zerstörung verfolgt, die von Zeit zu Zeit alles überschwemmten, das regelmäßige Aufflackern der Aggression, das sich nicht eher aufhalten ließ, als bis weite Landstriche vernichtet waren. Sie hatten festgestellt, daß die Waffen immer wirkungsvoller wurden, Meere zum Sieden brachten und Kontinente zerstörten. Und sie hatten gemerkt, wie der Mensch lernte, Raumschiffe zu bauen, und daß er sich anschickte, die Erde und das übrige Sonnensystem mit seinen unbewohnbaren Planeten zu verlassen und den Raum seiner Aktivität in das All zu verlegen ...

Das plumpe Schiff des Menschen setzte nicht weit von Grom auf. Die Fenster waren beleuchtet, er sah einen Schatten, eine winkende Hand. Eine Wand öffnete sich – eine Schleuse –, eine Leiter wurde heruntergekippt.

Grom kämpfte gegen eine Panik an und zwang sich zurückzuwinken. Er setzte sich in Bewegung und kletterte die Leiter hinauf. Er betrat die Schleuse und wartete. Nach einigen Sekunden öffnete sich die Innentür, und er trat ein.

Es war noch schrecklicher, als er gefürchtet hatte. Nicht das Aussehen störte ihn – darauf war er vorbereitet – aber die überwältigende Ausstrahlung perverser Gedanken. Aber jetzt war er ruhig. Er wußte, daß jeden Moment Explosivgeschosse in seinen Leib einschlagen könnten, aber er hatte die Panik überwunden. Er dachte nur noch an seine Aufgabe, und daran, sie möglichst rasch hinter sich zu bringen.

»Hallo«, sagte Snider. »Kommen Sie näher! Wollen Sie sich setzen? Ich könnten Ihnen einen Whisky anbieten, aber ich schätze, Sie trinken ihn nicht. Na, dann prost!« Er schenkte sich ein Glas voll und trank einen kräftigen Schluck.

»Können wir zu unserem Geschäft kommen?« fragte Grom. Er blieb unbewegt in der Mitte des Raums stehen. Die Verständigung war gut, stellte er fest. Der Übersetzungsautomat funktionierte.

»Sie haben es eilig?« fragte Snider. »Ich verstehe – an mir soll's nicht liegen. Woran haben Sie gedacht? An H-Bomben, bakteriologische Waffen, L-Strahler, Virusgifte? Ich habe da einige brauchbare Sachen.« Er streckte den Arm aus. Auf einen Knopfdruck hin glitt eine Schiebetür zur Seite. In Regalen aufgereiht, von Kunststoffolie umhüllt und an Halterungen sorgfältig befestigt, sah man alle möglichen Gebilde, deren Funktion sich Grom nicht erklären konnte – spindelförmige Körper, kopfgroß, meterlange Metallzylinder, winzige Phiolen mit durchsichtigen Flüssigkeiten ...

Grom trat näher. Er deutete mit seiner zwölffingrigen Greifhand auf einige Stücke. »Was ist das?«

»Das sind Pistolen«, sagte Snider stolz. »Alle möglichen Typen und Kaliber. Brauchen Sie Pistolen? Ich habe noch große Vorräte ...«

»Was macht man damit?« fragte Grom.

Snider lachte. »Sie sollten sich ein paar Krimis anschaun!« Er wurde schnell wieder sachlich, als sein Blick auf Groms Schuppenkopf fiel. »Es ist ein Waffe für den Nahkampf. Man kann damit einzelne Personen sehr wirkungsvoll ... nun, sagen wir: um die Ecke bringen. Haben Sie etwas dergleichen im Sinn? Sehen Sie, ich zeige es Ihnen!«

Er nahm einen Revolver aus dem Regal, stellte einen Hebel um. An der Wand wurde eine Zielscheibe sichtbar – der Umriß eines Menschen. Snider schoß – man sah die Einschüsse an Kopf, Hals und Unterleib. Grom merkte das Vergnügen, das Snider daran hatte.

»Nein«, sagte Grom. »Ich brauche etwas Wirksames, etwas für eine großangelegte Aktion.« Er näherte sich dem Regal und blickte auf die sauber gearbeiteten Bomben, Granaten und Torpedos.

»Oh«, sagte Snider und legte den Revolver ins Regal zurück. »Da sind Sie bei mir an der richtigen Stelle. Von mir bekommen Sie kein Spielzeug. Dieses Gerät hier, ein L-Strahler – eine sehr sinnreiche Anwendung des Laserprinzips. Auf diese Weise können Sie große Energien verzögerungsfrei in die Ferne werfen und dabei sehr genau zielen. Und hier haben wir eine automatische Rakete – sie steuert ihr Ziel selbst an. Im Kopf können Sie eine Atombombe anbringen, aber auch organische Gifte, chemische Kampfstoffe usw. Und hier, diese Flüssigkeit, über Trinkwasser verabreicht, verbrennt jedes Lebewesen von innen heraus. In jenem Gefäß ist Transuran 113. Vor der Applikation wird es durch Neutronen aktiviert. Einige Mikrogramm auf die Haut gebracht, führen zu einem Zerfallsprozeß, der sich innerhalb von Sekunden über die gesamte Körperoberfläche verbreitet. Wir haben auch langsam wirkende radioaktive Präparate für gezielten Effekt – man kann die Lunge und die Leber, die Milz, das Gehirn zersetzen und verfaulen lassen. Auch für den Großraumeinsatz ist gesorgt. Sehen Sie, dieses Ding hier ist ein Zerstrahlungskatalysator. Er zerstört jede komplexe organische Struktur. Die Wirkung pflanzt sich blitzschnell über Tausende Kilometer fort. Damit können Sie das Leben auf einem ganzen Planeten vernichten.« Er nickte bekräftigend. »Eine ausgezeichnete Waffe – mit selektiver Wirkung. Alles technische Inventar bleibt unangetastet.«

»Doch, ja, das wäre vielleicht brauchbar«, sagte Grom überlegend. »Aber wer garantiert, daß die Waffe das hält, was sie verspricht?«

Snider lachte wieder. Sein Lachen war schrill, und Grom fing eine Gedankenausstrahlung ein, in der sich der Gemütszustand des Menschen mit aller Nacktheit entblößte – es war die Inkarnation des Grausamen, des Entarteten, des Irrsinns. Ich muß es hinter mich bringen, dachte er.

»Kommen Sie«, forderte ihn Snider auf. Er trat an das Okular eines Fernrohrs, das auf die Erde gerichtet war. »Hier können Sie jede Einzelheit sehen. Die Waffe wurde angewandt, erst gestern – wußten Sie das nicht?« Seine Worte wurden zu einem Geflüster. Wieder bemerkte Grom schaudernd die starke mentale Ausstrahlung. »Alles Leben auf der Erde wurde vernichtet. Überzeugen Sie sich! Einen besseren Beweis gibt es nicht. Stellen Sie nur die Vergrößerung ein, wie Sie es wollen!«

Er machte Grom Platz, der eines seiner Kugelaugen an das Okular zu bringen versuchte. Und dann sah Grom die tote Erde – die verwüsteten Städte, die verbrannten Pflanzungen, die kahle Landschaft, er sah Details, Spuren von Menschen, zu Staub zerfallen, leere Kleidungsstücke, Schuhe, Büschel von Haaren, und daneben immer wieder die Häufchen von Staub.

»Ja«, sagte Snider. »Es ist vorbei. Ich bin übriggeblieben. Allein. Und es ist völlig logisch, daß gerade ich übriggeblieben bin – ich, der die Waffen geliefert hat.« Er drehte sich zu Grom um, der vom Fernrohr zurückgetreten war und wieder neben dem Regal stand.

»Ich freue mich«, sagte Snider, »daß wir Kontakt aufgenommen haben. Ich muß mich ja jetzt nach neuen Märkten umsehen. Haben Sie sich entschlossen? Nehmen Sie diese Waffe?«

Grom rückte näher an das Regal heran. Er streckte die Hand aus. »Unter diesen Umständen«, sagte er, »genügt mir das!« Er hob die Pistole und richtete sie auf Snider. Jetzt hatte er keine Bedenken mehr. Er tat, was er tun mußte.

Kleopatra III.

»Möchtest du nicht ein wenig zu mir ins Labor kommen?« fragte der alte Mann.

Kleopatra lag lang dahingestreckt am Kamin. Sie blinzelte vorwurfsvoll: »Du hast mich aufgeweckt!«

Der alte Mann setzte sich müde auf den aus Bambusrohr gebundenen Schaukelstuhl und blickte auf Kleopatra herab – eine prächtige Katze, seidengraues Fell, gelbe Augen. »Wir haben seit einer Woche nicht mehr gearbeitet«, sagte er.

»Ich habe keine Lust«, entgegnete Kleopatra. »Nicht die geringste Lust.« Sie erhob sich, gähnte, streckte sich: »Laß mich hinaus, ich will sehen, ob es im Schuppen Mäuse gibt.«

»Es ist noch frische Leber im Kühlschrank«, sagte der alte Mann.

»Idiot«, antwortete die Katze. »Es geht mir nicht ums Fressen – es geht mir um die Jagd.«

Sie sprang aufs Fensterbrett und blickte sich hochmütig um. Seufzend stand der alte Mann auf und öffnete einen Spaltbreit die Fensterflügel. Die Katze schlüpfte hinaus.

Der alte Mann schlurfte zu seinem Stuhl zurück, setzte sich und schloß die Augen.

Heute hat es endlich geklappt. Prof. Shulman sagte zwar gleich, als ich in sein Zimmer kam, er hätte nur zehn Minuten Zeit – dann unterhielten wir uns aber doch fast eine Stunde lang. Zuerst war er etwas erstaunt, als ich darum bat, bei ihm dissertieren zu dürfen, aber dann schien er sich mit diesem Gedanken anzufreunden. Er erinnerte sich an das Seminar über Gewebemikroskope, das ich bei ihm gemacht hatte . . . Vielleicht half es mir auch, daß ich mein großes Interesse an den Gedächtnismolekülen betonte. Das Thema meiner Dissertation wird lauten: »Der biochemische Aspekt der Pawlowschen Reflexe.« Prof. Shulman meinte zwar, er werde mir und meinen Arbeiten nicht allzuviel Zeit widmen können, aber das soll mir nur recht sein – ich bin dann viel selbständiger!

Ich habe mich entschlossen, als Versuchstiere Katzen zu verwenden. Einige Kollegen haben mich zwar gewarnt – sie meinen, daß die Verhaltensmuster dieser Spezies zu kompliziert für grundlegende Untersuchungen seien. Gerade das erscheint mir aber vorteilhaft: Je intelligenter ein Tier ist, um so eher wird es unserem Verständnis zugänglich. Ausschlaggebend aber war, daß Katzen visuell eingestellte Wesen sind. Ich glaube, daß ihre Vorstellungswelt jener des Menschen viel ähnlicher ist als jene von Tieren, die sich vor allem durch das Gehör oder den Geruchssinn orientieren. Ich vermute sogar, daß die Logik der Handlungen und des Denkens ganz entscheidend davon beeinflußt ist, ob man zweidimensionale oder nur eindimensionale Mannigfaltigkeiten aufnehmen kann. Hier muß doch jedes Augenwesen erhebliche Vorteile haben!

...

Nun beschäftige ich mich schon ein Jahr mit Katzen, und ich kann nicht gerade sagen, daß sich bereits ein Resultat abzeichnet. Das liegt vor allem daran, daß sich ein Zusammenhang zwischen den Reflexen und dem Gedächtnisstoff ergeben hat. Die Einübung eines bedingten Reflexes ist nichts anders als ein Lernprozeß, und er muß sich deshalb irgendwie durch die Veränderung eines RNS-Moleküls äußern. Dieser Frage muß ich nachgehen! Meine Arbeit wird sich zwar ein wenig verlängern, aber dadurch wird die Sache erst richtig interessant.

...

Das erste greifbare Resultat! Den entscheidenden Durchbruch habe ich allerdings weniger meiner eigenen Arbeit zu verdanken als der Gefälligkeit von anderen: vom Baylor College of Medicine in Houston erhielt ich einige Peptide, die sie aus den Gehirnen von Ratten gewonnen hatten. Es sind erprobte Gedächtnisstoffe, und sie werden nur an wenige Stellen der ganzen Welt verschickt – zur Verifizierung der Ergebnisse. Ich bin sehr stolz darauf, daß man gerade mir etwas davon gegeben hat, aber das habe ich natürlich Prof. Shulman zu verdanken.

Ich glaube, ich bin einer großen Sache auf der Spur: Es dürfte möglich sein, Tiere intelligenter zu machen – später vielleicht sogar Menschen. Prof. Shulman ist zwar ein wenig skeptisch, er hat mich gemahnt, auf dem festen Boden zu bleiben. Aber er ist durchaus damit einverstanden, daß ich in dieser Richtung weitergehe. Das bedeutet zwar wieder eine gewisse Verlängerung der Forschungsarbeit, aber vielleicht bekomme ich ein Stipendium. Dann werden sich meine Eltern ein wenig beruhigen – sie sind schon ungeduldig, da sie mich am liebsten in einem festen Beruf sehen würden.

...

Ich hab es doch gewußt! Katzen sind viel intelligenter, als man ihnen zutraut. Diese geringe Meinung rührt wahrscheinlich daher, daß es keine Verständigung mit ihnen gibt. Man ist oft versucht, jemand, der schweigt, für dumm zu halten.

Gewiß ist es mühevoll und zeitraubend, die Intelligenz auf andere Art zu prüfen. Ich habe mit Labyrinthversuchen angefangen, was sich aber nicht als besonders günstig erweist – die Ergebnisse lassen sich schlecht quantifizieren. Nun arbeite ich mit verschiedenen Kombinationen optischer, akustischer und mechanischer Signale, deren Informationsgehalt eindeutig festlegbar ist. Aber selbst dabei gibt es Schwierigkeiten – nicht, weil die Katzen die Probleme nicht lösen können, sondern weil sie oft nicht wollen. Sie sind eigenwillig, manchmal geradezu starrsinnig. Aber ich beginne ihre Mentalität immer besser zu verstehen, und selbst mein Kollege Towser, der nie viel von meinen Katzenversuchen hielt, hat das zugegeben. Er hat übrigens seine Arbeit abgeschlossen und geht nächste Woche in die Industrie.

...

Jonathan, mein bevorzugtes Versuchstier, scheint alt zu werden. Ich werde neue Katzen trainieren müssen, mit einem halben Jahr Zeitverlust ist zu rechnen. Ich werde die Versuche aber gleich in größerem Umfang angehen. Prof. Shulman hat mir eine Hilfskraft versprochen. Weiter habe ich zwei Räume im Keller seines Instituts bekommen. Zwar bin ich dadurch von den andern ein wenig isoliert, aber ich kann in Ruhe arbeiten.

Immer mehr beschäftigt mich eine Idee: Es müßte möglich sein, das erlernte Wissen vererbbar zu machen. Das scheint natürlich den Grundsätzen der Biologie zu widersprechen – ich glaube aber, daß es einen Weg gibt, sie zu umgehen. Da wir jetzt einige Gedächtnismoleküle genau kennen, dürfte es keine prinzipiellen Schwierigkeiten bereiten, die DNS der Gene, die dazu wie der Schlüssel zum Schloß paßt, dementsprechend zu verändern. Ich habe sogar schon eine Vermutung, wie sich die Aminobasen einbauen ließen ...

...

Meine Arbeiten werden immer interessanter. Ich habe Prof. Shulman vorgeschlagen, das Thema meiner Dissertation auf die molekularbiologische Grundlage der Intelligenz zu erweitern. Er war damit nicht einverstanden, sondern meinte, ich sollte meine

Dissertation über das ursprüngliche Thema abschließen – man würde sehen, ob ich nicht später auf diesem Gebiet weiterarbeiten könnte.

...

Nun habe ich doch einen Forschungsauftrag bekommen. Er läuft vorderhand auf fünf Jahre. Natürlich könnte ich meine bisherigen Ergebnisse veröffentlichen, es widerstrebt mir aber, etwas Halbes an die Öffentlichkeit zu geben.

Leider gab es einen Streit mit Jennifer. Sie will nicht länger auf mich warten, ja sie erklärte sogar, meine Arbeit mit den Katzen gehe ihr auf die Nerven, und sie hätte es sowieso nicht länger ausgehalten. Ich war nahe dran, den Forschungsauftrag abzulehnen, habe mich dann aber doch eines Besseren besonnen. Vielleicht überlegt sie es sich noch!?

Das alles aber verblaßt gegenüber einer Möglichkeit, die sich vage abzuzeichnen beginnt. Eine Forschungsgruppe im Cambridge hat jene Genabschnitte entdeckt, die den Aufbau des Nervensystems bestimmen. Und damit komme ich einem Wunsch näher, an den ich bisher kaum zu denken gewagt habe – nämlich den Katzen sprechen beizubringen. Nach meiner Überzeugung ist das weniger eine Frage der Stimmbänder als eine solche ihrer Steuerung. Es wäre geradezu phantastisch: Ich könnte mir alle mühseligen Versuche ersparen und die Katzen abfragen wie ein Lehrer seine Schüler!

Vor dem Fenster miaute es fordernd. Der alte Mann schreckte aus seinen Träumen auf. Er trat zum Fenster und öffnete es. Die Katze sprang herein, und als der alte Mann das Fenster schließen wollte, schoß ein schwarzer Pfeil durch den noch offenen Spalt: ein riesiger Kater, ein häßliches Exemplar mit struppigem Pelz und einem zerbissenen Ohr, der sofort unter der Couch verschwand. Auf dem Fensterbrett und auf dem Teppich blieben Dreckspuren seiner Pfoten zurück.

»Der Kater muß hinaus«, sagte der alte Mann.

»Der Kater bleibt«, antwortete Kleopatra und krümmte sich zu einem weit ausladenden umgekehrten U.

»Er muß hinaus«, wiederholte der alte Mann. »Ich will ihn nicht in meiner Wohnung haben. Er ist schmutzig und er stinkt. Er stört uns bei unserer Arbeit.«

Der alte Mann ging in den Abstellraum und holte einen Besen.

Er kniete vor der Couch nieder und stocherte darunter mit dem Stiel herum. Kleopatra sah ihm eine Weile zu. Als dann unter der Couch ein wütendes Fauchen erscholl, fegte sie herbei und fuhr den alten Mann an: »Wenn du nicht sofort aufhörst, helfe ich dir nie mehr bei deiner Arbeit.«

Der alte Mann überlegte kurz, dann zuckte er die Achseln, stand ächzend auf und brachte den Besen in den Abstellraum zurück. Er ging in sein Labor und blätterte zerstreut in den Protokollen. Doch er brauchte keine Gedächtnishilfe: Er erinnerte sich an jeden einzelnen Test, als wäre es heute gewesen.

Jetzt habe ich eine sprechende Katze! Die Töne, die sie von sich gibt, sind zwar schwer zu verstehen, aber man lernt es doch, sie zu differenzieren. Natürlich ist das Vokabular beschränkt, aber selbst wenn sie nur »ja« und »nein« sagen könnte, so wäre das schon ein erheblicher Vorteil! Das, was mir bisher die größten Schwierigkeiten macht, ist es, die Katzen dazu zu veranlassen, daß sie von ihren neu erworbenen Fähigkeiten auch Gebrauch machen! Ich glaube, dazu muß ich mich erst viel intensiver mit der Psychologie der Katzen beschäftigen. Die »Psychologie der Katzen«! Wer hätte bisher überhaupt an so etwas gedacht? Mit der Fähigkeit zur Sprache aber scheinen manche Barrieren ganz von selbst zu fallen. Und ich beginne immer mehr zu erkennen, daß Tiere doch ein weitaus komplizierteres Gefühlsleben haben, als man bisher angenommen hat.

Nun arbeite ich bereits mit der achten Generation von Katzen – wie gut, daß mein Forschungsauftrag um fünf weitere Jahre verlängert wurde. Prof. Shulman hat mir sogar eine Assistentenstellung angeboten, aber ich habe abgelehnt. Es hätte bedeutet, daß ich meine Untersuchungen nur mit halber Kraft weiterführen könnte, und gerade in diesem Stand der Forschungen ist das unmöglich.

...

Intelligenz hat sich als eine vererbbare Eigenschaft erwiesen. Es geht mir dabei nicht so sehr um die Vererbung von Wissen als um die Vererbung der prinzipiellen Möglichkeit, Wissen aufzunehmen ... Ich habe systematische Zuchtversuche begonnen, habe die intelligentesten Tiere miteinander gekreuzt. Leider bringt das einige Nachteile mit sich – es ist oft schwer festzustellen, von welchem Elternteil die auftretenden Eigenschaften stammen, und manchmal kommt es auch zu Kombinationen anderer Art, als man erwarten würde. Weitaus besser hat sich die Methode der Jungfernzeugung bewährt – kein Problem mehr, seit es gelingt, jede beliebige Körperzelle als Keimzelle zu aktivieren. Die Ergebnisse sind tatsächlich verblüffend: man scheint es über Generationen hinweg mit denselben Individuen zu haben.

...

Der undurchsichtige Charakter der Katzen macht mir zu schaffen. Je mehr ihre Intelligenz steigt, um so eigenwilliger scheinen sie zu werden. Aber allmählich beginne ich sie recht gut zu verstehen. Mir scheint, ihre Philosophie ist vernünftiger als die des Menschen. Sie tun nur, was sie wollen, und sie sind zufriedener, als es ein Mensch je sein könnte. Sie können sich wunderbar entspannen, und die Stunden der Ruhe sind für sie der höchste Genuß. Der Mensch könnte viel von ihnen lernen.

Manchmal geben sie erstaunliche Zeugnisse ihrer Fähigkeiten. Mit einer Katze, ich habe sie Kleopatra genannt, konnte ich bereits komplizierte logische Probleme lösen. Dabei hat sie mich geradezu übertrumpft – sie nannte mir richtige Resultate von Aufgaben, die ich nur mit Hilfe der symbolischen Logik lösen konnte.

...

Gestern hat mich eine Kommission der Forschungsgemeinschaft im Labor besucht. Die Herren haben sich meine Ausführungen mit großem Interesse angehört, und auch Prof. Shulman hat sich prächtig benommen. Zwar ist er seit einigen Jahren pensioniert, aber noch immer gilt er als der Betreuer meiner Forschungen. Manches von dem, was ich im Laufe der letzten dreißig Jahre erarbeitet habe, konnte er weitaus besser darstellen als ich.

Der Besuch hatte natürlich seinen Grund; zwar hat man mir es nicht offiziell mitgeteilt, aber ich habe doch erfahren, daß es um die Fortsetzung meiner Arbeiten geht. Ich hoffe sehr, daß man mir die angeforderten Einrichtungen genehmigen wird! Der dafür notwendige Betrag ist zwar nicht gering, aber bei der Bedeutung der neuen Erkenntnisse ...

Eine gewisse Hoffnung habe ich auch, daß man mein Stipendium ein wenig aufbessern wird. Zwar habe ich nie viel Geld verbraucht, aber es war doch bitter, als ich vor einigen Wochen die Wohnung, die ich seit dem Tod meiner Eltern allein bewohne, verlassen mußte. Ich bin ein wenig weiter hinaus vor die Stadt gezogen, in ein kleines Holzhaus, das ich einigermaßen preiswert mieten konnte.

...

Man hat mir die Zuschüsse gestrichen! Ich kann es nicht fassen; jeder muß doch einsehen, daß meine Arbeiten dadurch außerordentlich behindert sind. Von einer Aufbesserung des Stipendiums keine Rede! Ich kann nicht verstehen, daß es jemand geben kann, der die Bedeutung der Arbeiten nicht versteht. Aber vielleicht liegt es an der Kommission – wie ich erfahren habe, waren Juristen und Philosophen dabei!

Trotzdem gebe ich natürlich nicht auf. Zwar kann ich nicht mehr mit zwanzig oder dreißig Katzen arbeiten, wie ich das in den letzten Jahren getan habe, aber fünf bis zehn der besten werde ich behalten – natürlich die, bei denen die größte Aussicht auf Erfolg besteht.

In der letzten Zeit haben sich meine Ziele ein wenig gewandelt. Es geht mir nicht mehr um die Zytologie, nicht mehr um die molekularen Grundlagen. Was mich jetzt am meisten beschäftigt, ist die Philosophie der Katzen. Das ist der Punkt, um den es geht: Nicht die Katze lernt vom Menschen, sondern der Mensch wird von der Katze lernen. Er wird einsehen, wie man ein Leben lebt, das in Harmonie mit seiner Umgebung steht, das auf der Weisheit der Selbstbeschränkung beruht, auf der Ruhe, der Stille, der Meditation ... Wenn wir erst erkennen, wie wir auf diese Ebene des Daseins aufsteigen können, so haben wir eine Erkenntnis gewonnen, die über alles hinausgeht, was die Naturwissenschaft bisher erbracht hat. Von hier aus dürfte es möglich sein, die Menschen zur Einigung und zum Frieden zu bringen ...

...

Heute habe ich das Labor an die Verwaltung zurückgegeben. Es wird eine Gruppe von jungen Biologen einziehen, die sich mit der in vitro-Vermehrung von Gewebe beschäftigen wird. Es geht offenbar um die Produktion von Nahrungsmitteln – Schweinebraten aus der Retorte!

Ich trage es den Herren von der Verwaltung nicht nach. Die Kollegen haben sich übrigens sehr anständig benommen, obwohl niemand mehr aus jener Zeit da ist, zu der ich begonnen habe. Sie haben mich gebeten, sie so oft wie möglich zu besuchen, ihnen mit meinen Erfahrungen zur Seite zu stehen ...

Eigentlich fühle ich mich sehr wohl hier draußen am Waldrand. Hier bin ich frei von Antrieb und Hast, denen man in einem wissenschaftlichen Institut stets unterliegt. Ich habe eine kleine Pension, und ich brauche niemand Rechenschaft darüber abzulegen, für welche Zwecke ich Forschungsmittel verwende.

Selbstverständlich habe ich meine Arbeit nicht aufgegeben. Leider konnte ich nur wenige meiner Katzen mitnehmen; oder richtiger, ich arbeite nur noch mit einer. Sie hat den Namen Kleopatra III., und stammt direkt von der ersten Kleopatra ab, die so beredte Zeichen von Intelligenz gegeben hat.

Kleopatra III. übertrifft alles, was ich bisher erlebt habe. Sie ist ein prächtiges Tier, und ich glaube, daß ich mit ihr doch noch ans Ziel komme; ich bin überzeugt davon, daß ich es bald erreichen werde. Das einzige, was mir Sorgen bereitet, ist die Frage der Vererbung. Ich habe hier natürlich keine Mittel, um eine Jungfernzeugung zu veranlassen. Aber diese Sorge ist noch nicht so dringend – Kleopatra ist ein junges, gesundes und kräftiges Tier und hat noch etliche Jahre zu leben.

Vier Tage lang war Kleopatra nicht mehr im Haus gewesen. Der alte Mann war besorgt. Immer wieder trat er vor die Tür, ging um die Gebäude herum, hielt Ausschau, rief ... keine Spur von der Katze.

Am fünften Tag war sie plötzlich wieder da. Sie war mager und verstaubt, im Maul trug sie ein kleines graues blindes Bündel. Sie blickte sich kurz um und legte es dann in die Mulde zwischen den beiden Kissen auf der Couch. Sie leckte es ab, blickte den alten Mann von unten herauf an und lief wieder weg.

Kurze Zeit später brachte sie ein zweites Junges, ein drittes und ein viertes. Sie ließ sich bei ihrer Brut nieder, machte sich breit, wühlte sich zwischen den Kissen ein Nest. Sie hob den Kopf und sah den alten Mann stolz an.

»Was ist mit unserer Arbeit?« fragte der alte Mann.

»Nichts«, antwortete Kleopatra. »Ich habe zu tun.«

»Du scheinst zu vergessen, daß du ohne mich überhaupt nicht existieren würdest!«

Die Katze zerrte am Kissen, mit ihren Krallen riß sie Fäden aus dem Stoff. »Fängst du schon wieder damit an? Wie mich das langweilt ...«

»So ist das also«, sagte der alte Mann. Er wartete eine Weile, doch Kleopatra beachtete ihn nicht mehr. Da ging er in die Küche und holte eine Schüssel mit Milch. Er stellte sie auf den Boden neben die Couch. Die Katze stand von ihrem Lager auf und trank gierig. Sie leckte sich die Schnauze und sprang mit einem Satz zurück auf die Couch. Die Jungen sahen wie breitköpfige Mäuse aus und quiekten.

»Was soll ich tun?« fragte der alte Mann. »Wenn ich die Testreihe nicht fortführe, hatte die ganze Arbeit keinen Sinn.«

»Du kannst für uns sorgen – das ist das einzige, was Sinn hat«, sagte die Katze und wandte sich wieder ihren Jungen zu. Sie sah zufrieden aus und schnurrte leise.

Der alte Mann sah ihnen lange zu, dann ging er ins Labor und holte die Mappen mit den Tagebüchern und Protokollen hervor. Er öffnete den Deckel des Müllschluckers und warf sie einzeln ins Feuer.

Die Koordinatorin

War es eine Vorahnung gewesen oder nur ihre besondere Sensibilität? Jedenfalls hatte Pia Katharina schon ein Gefühl kommenden Unheils, als das längliche Gesicht Esthers auf dem Videoschirm auftauchte.

»Wir wollen mit den Tests beginnen«, sagte Esther. »Willst du dabeisein? Sollen wir anfangen?«

»Ach nein«, antwortete Pia Katharina. »Du weißt doch, daß ich kein Interesse daran habe. Oder ...« sie stockte, »gibt es etwas Besonderes?«

Esther blickte unbewegt aus dem Bildschirm. »Ich dachte nur ... weil es sich um Regine handelt – oder solltest du es übersehen haben?«

Pia Katharina hatte es übersehen, und ein kalter Ärger durchflutete sie. Jeder wußte, daß sie die Listen nicht durchsah. Sie gehörte nicht zu jenen, die jeden Freitagnachmittag ihre Nasen an die Scheiben drückten, um ja nicht zu versäumen, was im Testraum vor sich ging. Und jetzt hatte es Regine erwischt ...

»Aber nein«, sagte sie. »Ich hatte es nur vergessen. Fangt inzwischen an – ich komme später nach.« Sie lächelte, als sie das Videophon abschaltete – doch sie glaubte keinen Moment, daß sie Esther täuschen konnte. Es ging auch nicht um Esther, sondern um die Kontrolle. Sie wußte nicht, ob die Analysatoren eingeschaltet waren, und das geringste Zeichen von Ärger hätten sie als Zeichen aggressiver Gefühle registriert.

Am liebsten wäre sie sofort hinübergelaufen, doch sie zwang sich zur Ruhe. In nahezu 40 Jahren, die sie dem Staat als Koordinatorin gedient hatte, hatte sie es gelernt, sich durch nichts aus der Fassung bringen zu lassen. Sie tippte einige Codeworte in die Tastatur des Eingabeschreibers und rief die Personalakte Regines ab. Auf dem Leuchtschirm erschienen die Worte »*Bitte warten*«. Mit Genugtuung stellte sie fest, daß ihr Herz nicht schneller schlug als sonst, obwohl sie wußte, daß es jetzt hart auf hart ging. Wenn Esther es wagte, ihre Hand nach Regine auszustrecken, dann mußte sich das Sicherheitskorps sehr mächtig fühlen! Pia Katharina hörte eine Stimme in ihrem Inneren: Du hast doch selbst darauf bestanden, daß niemand, kein Angehöriger der Koordinationsleitung, nicht einmal du selbst, von der Überwachung ausgenommen wird. Damit hast du den andern die Waffen in die Hand gegeben, mit denen sie dich jetzt angreifen. Du hast kurzsichtig gehandelt, sinnwidrig ... Doch sie unterdrückte das Geflüster, das von einer Fremden zu kommen schien, mit der sie nichts zu tun hatte, und sie gab sich selbst die Antwort: Nur so war es möglich, jede Art von Mißbrauch für alle Zeit auszuschalten – dafür zu sorgen, daß sich nichts von dem wiederholte, was früher in der Welt der Männer an der Tagesordnung war: Eigennutz, Unterdrückung, Machtkämpfe ...

Auf dem Bildschirm erschienen Schriftzeilen, wanderten langsam nach oben.

Regine Cesarello / freigegeben: 17. 6. 2081 / Monaco
Zertifikat Nr. 228730032
Mutter: Heliane Cesarello / geb. ...

Nervös drückte Pia Katharine die Vorlauftaste, die Schrift glitt nach oben weg, doch als die jüngsten Eintragungen an die Reihe kamen, von denen sie sich Anhaltspunkte für die überraschende Situation erhoffte, die jetzt in ein akutes Stadium getreten war, erschien die Anmerkung:

Im offenen Register gelöscht – Verschlußmaterial / Beschränkung 4A.

Pia Katharina seufzte. Das hätte sie sich denken können. Natürlich hatte sie Zutritt zu den geheimgehaltenen Akten, doch dazu waren – selbst für sie! – Formalitäten erforderlich, und das kostete Zeit.

Sie blickte auf die Uhr. Erst fünf Minuten seit dem Anruf. Konnte sie schon gehen, ohne ihr Gesicht zu verlieren? Plötzlich war es ihr gleichgültig.

bin in Abt. Aggressionstest

tippte sie in den Speicherschreiber. Dann stand sie entschlossen auf und eilte zum Lift. Leise trat sie in die Halle, und doch war es nicht zu vermeiden, daß sich ihr alle Blicke zuwandten. Die Tribüne war voll besetzt, hinter den Scheiben waren die Gesichter nur verschwommen zu erkennen. Das Psychologenteam war so zusammengesetzt, wie sie es erwartet hatte – alle Vertrauten Esthers waren versammelt, Esther selbst führte den Vorsitz. Im Glaskäfig, den sie die Arena nannten, saß Regine. Sie sah noch jünger und zerbrechlicher aus als sonst. An ihren Schläfen waren zwei Stellen kahlrasiert, darüber lagen die aufgeklebten Kontaktplatten. Dünne Drähte, kaum sichtbar, liefen zu einem

Steckpult an der Decke. Von innen her gab es keine Sicht nach außen – das Glas war mit Platin beschichtet und schloß die Arena mit Spiegelflächen ein.

Esther deutete auf einen freien Stuhl in der vordersten Reihe und Pia Katharina setzte sich. Der Test befand sich noch in seiner ersten Phase – eigentlich ein Vorversuch: Man hatte Regine mit Gibbons zusammengesperrt, Jungtieren, die vorher durch Adrenalininjektionen reizbar gemacht und durch Licht und Lärm in Aufregung versetzt worden waren. Sie jagten im Käfig herum, sprangen auf Regine hinauf, zerfetzten ihre Kleider, kratzten und rissen an ihren Haaren.

Der Grundgedanke war einfach: Kein normales Wesen kann gegen junge Geschöpfe Aggression entwickeln; stellt man trotzdem Anzeichen dafür fest, so ist das Beweis genug, daß die Betreffende entartet ist und außerhalb der Gemeinschaft steht. Sie muß durch Psychopharmaka entpersonifiziert und in ein Arbeitslager gesteckt werden. Selbstverständlich entzog man ihr die Erlaubnis der Mutterschaft – sie durfte keine Zellen zur Selbstbefruchtung einreichen.

Die Gibbons setzten Regine gehörig zu. Dieser Stamm war besonders bösartig, und man hatte die Eigenschaft durch züchterische Eingriffe systematisch verstärkt. Trotzdem war Pia Katharina sicher, daß Regine den Test bestehen würde. Regine war nicht entartet, das wußte die Koordinatorin genau. Es mußte sich um einen Irrtum handeln – etwas anderes war nicht möglich –, und in wenigen Minuten würde Regine rehabilitiert sein. So versuchte es sich Pia Katharina einzureden, aber ihre Unruhe blieb.

Die grüne Linie auf dem Rasterschirm des Differential-Enzephalographen wellte sich und hüpfte. Die Neuropsychologin, die davor saß, runzelte die Stirn und tastete einige Daten in den Speicherschreiber. Pia Katharina konnte die Diagramme nicht deuten und versuchte die Resultate statt dessen aus den Zügen der Neuropsychologin abzulesen, aber auch das war vergeblich. Sie wandte sich wieder Regine zu und stellte aufatmend fest, wie beherrscht diese blieb. Keine hastige Bewegung, kein Anflug von Gewalt – mit ruhiger Sicherheit hob sie die Tiere, die sie besonders stark attackierten, auf und setzte sie sanft zu Boden.

Als die Schaltuhr das Signal zur Beendigung gab, kamen Wärterinnen mit Netzen herein, fingen die Tiere ein, brachten sie hinaus. Regine blieb in der Arena. Sie tupfte mit einem Taschentuch über ihre Stirn, verhielt sich aber sonst still.

Pia Katharine stand auf und sagte: »Zweifellos hat sie bestanden. Damit dürfte alles geklärt sein.« Esther blickte sie ausdruckslos an: »Noch einen Augenblick.« Sie stand bei den Psychologinnen, die sich vor dem Wiedergabegerät drängten und die interessantesten Phasen des Prozesses verlangsamt ablaufen ließen. Die Frauen tuschelten. Dann kam Esther zu Pia Katharina. Sie hielt einen Xerox-Streifen in der Hand. »Leider«, sagte sie. »Da gibt es noch einige Peaks.« Sie zeigte mit dem Finger auf die betreffenden Abschnitte. »Sie sind zumindest auffällig. Wir müssen weitermachen.«

Pia Katharina drehte sich abrupt um und setzte sich. Jetzt war sie nicht mehr sicher, ob Regine noch zu helfen war. Sie hätte es gern getan – nicht nur des Prestiges halber; Regine war eine ihrer engsten Mitarbeiterinnen, und sie hatte sie selbst ausgewählt. Aber sie empfand mehr für Regine – etwas mütterlich-Freundschaftliches, eine besitzergreifende Zuneigung. Und sie fühlte sich verantwortlich – Regine war ein Wesen, das sie geformt hatte –, vielleicht war sie sogar mit an dem schuld, was jetzt geschah. Denn Regine hatte sich immer ohne Einschränkung zur Koordinatorin bekannt, ihre Meinung vertreten, für sie gestimmt . . . Sollte Absicht dahinterstecken, ein Schachzug, ein taktisches Manöver, das eigentlich gegen sie gerichtet war? Obwohl sie es längst wußte, wollte sie es nicht wahrhaben . . .

Die zweite Stufe des Tests war noch unangenehmer. Es ging nicht mehr um primitive Reflexe, die man leicht unterdrücken konnte, soweit sich trotz der strengen genetischen Selektionsvorschriften noch Relikte davon erhalten hatten. Es ging um psychische Eigenschaften, um die Persönlichkeit.

Inzwischen hatten drei Assistentinnen Regine in die Mitte genommen. Sie saßen ihr zugewandt, Regines Drehstuhl stellte sich jeweils automatisch in die Richtung auf die Person ein, die die Assoziationswörter ablas. Diese kamen hart und schnell, Zug und Zug, und Regine mußte es schwindelig werden – so rasch drehte sich ihr Stuhl.

»Gift«,

»Peitsche«,

»Kerker«,

»Rache«,

»Schmerz« . . .

Regine brauchte nicht zu antworten. Am Enzephalographen war abzulesen, ob sie verstanden hatte und wie sie reagierte. Konnte man es wirklich ablesen? fragte sich Pia Katharina. Gab es Irrtümer, Fehler, Meßgrenzen? Immerhin waren es Männer gewesen, die diese Apparate geschaffen hatten, und die Frauen waren so klug gewesen, die Weiterentwicklung zu verbieten. Sie trieben keine Gehirnforschung mehr, keine Genetik, keine Mikrobiologie. Sie verzichteten auf technischen und wissenschaftlichen Fortschritt, hatten den Irrweg der Leistung, der Vergrößerung, der Verbesserung verlassen. Sie brauchten keine noch schnelleren Straßengleiter, keine noch höheren Häuser, keine leistungsfähigeren Maschinen. Die Welt brauchte den Frieden, das Verständnis füreinander, die Liebe, wie sie nur Frauen aufbringen. Die Männer waren von Natur aus der Störungsfaktor gewesen, und die Frauen hatten die Konsequenzen daraus gezogen.

Andererseits waren sie nicht so kurzsichtig gewesen, auf das Instrumentarium der Technik verzichten zu wollen. Die Menschheit ist darauf angewiesen, es gab kein Zurück, sie nahm es in Kauf. Aber die Frauen wandten es sinnvoll an – nicht für zerstörerische Zwecke . . .

Einen Moment lang verwirrten sich die Gedanken Pia Katharinas. Dieser Enzephalograph, diese elektronische Schaubühne, dieses Stockwerk, vollgestopft mit Geräten der Elektromedizin, der Gehirnchirurgie . . . aber es bestand kein Zweifel daran – es war ihr Auftrag, ihre Welt frei von Aggression zu halten, und es durfte keine Inquisition geben. Sie mußten präzise sein. Gerecht. Unbeirrt . . .

Plötzlich merkte Pia Katharina, daß sich die Methode der Assoziationsbildung geändert hatte. Es waren keine beliebigen Reizwörter mehr, sondern Sätze – psychologische Auslöser, bewußt auf Regines Psychogramm der letzten Monate zusammengebastelt.

»Du stehst mit faschistischen Gruppen in Verbindung.«

»Du hast der gelben Rasse geheimes Material zugespielt.«

»Du hast versucht, einen Bericht der Befriedungskommission zu fälschen.«

»Du bereitest gemeinsam mit der Koordinatorin einen Staatsstreich vor.«

Pia Katharina wollte aufspringen, doch sie merkte, daß alle nur darauf warteten, und umklammerte die Lehnen ihres Stuhls. Man zog sie mit herein, und noch dazu auf höchst brüskierende Weise. Mühsam beherrschte sie sich, versuchte sich darauf zu konzentrieren, daß die als emotionale Auslöser gebrauchten Sätze keinen Realitätswert hatten, daß sie einzig und allein nach dem Gesichtspunkt konzipiert waren, möglichst intensive Reaktionen zu zeitigen. Das wußte auch die Testperson . . .

Pia Katharina blickte auf Regine, die noch immer mit ihrem Stuhl herumgeschleudert wurde – es sah aus, als hätte sie jeden Halt verloren. Galt das auch für ihre Selbstbeherrschung, ihren Willen? Die Koordinatorin schaute verstohlen zum Enzephalographen hinüber, und zu ihrem Entsetzen bemerkte sie Kaskaden von Wellenlinien, die wie Peitschen emporzuckten. Als der Test beendet war, brauchte sie gar nicht erst nach dem Ergebnis zu fragen. Als es ihr Esther mitteilte, zuckte sie nur die Schultern. So würde Regine auch der letzte nicht erspart bleiben: die dritte Stufe, die ihr obszön und sadistisch vorkam, aber natürlich ihren Grund hatte. Es ging nicht mehr um Aggression, sondern um die ärgste Art der Degeneration, die in ihrem Staate möglich war. Und es ging nicht mehr um Regine allein, sondern um alle Angehörigen ihres Klons, um ihre Mutter, aus deren Zellen sie gezüchtet worden war, um deren Mutter, um ihre eineiigen Schwestern, die alle waren wie sie . . .

Es handelte sich um eine Fortentwicklung des Szondi-Tests. Nur zeigte man keine Psychopathenvisagen, sondern Gesichter von jungen Männern. Und man zeigte nicht nur die Gesichter, sondern auch die Körper – zuerst bekleidet und dann nackt. Und wieder war es nicht nötig, sich auf die mehr oder weniger verfälschten Angaben der Testpersonen zu verlassen, sich gegen ihre Täuschungsmanöver zu wehren, sich auf subjektive Eindrücke zu verlassen, sondern die Elektronik legte die geheimsten Gefühlsregungen offen – sekundenschnell und fehlerfrei.

Pia Katharina gehörte zur ältesten noch lebenden Generation, sie hatte noch Männer gesehen. Sie hatte selbst zu jenen gehört, die die zersetzende maskuline Potenz fürchten gelernt hatten, und sie war eine der treibenden Kräfte für das gewesen, was dann geschehen war. Sie und ihre Anhänger hatten das Ziel erreicht – es gab keine Männer mehr. Obwohl sie auf möglichst humane Weise vorgegangen waren, wollte Pia Katharina nicht mehr daran denken, Und, sie wollte sich an keinen Mann mehr erinnern, keines der alten Bilder aus den Lexika, Lehrbüchern, Photoalben, Magazinen und dergleichen mehr sehen.

Aber Regine? Regine kannte nur Frauen, konnte sich eine Männerwelt nicht vorstellen. Was wußte sie von all dem Hassenswerten, was in ihnen steckte, von ihrem Egoismus, ihrer Selbstsicherheit, ihrer zerstörerischen Kreativität? Konnte sie sie hassen? Verachten? Verabscheuen?

Die ersten Bilder wurden projiziert, groß auf der Rasterscheibe vor Regine; klein, aber dutzendfach vervielfältigt auf den Schirmen der Videogeräte. Und alle starrten – mit bleichen oder geröteten Gesichtern, je nach Veranlagung, mit verkrampften Nakkenmuskeln, mit einem Zittern in den Händen. Unter den Zuschauern waren viele jüngere Frauen, Angestellte der Koordinationszentrale, Mitglieder des Sicherheitskorps, Gäste von Schulen und Universitäten. Diese männlichen Körper mußten ihnen wie Monstren vorkommen, als Geschöpfe einer fremden Art, als Zerrbilder des ihnen vertrauten Menschen – der Frau. Aber war es wirklich so? Pia Katharina ließ ihren Blick noch einmal über die Zuschauer gleiten und hielt schließlich bei Regine inne. War das, was sie in den Mienen der jungen Frauen zu lesen glaubte, wirklich Ekel und Schreck? Fand Regine die Männer abstoßend? Mit einem Mal erkannte Pia Katharina, daß das nicht unbedingt so sein mußte. Diese Mädchen, die nie einen lebenden Mann gesehen hatten ... vielleicht reizte sie das Ungewöhnliche, das Unbekannte, das Gefährliche?

Pia Katharina schloß die Augen. Sie wollte nichts mehr sehen – weder die Männer auf den Bildschirmen noch die Zuschauer, weder die Psychologinnen noch Regine. Sie sah und hörte erst wieder, als Esther sie vorsichtig an der Schulter faßte. Der Triumph war nicht zu überhören, als Esther sagte: »Schade, Pia – es tut mir leid. Aber du hast sicher nichts geahnt ... Willst du Einspruch erheben?«

Die Koordinatorin wußte, daß Esther nur darauf wartete, daß sie Einspruch erhob. Das hätte dem Sicherheitskorps einen Vorwand geliefert, um sich ihrer selbst anzunehmen. Unsere Aufgabe, dachte sie, unsere Ziele ... gerade jetzt, in dieser Situation! Der Aufstand im Grenzbereich von China und Indien, der wechselnde Widerstand der Gelben, die Oppositionsgruppen im Inneren und die Jugend, die so schwer zu führen und zu überzeugen war. Probleme, die sie lösen mußte, um die Welt zur Stätte des verheißenen Friedens zu machen. Jenes Friedens, in dessen Namen alles geschehen war ... Das waren die Aufgaben, die im Vordergrund ihres Denkens stehen mußten. Was bedeuten demgegenüber persönliche Wünsche, Sympathien oder Schwächen?

Sie erhob sich, stand aufrecht und achtungsgebietend vor Esther wie stets in den vielen Jahren vorher.

»Das Resultat ist eindeutig«, sagte sie. »Ich habe euch allen für eure Wachsamkeit zu danken. Warum sollte ich Einspruch erheben? Tut, was nötig ist!«

Sie drehte sich nicht zu Regine um, als sie aus dem Saal ging.

An diesem Abend verließ sie die Zentrale durch den Hinterausgang und ging den Weg zu ihrem Haus zu Fuß. Sie brauchte den freien Himmel und die frische Luft. Es roch ein wenig nach Wasser, und mit Stolz registrierte sie, daß es sauberes Wasser war, das dort unten im Flußbett träge dahinströmte. Wenigstens das haben wir erreicht, sagte sie sich.

In der Ferne knatterten Motorräder – ein Schwarm von Rokkermädchen in engen, schwarzen Lederanzügen flitzte über die Straße, in einer pfeilförmigen Formation wie ein Pulk von Transkontinentalraketen. Wenn ich nicht so sicher wäre, daß wir alles richtig gemacht haben, müßte ich verzweifeln, dachte sie. Sie atmete tief durch und ging mit kleinen, festen Schritten voran.

Ein Kyborg namens Joe

Ed legte das Mikrophon beiseite. Er hatte das Protokoll diktiert, und es war dürftig genug.

Was gab es auch schon zu notieren? Alle Meßergebnisse wurden von den Instrumenten direkt in die Datenbank geleitet und dort automatisch eingespeichert. Ed brauchte sie nicht einmal abzulesen.

Und außergewöhnliche Ereignisse? Er wäre dankbar gewesen, wäre einmal etwas geschehen, was die tägliche Routine durchbrochen hätte ...

Er holte einen Notizblock hervor und kramte in der Schublade nach einem Stift. »Liebe Lori!« schrieb er. Dann stockte er und überlegte. Dabei starrte er, ohne es zu merken, durch die dicke Bleiglasscheibe nach außen: zerbrochene Schieferplatten, Krusten aus matt glänzendem Metall, eine endlose Ebene, leer und unbewegt, über dem Horizont ein schwarzer Himmel ohne Sterne – dieses System lag inmitten einer Wolke von interstellarem Staub, und gerade das machte es zu einem interessanten Forschungsobjekt ...

Doch Ed schien es nicht mehr zu interessieren. Er zählte die Kerben, die er in die Kante der Tischplatte gebrannt hatte: 461 Kerben – noch 269 Tage, dann kam die Ablösung. Lange genug!

Er schrieb: ›Es gibt nichts zu berichten. Hier gibt es nie etwas zu berichten. Ich schreibe Dir nur aus Langeweile. Nein – ich schreibe Dir, um Dir zu sagen, wie sehr ich mich freue, wieder bei Dir zu sein. Daß ich es kaum mehr erwarten kann. Ich hätte diesen Job nicht annehmen dürfen – trotz der guten Bezahlung. Die Zeit vergeht unendlich langsam.

Das Schlimmste ist das Alleinsein. Joe zählt nicht. Verzeih, daß ich ihn erwähne. Aber es ist ja nicht mehr Joe ... Du weißt, was ich meine. Ich hoffe, Du hast es überwunden.

Ich bin praktisch allein. Allein in einer Unterkunft von zehn mal zehn Metern. Aber davon ist die Hälfte mit Maschinen vollgestopft. Ich bade in dem Wasser, das ich schon unzählige Male getrunken habe, und ich trinke das Wasser, in dem ich schon ebensooft gebadet habe. Und ich ... nein, ich will mich nicht mehr beklagen.

Wenn man sich wenigstens ein wenig mehr bewegen könnte! Hier drinnen ist es zu eng, und der Expander hängt mir zum Hals heraus – bildlich gesprochen. Und draußen ... diese verfluchte Schwerkraft. Ohne Antigravitationsplatten ist nichts zu machen.

Aber nun zu Dir ...‹

Ed blickte auf. Mit schwerfälligen Bewegungen, und doch nahezu lautlos, näherte sich Joe. Er hatte mit dem Joe von früher nichts gemein – außer dem Gehirn. Er war ein Mechanismus mit Servomotoren und Nerven aus Draht. Er war ein Kyborg. Ed hatte den Joe von einst nur flüchtig gekannt, und doch ...

»Kann ich dir helfen Ed?« Die Stimme klang bemerkenswert weich, und jetzt war sogar Besorgnis herauszuhören. »Brauchst du etwas, Ed?«

»Nein, danke, Joe.«

»Hast du Hunger oder Durst?«

Jetzt verlor Ed die mühsam bewahrte Geduld. »Nein, Joe, zum Teufel, nein. Laß mich doch in Ruh! Warum rennst du immer um mich herum? Du gehst mir auf die Nerven!«

»Ich bin besorgt, Ed. Dein Herz schlägt ein wenig unregelmäßig – ich kann es hören. Du weißt, man hat mir nur eine Emotion gelassen: die Sympathie zu den Menschen. Es macht mich glücklich, dir zu helfen. Es macht mich unglücklich, dich unglücklich zu sehen. Du bist erregt. Ich werde dir ein Beruhigungsmittel bringen.

Er ging weg, Ed zuckte die Schultern. Dieser beschäftigte sich wieder mit seinem Brief, aber nur noch mit halber Konzentration. Er schloß ihn schnell ab: › ... in Liebe Dein Ed.‹ Floskeln, dachte er – was bedeuten sie schon, hier ...

Der Kyborg kam zurück, brachte eine Tablette und ein Glas Wasser. Ed hatte sich beruhigt und schluckte sie ohne Widerspruch. Von der Seite blickte er dabei das metallene Zerrbild eines Menschen an, das neben ihm stand – hilfsbereit vorgebeugt. Ein williger Diener ... oder ein Despot? Er wußte alles, nahm alles wahr, kannte alles – viel besser als Ed. Er hatte unmittelbaren Zugriff zur Recheneinheit, zu den gespeicherten Daten. Er besaß Sinnesorgane, die Infrarot und Ultraviolett, Schall aller Frequenzen, radioaktive Strahlung aufnahmen. Er war stärker und intelligenter, und er beobachtete ihn ununterbrochen.

Zerstreut riß Ed die beschriebenen Blätter vom Block und reichte sie Joe. »Gib das durch – bei der nächsten Peilung.«

Der Kyborg blickte kurz darauf.
»Wer ist Lori?« fragte er.
Zu spät erinnerte sich Ed daran, daß er bisher alle Briefe selbst durchgegeben hatte.
»Weißt du es nicht?« fragte er.
»Nein«, antwortete Joe.
»Warum willst du es wissen?«
»Ich brauche die Adresse.«
Ed gab sie ihm. Joe drehte die Blätter unschlüssig in der Hand.
»Wer ist Lori?« fragte er.
»Sie ist mein Mädchen«, antwortete Ed. »Wir werden heiraten. Ich kann es kaum mehr erwarten, sie wiederzusehen. Aber das wirst du kaum verstehen.«
»Nein«, sagte der Kyborg. »Nicht ganz. Oder doch ... Der Name sagt mir etwas. Nicht, daß ich mir darunter jemand vorstellen könnte. Es sind nur Assoziationen ... seltsam ...«
Peinlich berührt schaukelte Ed in seinem Stuhl. Sein Blick fiel durch das Fenster, und da sah er die Staubfontäne. Erst Sekunden später kamen die Vibrationen. Zu hören war nichts.
»Ein Meteorit«, rief Ed, dem die Unterbrechung willkommen war. »Du mußt hinaus. Wir haben schon lange darauf gewartet.«
Joe legte den Brief auf den Tisch zurück und ging zur Schleuse. Kurz darauf sah ihn Ed über den krustigen Boden gehen, plump und geschmeidig zugleich. An der Auffallstelle bückte er sich, schob einen Teleskoparm heraus, legte die Sonde auf den kleinen Krater, die einzige Spur des Ereignisses. Dann richtete er sich wieder auf.
»Komm heraus, Ed«, scholl es aus dem Lautsprecher. »Ich habe etwas gefunden, das mußt du selbst sehen.« Ed zögerte nicht. Er legte den Anzug mit den schweren Antigrav-Platten an. Sie summten, als sich der Strom hochregelte. Fünf Minuten später stand er neben Joe.
»Was gibt es?« fragte er verständnislos. Außer der aufgeworfenen Grube war nichts zu sehen.
»Wer ist Lori?« fragte Joe.
Ed erstarrte. »Wie kommst du jetzt darauf?« fragte er.
»Gib Antwort!« forderte der Kyborg.
»Doch nicht hier! Nicht jetzt! Komm, wir gehen in die Unterkunft!«

»Hier und jetzt!« forderte Joe.

»Kommt nicht in Frage. Geh jetzt in die Unterkunft. Du mußt meinen Befehlen folgen.«

»Ich muß dich schützen«, sagte Joe. »Nicht nur vor äußeren Gefahren, auch vor bitteren Gedanken, Sorgen, Schuldgefühlen.«

»Wieso Schuldgefühlen?« fragte Ed.

»Ich weiß nicht, wie ich darauf kam«, antwortete Joe. »Antworte jetzt!«

»Nein«, sagte Ed.

Der Kyborg stand regungslos da und blickte Ed mit seinen überdimensionalen Linsenaugen an. »Nun gut. Dann muß ich dich zwingen. Ich schalte die Antigrav-Platten aus.«

Ed spürte einen Ruck durch seinen Körper gehen. Seine Glieder wurden schwer, eine Zentnerlast drückte ihn hinunter.

»Du darfst mir nicht schaden«, ächzte er.

»Ich schade dir nicht.«

Der Andruck wurde stärker, Ed sank zu Boden. Durch die Hülle seines Schutzanzuges hindurch hörte er, wie die Krusten der Schieferplatten knirschten. Es schmerzte nur wenig, doch plötzlich hatte er Angst.

»Ich will dir alles sagen«, preßte er zwischen den Lippen hervor. Und er dachte: Warum auch nicht?

Sofort ließ der Druck nach, aber nicht ganz.

»Gut«, sagte Joe. »Sprich!«

»Du hast Lori früher gekannt, damals, du weißt . . .«

Er stockte.

»Weiter«, befahl Joe.

»Lori war deine Braut«, sagte Ed. »Man hat in deinem Gehirn die Erinnerung gelöscht. Um es dir leichter zu machen, du verstehst. Man hat alle Gefühle in dir gelöscht, die . . . nach deinem Unfall war es ja nicht mehr möglich . . .«

»Ich verstehe«, sagte Joe, sanft und tonlos wie immer.

»Du warst ein erfahrener Astronaut, Joe«, fuhr Ed fort. Jetzt kniete er vor Joe. »Man wollte nicht auf dich verzichten. Und du warst einverstanden. Du wolltest weiterleben, so oder so.«

»Ja, ich wollte weiterleben«, sagte Joe.

»Du nimmst es mir doch nicht übel, Joe. Wir haben uns früher kaum gekannt. Ich habe auch Lori erst kennengelernt, als man dich . . . als der Unfall schon passiert war. Du mußt mir verzeihen, Joe . . .« Ed brach ab.

Joe blickte unbewegt auf Ed herab. »Du verstehst mich völlig falsch. Ich will nur dein Bestes. Heute nacht hast du mehrmals nach Lori gerufen. – Komm, steh auf. Wir gehen zurück!«

Der Andruck ließ nach. Ed konnte sich aufrichten. Er atmete befreit. Wortlos gingen sie zur Unterkunft zurück.

Es war Nacht, oder, richtiger, Ruhezeit. Die Sonne ging hier nie unter. Sie schien schräg auf die Ebene hinab – ein erstarrtes totes Licht. Ed schlief. Er schlief fest, denn Joe hatte ihm ein Schlafmittel in den Kaffee getan.

Die Tür zu Eds Kammer öffnete sich, der Kyborg kam herein. Er schob ein Rolltischchen vor sich her, darauf stand eine unförmige Apparatur – eine Halterung mit einer haubenförmigen Metallplatte, von der viele Leitungen herunterliefen. Joe schwenkte den Mechanismus aus und setzte die Haube über Eds Kopf – vorsichtig, so daß sie ihn nicht berührte. Er arbeitete im Dunkeln, er brauchte kein Licht.

Durch einen mentalen Impuls schaltete er ein, die Sondierung begann. Er brauchte zwei Stunden, bis er sich an die bewußte Speicherstelle herangetastet hatte, und eine weitere, um alle Assoziationsbahnen festzustellen. Dann justierte er den Fokus und schaltete das Wirbelfeld ein. Es dauerte nur eine Sekunde. Am nächsten Morgen, als Ed ins Labor kam, konstatierte er, daß er sich überraschend wohl fühlte. Falls ihn etwas bedrückt hatte – jetzt war er davon befreit.

Joe erwartete ihn schon. Sie mußten die üblichen Messungen vornehmen. Auf dem Tisch lagen einige beschriebene Blätter. Der Kyborg hob sie auf.

»Soll ich den Brief an Lori absenden?« fragte er.

Ed sah ihn groß an. »Wer ist Lori?«

Herbert W. Franke
in den suhrkamp taschenbüchern

Ypsilon minus. Mit einem Nachwort von Franz Rottensteiner. 1976. 168 S. Phantastische Bibliothek Band 3. st 358

Zarathustra kehrt zurück. Science-fiction-Erzählungen. 1977. 216 S. Phantastische Bibliothek Band 9. st 410

Sirius Transit. 1979. 170 S. Phantastische Bibliothek Band 30. st 535

Zone Null. Roman. 1980. 190 S. Phantastische Bibliothek Band 35. st 585

Einsteins Erben. Science-fiction-Geschichten. 1980. 166 S. Phantastische Bibliothek Band 41. st 603

Schule für Übermenschen. 1980. 144 S. Phantastische Bibliothek Band 58. st 730

Paradies 3000. Science-fiction-Erzählungen. 1981. 148 S. Phantastische Bibliothek Band 48. st 664

Phantastische Bibliothek
in den suhrkamp taschenbüchern

Violetter Umschlag kennzeichnet die Bände der »Phantastischen Bibliothek« innerhalb der *suhrkamp taschenbücher*

Band 1 Stanisław Lem, Nacht und Schimmel. Erzählungen. Aus dem Polnischen von I. Zimmermann-Göllheim. st 356
Band 2 H. P. Lovecraft, Das Ding auf der Schwelle. Unheimliche Geschichten. Deutsch von Rudolf Hermstein. st 357
Band 3 Herbert W. Franke. Ypsilon minus. st 358
Band 4 Blick vom anderen Ufer. Europäische Science-fiction. Herausgegeben von Franz Rottensteiner. st 359
Band 5 Gore Vidal, Messias. Roman. Deutsch von Helga und Peter von Tramin. st 390
Band 6 Ambrose Bierce, Das Spukhaus. Gespenstergeschichten. Deutsch von Gisela Günther, Anneliese Strauß und K. B. Leder. st 365
Band 7 Stanisław Lem, Transfer. Roman. Deutsch von Maria Kurecka. st 324
Band 8 H. P. Lovecraft, Der Fall Charles Dexter Ward. Zwei Horrorgeschichten. Aus dem Amerikanischen von Rudolf Hermstein. st 391
Band 9 Herbert W. Franke, Zarathustra kehrt zurück. st 410
Band 10 Algernon Blackwood, Besuch von Drüben. Gruselgeschichten. Aus dem Englischen von Friedrich Polakovics. st 411
Band 11 Stanisław Lem, Solaris. Roman. Aus dem Polnischen von I. Zimmermann-Göllheim. st 226
Band 12 Algernon Blackwood, Das leere Haus. Phantastische Geschichten. Deutsch von Friedrich Polakovics. st 30
Band 13 A. und B. Strugatzki, Die Schnecke am Hang. Aus dem Russischen von H. Földeak. Mit einem Nachwort von Darko Suvin. st 434
Band 14 Stanisław Lem, Die Untersuchung. Kriminalroman. Aus dem Polnischen von Jens Reuter und Hans Jürgen Mayer. st 435
Band 15 Philip K. Dick, UBIK. Science-fiction-Roman. Aus dem Amerikanischen von Renate Laux. st 440
Band 16 Stanisław Lem, Die Astronauten. Utopischer Roman. Aus dem Polnischen von Rudolf Pabel. st 441
Band 17 Phaïcon 3. Almanach der phantastischen Literatur. Herausgegeben von Rein A. Zondergeld. st 443
Band 18 Stanisław Lem, Die Jagd. Neue Geschichten des Piloten Pirx. Aus dem Polnischen von Roswitha Buschmann, Kurt Kelm, Barbara Sparing. st 302

Band 19 H. P. Lovecraft, Cthulhu. Geistergeschichten. Deutsch von H. C. Artmann. Vorwort von Giorgio Manganelli. st 29

Band 20 Stanisław Lem, Sterntagebücher. Aus dem Polnischen von Caesar Rymarowicz. Mit Zeichnungen des Autors. st 459

Band 21 Polaris 4. Ein Science-fiction-Almanach von Franz Rottensteiner. st 460

Band 22 Das unsichtbare Auge. Eine Sammlung von Phantomen und anderen unheimlichen Erscheinungen. Erzählungen. Herausgegeben von Kalju Kirde. st 477

Band 23 Stefan Grabiński, Das Abstellgleis und andere Erzählungen. Mit einem Nachwort von Stanisław Lem. Aus dem Polnischen von Klaus Staemmler. st 478

Band 24 H. P. Lovecraft, Berge des Wahnsinns. Zwei Horrorgeschichten. Deutsch von Rudolf Hermstein. st 220

Band 25 Stanisław Lem, Memoiren, gefunden in der Badewanne. Aus dem Polnischen von Walter Tiel. Mit einer Einleitung des Autors. st 508

Band 26 Gerd Maximovič, Die Erforschung des Omega-Planeten. Erzählungen. st 509

Band 27 Edgar Allan Poe, Der Fall des Hauses Ascher. Aus dem Amerikanischen von Arno Schmidt und Hans Wollschläger. st 517

Band 28 Algernon Blackwood, Der Griff aus dem Dunkel. Gespenstergeschichten. Deutsch von Friedrich Polakovics. st 518

Band 29 Stanisław Lem, Der futurologische Kongreß. Aus dem Polnischen von I. Zimmermann-Göllheim. st 534

Band 30 Herbert W. Franke, Sirius Transit. Roman. st 535

Band 31 Darko Suvin, Poetik der Science-fiction. Zur Theorie und Geschichte einer literarischen Gattung. Deutsch von Franz Rottensteiner. st 539

Band 32 M. R. James, Der Schatz des Abtes Thomas. Zehn Geistergeschichten. Aus dem Englischen von Friedrich Polakovics. st 540

Band 33 Stanisław Lem, Der Schnupfen. Kriminalroman. Autorisierte Übersetzung aus dem Polnischen von Klaus Staemmler. st 570

Band 34 Franz Rottensteiner (Hrsg.), ›Quarber Merkur‹. Aufsätze zur Science-fiction und Phantastischen Literatur. st 571

Band 35 Herbert W. Franke, Zone Null. Science-fiction-Roman. st 586

Band 36 Über Stanisław Lem. Herausgegeben von Werner Berthel. st 587 (erscheint im 2. Halbjahr 1981)

Alphabetisches Gesamtverzeichnis der suhrkamp taschenbücher

Achternbusch, Alexanderschlacht 61
- Die Stunde des Todes 449
- Happy oder Der Tag wird kommen 262

Adorno, Erziehung zur Mündigkeit 11
- Studien zum autoritären Charakter 107
- Versuch, das ›Endspiel‹ zu verstehen 72
- Versuch über Wagner 177
- Zur Dialektik des Engagements 134

Aitmatow, Der weiße Dampfer 51
Alegría, Die hungrigen Hunde 447
Alfvén, Atome, Mensch und Universum 139
- M 70 – Die Menschheit der siebziger Jahre 34

Allerleirauh 19
Alsheimer, Eine Reise nach Vietnam 628
- Vietnamesische Lehrjahre 73

Alter als Stigma 468
Anders, Kosmologische Humoreske 432
v. Ardenne, Ein glückliches Leben für Technik und Forschung 310
Arendt, Die verborgene Tradition 303
Arlt, Die sieben Irren 399
Arguedas, Die tiefen Flüsse 588
Artmann, Grünverschlossene Botschaft 82
- How much, schatzi? 136
- Lilienweißer Brief 498
- The Best of H. C. Artmann 275
- Unter der Bedeckung eines Hutes 337

Augustin, Raumlicht 660
Bachmann, Malina 641
v. Baeyer, Angst 118
Bahlow, Deutsches Namenlexikon 65
Balint, Fünf Minuten pro Patient 446
Ball, Hermann Hesse 385
Barnet (Hrsg.), Der Cimarrón 346
Basis 5, Jahrbuch für deutsche Gegenwartsliteratur 276
Basis 6, Jahrbuch für deutsche Gegenwartsliteratur 340
Basis 7, Jahrbuch für deutsche Gegenwartsliteratur 420
Basis 8, Jahrbuch für deutsche Gegenwartsliteratur 457
Basis 9, Jahrbuch für deutsche Gegenwartsliteratur 553
Basis 10, Jahrbuch für deutsche Gegenwartsliteratur 589
Beaucamp, Das Dilemma der Avantgarde 329
Becker, Jürgen, Eine Zeit ohne Wörter 20
Becker, Jurek, Irreführung der Behörden 271
- Der Boxer 526
- Schlaflose Tage 626

Beckett, Das letzte Band (dreisprachig) 200
- Der Namenlose 536
- Endspiel (dreisprachig) 171
- Glückliche Tage (dreisprachig) 248
- Malone stirbt 407
- Molloy 229
- Warten auf Godot (dreisprachig) 1
- Watt 46

Das Werk von Beckett. Berliner Colloquium 225
Materialien zu Beckett »Der Verwaiser« 605
Materialien zu Becketts »Godot« 104
Materialien zu Becketts »Godot« 2 475
Materialien zu Becketts Romanen 315
Behrens, Die weiße Frau 655
Benjamin, Der Stratege im Literaturkampf 176
- Illuminationen 345
- Über Haschisch 21
- Ursprung des deutschen Trauerspiels 69

Zur Aktualität Walter Benjamins 150
Bernhard, Das Kalkwerk 128
- Der Kulterer 306
- Frost 47
- Gehen 5
- Salzburger Stücke 257

Bertaux, Mutation der Menschheit 555
Beti, Perpétue und die Gewöhnung ans Unglück 677
Bierce, Das Spukhaus 365
Bingel, Lied für Zement 287
Bioy Casares, Fluchtplan 378
- Schweinekrieg 469

Blackwood, Besuch von Drüben 411
- Das leere Haus 30
- Der Griff aus dem Dunkel 518

Blatter, Zunehmendes Heimweh 649
Bloch, Spuren 451
- Atheismus im Christentum 144

Börne, Spiegelbild des Lebens 408
Bond, Bingo 283
- Die See 160

Brasch, Kargo 541
Braun, Johanna, Unheimliche Erscheinungsformen auf Omega XI 646
Braun, Das ungezwungne Leben Kasts 546
- Gedichte 499
- Stücke 1 198
- Stücke 2 680

Brecht, Frühe Stücke 201
- Gedichte 251
- Gedichte für Städtebewohner 640
- Geschichten vom Herrn Keuner 16
- Schriften zur Gesellschaft 199

Brecht in Augsburg 297
Bertolt Brechts Dreigroschenbuch 87
Brentano, Berliner Novellen 568
- Prozeß ohne Richter 427

Broch, Barbara 151
- Dramen 538
- Gedichte 572
- Massenwahntheorie 502
- Novellen 621
- Philosophische Schriften 1 u. 2 2 Bde. 375
- Politische Schriften 445
- Schlafwandler 472
- Schriften zur Literatur 1 246
- Schriften zur Literatur 2 247
- Schuldlosen 209
- Tod des Vergil 296
- Unbekannte Größe 393
- Verzauberung 350

Materialien zu »Der Tod des Vergil« 317
Brod, Der Prager Kreis 547
- Tycho Brahes Weg zu Gott 490

Broszat, 200 Jahre deutsche Polenpolitik 74
Brude-Firnau (Hrsg.), Aus den Tagebüchern Th. Herzls 374
Büßerinnen aus dem Gnadenkloster, Die 632
Bulwer-Lytton, Das kommende Geschlecht 609
Buono, Zur Prosa Brechts. Aufsätze 88
Butor, Paris–Rom oder Die Modifikation 89
Campbell, Der Heros in tausend Gestalten 424
Carossa, Ungleiche Welten 521
Über Hans Carossa 497